SV

Peter Weiss
Die Situation

Roman

Aus dem Schwedischen von
Wiebke Ankersen

Mit einem Nachwort
der Übersetzerin

Suhrkamp Verlag

Titel der Originalausgabe: *Situationen*

Erste Auflage 2000

Druck: AZ Druck und Datentechnik GmbH
Printed in Germany
Gedruckt auf holzfreiem Schleipen-Werkdruckpapier
Gebunden in Irisleinen der Bamberger Kaliko
Erste Auflage 2000

1 2 3 4 5 6 – 05 04 03 02 01 00

Die Situation

Nacht

Als sie ihn tags zuvor in der Pension getroffen hatte, hatte er unbeholfen, weinerlich gewirkt; sein breiter, untersetzter Körper hatte etwas Niedergedrücktes und Stummes. Jetzt, als sie ihn zwischen den Bildern im Atelier sah, begann er zu wachsen, seine Gestalt vermittelte den Eindruck athletischer Stärke, sein Gesicht, das ihr phlegmatisch, fleischig erschienen war, baute sich nun, im Widerschein der Bilder, aus skulptural gekneteten Zügen auf, aus mit Gewaltsamkeit geladenen Blöcken. In der Tür zum großen Arbeitszimmer stehend, noch ohne den Charakter der Bilder erfaßt zu haben, spürte sie erneut den Widerstand; gestern war es Wut über seinen querulantischen, selbstzufriedenen Ton gewesen, nun war es beinahe Haß. Sie früh morgens anzurufen und zu wecken, und nachdem sie mürrisch seine Einladung abgelehnt hatte, hatte er sie später am Tag noch einmal angerufen, als ob sein ganzes Leben von ihrem Besuch abhinge. Warum hatte sie nachgegeben? Was wollte er von ihr? Sie hatte den Mantel anbehalten, ich bleibe nur einen Augenblick; nicht einmal die Pelzmütze und die Handschuhe hatte sie abgelegt, der Kragen war hochgeschlagen. Du stehst da wie in einer Rüstung, sagte Leo. Nein, du bekommst meine Kleider nicht. Er lächelte, als sie nicht antwortete. Es war ein Lächeln, das sich langsam um den Mund herum hervorarbeitete, es bewegte sich um Nase und Wangen, erreichte aber die Augen nicht, dann lag es still, heimtückisch und ironisch, bis es in den Poren und grauen Schattierungen der Haut versickerte. Das Abendlicht fiel gedämpft durch die rußigen Fensterscheiben und ließ sein Gesicht wie eine große Gipsmaske erscheinen, mit einer eigentümlichen Vertiefung in der Stirn, als sei ein Daumen in sie hineingedrückt worden. Er stand bewegungslos da, vierschrötig, in sich ruhend, nur die Hand mit der blendend weißen Zigarette bewegte sich dann und wann zum Mund hinauf und die Rauchwolke quoll zwischen den halbgeöffneten Lippen hervor, kroch dicht über das Gesicht wie ein dickes, wallendes Spinnweben. Sie sah das Bild an, das er auf die Staffelei gestellt hatte. Eine Fläche, größer als er selbst, dominiert von einer menschlichen Figur, offenbar auf der Flucht, bedrängt von phantomartigen Tieren. An Armen, Beinen und Hals der Gestalt hatten sich die Monstren festgebissen. Klauen, Schnäbel, Flügel, offene Schlunde mit blitzenden Reißzähnen rissen, schnitten, flatterten in einem einzigen Taumel um ihn herum. Der Abstand zwischen ihr und dem Bild erlaubte nur einen Eindruck von der Zusammenstellung der großen Formen, von einzelnen glänzenden Farbflecken. Du mußt näher herankommen, sagte er. Aber sie blieb in der Tür stehen, kroch tiefer in ihren warmen braunen Pullover. Wieder dieses hinterhältige Lächeln, teilweise verhüllt von träge aufsteigenden Rauchgardinen. Sie bohrte die Hände in die Manteltaschen und ließ den Blick durch den Raum gleiten. Ringsum, entlang der Wände, erhoben sich die großen Leinwände, oft zwei übereinander, Kante an Kante; dicht geschichtet lehnten sie in den Ecken; auf dem Arbeitstisch unter dem breiten schrägen Fenster lagen Stapel von Zeichnungen, Studien, Gouachen neben der wildwachsenden Landschaft der Farbdosen, Tuben, Flaschen und Pinsel. Wie immer, wenn etwas tiefen Eindruck auf sie machte, war sie innerlich fieberhaft aktiv und formulierte Gedanken, die Welt war Vision geworden, die sie einzufangen, zu gestalten versuchte. Sie war in den Raum eines Gegners getreten. Er umschloß sie mit seinem ganzen Raum. Er selbst stand neben der Staffelei, in einer Sicherheit, die allzu sicher wirkte, als daß sie eine angriffsbereite Spannung hätte verbergen können. Um sie herum hatte er eine Welt brutaler Geschehen aufgestellt, aus metallisch harten Formen und Farben. Die Fratzen der Bilder, ihre gehetzte, gequälte Gesamtwirkung drängten sich ihr übermächtig auf. Stachlige Gewächse, wilde Tiere, abgeschiedene Gebäude und gigantische Figuren sprachen für ihn. Während er erwartungsvoll dastand in seinem eleganten dunkelgrauen Anzug, seinem schwarzen Hemd und grünem Schlips, nahm er sie mit der Nacktheit der Bilder gefangen. Sie versuchte, sein verschlossenes Schweigen mit der spöttischen Stimme zu vergleichen, die gestern seine Lebensumstände heruntergeleiert hatte. Sie hatte ihn verhöhnt, verachtet. Sie erinnerte sich an den Widerwillen angesichts seiner schwammigen Wangen, seiner schmollenden Lippen, seiner blinzelnden, leicht entzündeten Augen, seiner kahlen Stirn mit dem roten Haarkranz, seiner wulstigen, sommersprossigen Hände mit den kurzen nikotingelben Fingern. Sie hörte das Echo seiner eintönig mahlenden Stimme, die aus dem fast unbeweglichen Mund hervordrang, und der Impuls, auf diese starre, gemauerte Fassade einzuschlagen, stieg wieder in ihr auf. Es schien ihr, als habe sie bereits gestern unter seiner bitteren und feindseligen Litanei eine dumpfe und verborgene Kraft geahnt, eine Raserei, die sich im Kampf gegen Gespenster verbrannte. Ein Antonius, bedrängt von Versuchungen, dachte sie und näherte sich dem Bild auf der Staffelei um einen Schritt. Leo stand noch immer bewegungslos da, wie ein Gesteinsbrocken. Ein Wüstendasein. Die Figur auf dem Bild hatte Leos Züge, verzerrt, karikiert. Ein verhexter Heiliger auf kosmischer Flucht, alles

Übel der Welt an sich geklammert. Wieder ein Schritt näher. Vielleicht schon ein Schritt zuviel. Sie spürte, daß seine Hand, die die Zigarette zum Mund führte, nicht mehr dieselbe gleichmäßige Bewegung beschrieb, sie bewegte sich abgehackter, die Zigarette saß nicht mehr achtlos zwischen den Fingerspitzen, sondern tief eingeklemmt im Schritt zwischen den Fingern. Während er einen Zug nahm, lag die ganze Hand vor seinem Mund, als wollte er etwas ersticken. Warum starrt er hinaus zum Betrachter, fragte sie, gefesselt vom Blick der gemalten Figur. Es war, als gingen die Bestien ihn nichts an, seine schräggestellten Pupillen fixierten den Betrachter. Es lag etwas Flehendes in diesem aus den weißen Augäpfeln hervorbrechenden Blick. Das ist nur, um die Komposition zu zentrieren, antwortete Leo, nachdem er sich dem Bild zugewandt hatte. Sie wollte seine Erklärung nicht gelten lassen, sah darin eine Ausflucht. Sie stellte sich die Situation der gemalten Gestalt vor. Ein Mann in einem horizontlosen Dunst, niedersinkend unter einer Horde von Dämonen, die ihn blutig gebissen und gerissen haben. Der Bildstil detailliert realistisch, alles hart greifbar, obgleich die Proportionen in der rasenden Flucht deformiert waren. Alles definitiv fixiert. Sie spürte die Klauen auf den Schultern, den Biß in den Hals. Sie versuchte, den Blick zu deuten. Das Verlangen, zu verstehen, klar zu sehen, kam über sie wie ein Hungergefühl. Sie drückte die vergrabenen Hände gegen die Magengrube, das Gefühl der Leere verursachte ihr beinahe Übelkeit. Ihr Gesicht war ständigen schnellen Veränderungen ausgesetzt. Während er den Rauch hinter seiner Hand heraufkriechen ließ, betrachtete er sie mit zusammengekniffenen Augen. Das blaugraue Tageslicht floß auf sie herab und beleuchtete sie zur Hälfte. Die andere Seite in Schatten getaucht, stand sie plastisch im rauchvernebelten Zimmer, hinter ihr die Türöffnung zur schwarzen Tiefe des Flurs. Um sie herum all seine großen Beschwörungsbilder, die mit elektrischer Kraft auf ihn ausstrahlten. In seinem Spiegelkabinett hatte er sich in vielen Brechungen postiert, er selbst war der Herzpunkt, aus allen Richtungen vibrierten feine Fäden zu ihm heran. Wie eine Spinne saß er in seinem Netz. Ihr Gesicht wirkte plötzlich uralt. Das seitlich einfallende Licht betonte die tiefe Linie zwischen Nasenflügel und Mundwinkel. Die Nase stach grob und bucklig aus der grauvioletten Schattenpartie hervor, das Gesicht erschien zusammengedrückt zwischen der bis zu den Augenbrauen hinuntergezogenen Mütze und dem hochgeschlagenen Kragen. Sie schob Schultern und Arme nach vorn und über ihren in den Taschen geballten Händen hob sich der Mantel ab, als sei sie schwanger. Er versuchte, sich ihre Körperformen vorzustellen. Waren sie rund oder eckig? Gestern hatte sie den Körper unter einer sackartigen Bluse verborgen. Ihr Mantel hing wie ein Zelt um sie. Er erinnerte sich nicht, ob ihr Haar lang oder kurz war. In Gedanken preßte er die Hände eng um ihre Hüften. In den Handflächen fühlte er den Kleiderstoff, den Druck gegen die Unterwäsche und die warme Haut. Er sah, wie er sie zum Sofa in der Ecke zerrte, wie er die Bilder zurückstieß, sie hinunterzog, ihren Mantel aufriß. Jetzt streckte sie sich. Sofort veränderte sich das Gesicht. Das Verschlissene, Hexengleiche war verschwunden, sie stand da wie ein herausgewachsenes Schulmädchen in ihrer altmodischen Pelzmütze und dem kurzen schwingenden Pullover. Sie betrachtete neugierig das Bild, das hinter der Staffelei hervorsah, selbst die Nase hatte sich verändert, sie wirkte eifrig, spitz, die Lippen rieben unruhig an den nagenden Zähnen. Er fühlte sich überlegen, als er die Leinwand hervorzog und sie auf den Staffeleifuß stellte. Es war ein Querformat, eine männliche und eine weibliche Figur beim Geschlechtsakt. Ohne die Bilder anzusehen, wußte er, wie sie wirkten, aufgetürmt zu einem heidnischen Altar. Mit einer heftigen Bewegung steckte er die Zigarette in den Mund, ließ dann die Hand sinken und wartete ab. Er sah sie aufrecht dastehen, etwas breitbeinig, die Hände tief in die Taschen gepreßt, und stellte sich wieder den Griff um ihren Körper vor. Hatte nicht ihre Brust die Bluse ausgefüllt, als sie sich über den Tisch gebeugt hatte, war nicht ihr Haar gekräuselt und funkelnd gewesen? Er hatte ihr gegenüber gesessen, neben ihrem Vater. Sie ähnelte ihm. Derselbe intensive, unverschämt gierige Ausdruck um den Mund, dieselben dunklen glitzernden Augen. Wie ein alter Satyr hatte Viktor sie vorgestellt, mit seinem wiehernden Lachen, den Spitzbart voller Tabakkrümel, Essensreste, Speicheltropfen, auf- und niederhüpfend. Mit kichernder, sarkastischer Stimme hatte er seine Tochter gepriesen. Wieder diese Augen, sagte sie jetzt. Die nach außen gerichteten Augen des Mannes waren das erste gewesen, was sie in dem Ringkampf gefesselt hatte, in dem sie bisher nur ein Durcheinander von Gliedern unterscheiden konnte. Er sah auf zu Antonius-Ahasverus. Er erinnert mich jetzt an eine Reihe Barockbilder, sagte sie, Bilder von Heiligen, die einer grausamen Tortur ausgesetzt sind, die aber gleichzeitig den Betrachter mit einem fast einschmeichelnden Blick ansehen. Sie bemerkte, daß ihre Worte ihn verletzten, auch wenn er nur herablassend lächelte. Sie setzte ihren kleinen Triumph fort, hatte ein Bedürfnis, ihn anzugreifen, etwas Unausgesprochenes zu zerschlagen, das in seinem Innern zu drängen schien. Dort ist nicht die Tortur selbst das Wesentliche, sagte sie, die Schilderung eines gequälten Zustandes, sondern der

Ruf nach Aufmerksamkeit. Sieh her, so schrecklich geht es mir, scheinen diese Augen zu sagen. Natürlich ist es schrecklich für ihn, aber gleichzeitig flirtet er, er bricht nicht zusammen unter all seinen Wunden, sondern hat noch Kraft für einen koketten Seitenblick. Doch jetzt, da sie es ausgesprochen hatte, bereute sie es beinahe. Vielleicht war es ganz falsch. Vielleicht konnte man die Aufforderung der Augen als einen Zug von Objektivität auslegen, als einen direkten Appell an den Betrachter; sieh her, ecce homo! Aber das sagte sie nicht. Sie genoß noch immer den spitzen Giftpfeil, den sie abgeschossen hatte. Leo spürte nur eine dunkle, kochende Masse in sich. Die Beherrschung zu behalten war keine Schwierigkeit, er wußte, daß er standhalten würde, daß keine Risse sichtbar würden, er hatte sich eine ruhige Würde erkämpft, die wasserdicht war. Er wußte, daß sie Unrecht hatte. Sie sah die Bilder mit dem literarischen Blick. Sie wehrte sich nur gegen das Diabolische und Unbehagliche, das seinen Bildern entströmte. Trotzdem war er halbblind unter dieser Woge heraufbrodelnder diffuser Gefühle. Es war, als habe sie ihn geschlagen. Wieder das Gefühl in der Handfläche, er schlug zurück, hörte die Schläge auf ihre Wange, ihren nackten Rücken, ihre Schenkel. Er ließ einen dichten Rauchschleier vor seinem Gesicht aufsteigen und schloß für einige Sekunden die Augen um ein rot pochendes Meer. Die beiden nackten Körper waren in bläulichen und grünen Farbtönen gehalten. Sie sah den Penis des Mannes wie einen Pfahl in das Geschlecht der Frau gerammt. Mit ihren Händen zog sie das Geschlecht auseinander, es brach auf wie eine Muschel, in rosafarbenen und silbrigen Abstufungen, seine Wülste legten sich saugend um das blauschwarze Zentaurglied. Ihr Becken wurde von der eindringenden Kraft emporgeschleudert, ihre Beine klammerten sich in einer gewaltigen Zirkelbewegung um seinen Rücken. Ihre Arme, unmenschlich verlängert, wanden sich um seinen Hals, während eine seiner Hände, unförmig groß, ihre Brust packte, und die andere, seltsam klein und hilflos, ihren Kopf hielt. Beide Gesichter waren klein im Verhältnis zu den Körpermassen, ihr Gesicht fast ohne Züge, verschwommen, insektengleich, sein Gesicht dominiert vom Seitenblick. Sie ging noch einen Schritt näher an die Staffelei heran. Im mehr und mehr verblassenden Licht sah sie ein Wirrwarr dünner hellblauer Linien wie Kerben in den Körperoberflächen, manche Linien schnitten tief ein und zerschlitzten die Haut in große Fetzen. Eine schwarze teerartige Masse sickerte aus dem aufgebrochenen Fleisch hervor. Da war etwas Tosendes in diesem Bild, sie beugte sich vor, um zu lauschen, sie hörte, wie es dröhnte und schwirrte, wieder ergriff sie das Schwindelgefühl. Man kann hören, wie die Haut um ihre Körper flattert, sagte sie, und mitten in diesem Ringkampf auf Leben und Tod starrt er wieder hinaus, als sähe er sich nach Rettung um. Sie war ergriffen von der rohen und grausamen Obszönität des Bildes, etwas wollte sie zwingen, den Mantel zu öffnen, ihn auszuziehen, aber sie kämpfte dagegen an, schützend legte sie die Arme um ihren Körper. Sie standen nah beieinander in der dunkel fließenden Komposition des Raums. Die viereckigen Flächen der Bilder sprachen nur mit ihren hellsten Farbfeldern, die senkrechten und horizontalen Linien der Leinwandkanten erhoben sich und breiteten sich in einer harten Wechselwirkung aus, die Staffelei stand da wie ein Turm mit ihren beiden Bildsegeln. Leo lauerte wie ein dampfender Klumpen neben seinem Kathedralenbau, Fanny glich in ihrer braunen Umhüllung einer Holzskulptur. Das Fenster war jetzt violett; nach und nach ertranken die

Farben des Raumbildes in der violetten Strahlung und die Schatten vertieften sich zu schwarzem Samt. Sie fühlte, wie weich und saugend der Raum geworden war. Sie schöpfte Kraft aus dem Gedanken, daß sie nur für eine kurze Weile hier war, daß sie bald gehen würde, daß sie nicht in dieser Stadt wohnte. Sie dachte an Paris, an ihr Zimmer drei Treppen hoch im Hotel an der rue de Seine. Die schmale, verwinkelte Treppe, die abgescheuerte Tür, immer voller Notizzettel, die Besucher hinterlassen hatten, der große Schlüssel, rasselnd mit seinem Nummernschildchen, der Schlüssel schwer in ihrer Handtasche, der Schlüssel klappernd im Schloß, das Zimmer mit der hellgrünen, abblätternden Farbe, die Bücherstapel auf dem Boden, das ungemachte Bett, das Waschbecken und das Bidet, der hohe schmale Schrank mit der Spiegeltür, der Tisch am Fenster, auf dem Tisch Essensreste, eine Tasse, ein Glas, eine Weinflasche neben der Schreibmaschine, Berge von Manuskriptseiten, Briefe, Tagebücher, Notizen. Das Fenster zur Straße geöffnet, die schmale Straße mit ihren Schaufensterreihen voller Bücher, Zeitschriften, Tafeln, Raritäten, Kunstreproduktionen, Grafiken, seltsamen Fotografien. Die Geräusche auf der Straße, lebhafte Stimmen, Karren, die vorbeiklappern, die Rufe des Gemüsehändlers, vereinzelte Autohupen. Leo wußte nicht mehr über Fannys Arbeit als das, was Viktor ihm erzählt hatte. Er stellte sich vor, daß ihre Bücher mit seinen Bildern verwandt waren. In seiner gesteigerten Anspannung sah er sie nackt am Tisch sitzen und schreiben, plötzlich konnte er sich ihren Körper denken, er strich über ihre Arme und Brüste, während sie weiterschrieb, er sah ihre Hand, die einen altertümlichen Federhalter hielt, sah die Buchstabenreihen auf dem Papier. Die eigenartige Gedankensituation erregte ihn noch mehr. Die Verlockung, sie zu packen, wurde übermächtig. Er warf die Zigarette zu Boden, während sie ihn herausfordernd ansah, den Mund hart geschlossen, wachsam. Der innere Druck schleuderte seinen Arm nach vorn. Er ergriff ihre Mütze und riß sie herunter. Ihr Haar stand buschig um den Kopf. Sie fuhr mit den Händen durchs Haar, strich es zurück, es funkelte knisternd. Er trat heraus aus einer gemalten Welt. In den zerfließenden Konturen sah sie noch immer die Körpermassen, die sich schwer umeinander wälzten. Sie stand tief in der Sphäre eines anderen Menschen. Er hatte diesen Raum für sie aufgerissen und sie in seine Eingeweide hineingezogen. Seine vielfachen Augen bedrängten sie mit desperaten Forderungen. Er stand dicht vor ihr, ihre Mütze in der Hand, und vom Boden hinter ihm stieg der Zigarettenrauch in einem dünnen schlingernden Strahl auf. Lautlos fiel die Mütze, und die Hände kamen auf sie zugestürzt, sie befand sich im Zangengriff der Arme. Widerstand leisten, den Kopf wegdrehen. Seine Hand festgeknotet in ihrem Haar, sein Kinn an ihrem Hals, die geöffneten Lippen feucht, ihren Mund suchend. Seine Stirn vor ihren Augen, stoßend, Hautfetzen surrend und klatschend, ein dumpfes Stöhnen und Dröhnen. Seine Hand in ihrem Mantel, Knöpfe fliegen auf, seine Hand auf dem Kleid, im Stoff rasend, um die Taille, den Rücken kriechend, sein Arm schleppt sie fort wie ein Eisenhaken. Bildflächen zerbrechen, Linien werden knirschend verschoben, violette und schwarze Flächen wirbeln umeinander, die Gewalt reißt sie mit sich, polternd, rutschend. Nun hatte er sie unter sich auf dem Sofa, ihr Bauch wand sich, stieß und pumpte, ihre Hüften tanzten auf und ab, ihre Unterarme, gestützt auf die Ellenbogen, führten zu seinen Schultern wie Pfeiler, mit dem federnden Dach der Hände. Er hielt ihren Kopf im Zaum, seine

Lippen, Zähne, Zunge gruben sich in ihren Mund hinein, bis er Antwort fand. Er spürte, wie ihr Widerstand nachließ, er drückte seine Knie zwischen ihre Beine, drängte die Arme beiseite, legte sich mit seinem ganzen Gewicht auf sie. Der Körper verborgen unter der Schale der Kleider. Der grobe weite Rock, die erregende Seide der Strümpfe, das Strumpfband mit dem harten Verschluß unter der Hand, das Band, das die Haut in zwei Wärmefelder teilt, die Spitzenkante der Hosen, die Hüften unter der dünnen Wäsche, der Druck des Gummibandes auf die Hand, die darunter gleitet, der körnige, straff gespannte Hüfthalter, feuchte Haut, die Vertiefung des Nabels mit nassen Hautfalten, weiter unten rauhes feuchtes Haar, Körperdunst, sie hebt den Unterkörper, süßlicher Geruch von Schweiß und Flüssigkeiten, der Rock weit über den Bauch hinaufgezogen, der Mantel wie Flügel ausgebreitet, ein Arm herunterhängend auf den Boden, die Schenkel, nicht länger angespannt, weiten sich, machen Platz, das Geschlecht geschwollen, aufgerichtet, die Spitze bereits zum Bersten gefüllt, an die weichen nassen Lippen drängend, aber zu spät, äußerste Steigerung und Detonation, dann wiegende Müdigkeit, gemischt mit einer bitteren Ahnung von Enttäuschung. Sein Herz schlug rasend gegen ihre Brust. Seine Stirn an ihrer Wange war fieberheiß. Sein heftiger Atemzug blies über ihren Mund. Sie strich über sein dünnes Haar. Ihr Becken bewegte sich noch immer leicht rotierend. Das Sperma, das sich über ihren Bauch ergossen hatte, begann, sich kalt und klebrig anzufühlen. Es roch nach Chlor. Die Haut zog sich unter der trocknenden dünnen Schicht zusammen. Sie tastete nach der Manteltasche, zog das Taschentuch hervor. Langsam ebbten die Bewegungen ab. Beide lagen still in einer Leere. Sie blickte über den Raum.

Sein organischer Charakter war verschwunden. Sie sah nur noch eine Ansammlung von Dingen. Auf dem Boden vor dem Sofa lagen die hinuntergestürzten Bilder. Die Keilrahmen mit ihren Querstreben und festgesteckten Keilen schimmerten auf der dunklen Rückseite der Leinwände. Reihen schwarzer Punkte zogen sich über die Leinwandkanten. Zigarettenkippen lagen wie Ungeziefer zertreten auf dem Holzfußboden. Die Fugen zwischen den Dielen liefen in perspektivischer Verkürzung auf die Fensterwand zu. Oben an den hohen Wänden hingen Bilder wie dunkle Fenster zu unkenntlichen Landschaften und Geschehnissen. Von der Decke hing eine große dunkle Masse mit einzelnen lichtreflektierenden Punkten und Linien herab. Sie wirkte wie eine primitive Maske mit einem Paar mächtiger Hörner. Die Staffelei ragte auf, schwer, mit schwarzen Balken, und trug ihre großen Schilde. Der Schlagschatten lag quer über dem Boden und dem Sofa und stieg an der Wand wieder nach oben, umrahmt vom Widerschein des schrägen Rechtecks und Rautenmusters des Fensters. Auf dem Tisch, dessen Platte auf einem Block aus Dunkelheit ruhte, schimmerten Pinselschafte und Flaschen. Eine Leuchte auf dem Hof hob die Schmutzflecken, Unebenheiten und Sprünge des Fensterglases hervor. Sein Körper lag wie ein Sack auf ihr. Die geöffnete Gürtelschnalle drückte sich tief in ihren Schenkel. Daß man eine solche Last tragen kann. Daß es Augenblicke gibt, in denen man das Gewicht nicht bemerkt, in denen es sich nur anfühlt wie eine warme Weichheit. Jetzt stand er auf, zog die Hosen hoch, saß mit dem Rücken zu ihr. Dann stand er auf. Seine breite, dunkle Gestalt ging langsam an der Staffelei vorbei und aus dem Raum hinaus, verschwand im schwarzen Tunnel des Flurs. Sie begann, ihre Kleider zu ordnen, setzte sich auf, zündete eine

Zigarette an. Alles leer und still, nur irgendwo da draußen Wasser, das aus einem Hahn lief. Sie saß gedankenlos da, während er sich in der Küche wusch. Er starrte in den kleinen Spiegel an der Wand. Er starrte auf sein Gesicht, es war eine fließende hellgraue Masse. Er konnte seinen eigenen Blick nicht fangen, die Augen wandelten sich wie Amöben, in weißen, rotumrandeten Lachen schwimmend. Er schnitt eine Grimasse, entblößte die Zähne, kurz, nikotingelb. Er füllte die Hände mit Wasser, wusch sein Gesicht, trocknete sich abwesend ab. Er blieb in der Küche stehen, unter der nackten Glühbirne, die von der von Essensdunst gebräunten Decke hing. Auf dem rostigen Zinkblech des Spültischs standen schmutzige Teller und ein Glas und ein Topf mit verklebten Spaghetti. Die Tür zur Speisekammer stand offen, und in den Regalen waren eine Zuckertüte, ein Butterpaket, eine Kaffeedose, Konserven, eine Flasche Wermut, leere Flaschen, ein Teller mit verschimmelten, geschrumpften Kartoffeln, einige Messer und Gabeln zu sehen. Er spülte zwei Trinkgläser ab, holte die Flasche hervor und ging langsam zurück ins Atelier. Als er das Licht einschaltete, sah er, daß sie an der Staffelei stand. Sie war ganz angezogen, auch die Mütze hatte sie wieder weit über die Haare hinuntergezogen. Willst du nicht ein Glas Wermut? Sie schüttelte den Kopf und sagte, ich muß jetzt gehen. Bleib, du mußt bleiben, ich muß es dir erklären, ich habe so lange allein gelebt. Mit seinem betrübten Gesicht glich er einem Schuljungen. Aber du bist doch verheiratet, du hast ein Kind. Sie strich zärtlich über sein dünnes rotes Haar, lächelte ihn an, wie er dastand mit seinen Gläsern, seiner Wermutflasche. Verheiratet, sagte er nur, und sein Gesicht bekam wieder den querulantischen Zug. Dann murmelte er, hier lebe ich, ich habe kein anderes Heim. Ich bin nur auf ein paar Tage hier, sagte sie, ich werde doch bald abreisen, es ist sinnlos, daß du dich an mich bindest. Fanny, rief er, bleib bei mir! Ich will nicht hierbleiben, sagte sie. Sie erschrak über seine flehende, fordernde Hilflosigkeit. Ich muß jetzt gehen. Bleib! Aber sie war schon auf dem Weg. Sie ging an ihm vorbei. Spürte, wie er hinter ihr stehenblieb mit den Gläsern und seiner Flasche. Spürte eine grausame Gleichgültigkeit. Ging zur Wohnungstür, schloß sie hinter sich. Spürte die ganze Zeit, während sie die Treppe hinunterging, wie er noch immer neben der Staffelei mit den nackten rufenden Bildern stand. Er füllte ein Glas, kippte den bittersüßen Wein hinunter. Dann zündete er eine Zigarette an, der Rauch rief einen Hustenanfall hervor, sein Körper wurde geschüttelt, seine Augen tränten, aber er sog weiter an der Zigarette, füllte die Lungen mit Rauch, bis die Attacke von der einströmenden Betäubung erstickt war. Die Zigarette saß nun fest im Mundwinkel, ein kleiner Schornstein. Die Maschine stand unter Dampf. Unten vom Hof her waren ihre Schritte auf dem Steinpflaster zu hören, sie ging schnell, die hohen Absätze klapperten. Vielleicht wandte sie sich um und sah das große erleuchtete Atelierfenster in der schwarzen Dachsilhouette. Er stand da und prüfte die beiden Bilder auf der Staffelei. Was hatte sie über die Augen gesagt? Er hörte losgelöste Klänge ihrer Stimme. Sie war noch immer im Raum anwesend. Er spürte sie neben sich, sah sie drüben beim Sofa. Da war noch immer der Abdruck ihres Körpers auf seinem ganzen Körper. Sein Geschlecht vernahm noch die kurze mißglückte Berührung. Eine Gegenkraft begann, das Gefühl der Niederlage zu verdrängen. Er hob das große Hochformat herab und stellte das Bild des Geschlechtsaktes auf das Staffeleibrett. Sie hatte recht, die nach außen blickenden

Augen zogen die Kraft aus dem Bild, sie sprengten die Fläche und bildeten eine dritte Dimension zum Betrachter. Er stellte die Staffelei näher an den Tisch mit den Farben. Wählte unter den Pinseln, begann, am Gesicht des Mannes zu malen, mit feinen dünnen Strichen. Er übermalte die Augen, arbeitete die Gesichtszüge fort, ebnete das Gesicht ein zu der gleichen blinden, stummen, eingesponnenen Maske wie bei der Frau. Der Geruch der Ölfarbe hüllte ihn ein, gemischt mit dem Aroma des Tabakrauchs. Er dachte nicht mehr, versank ganz in die Hypnose des Malens.

Auf dem Pensionskorridor hörte sie Stimmen im Zimmer des Vaters. Sie blieb vor der Tür stehen und lauschte. Ihr war warm, sie nahm die Mütze ab, öffnete den Mantel. Sie stand auf dem schmalen gestreiften Teppich, der sich über den langen Korridor erstreckte, von der Fahrstuhltür bis zur schmalen Wand mit dem Waschbecken. Die dunkelbraunen Türen mit ihren kleinen Nummernschildchen waren wie geschlossene Geheimnisse. Hier und da war ein gedämpftes Gemurmel zu hören, ein Lachen, Radiomusik. Sie genoß die Leere des Korridors, den Gedanken an all diese geschlossenen Lebenszentren hinter sich und vor sich. Das Hungergefühl mahlte in der Magengrube. Ich bin frei und doch gefangen. Ihr Name wurde drinnen im Zimmer des Vaters genannt. Gierig lauschte sie, erinnerte sich tief im Innern an die Kindheit, die Nächte, in denen sie in ihrem Bett gesessen und das Ohr gegen die Wand zum Schlafzimmer der Eltern gepreßt hatte. Einige Sekunden hatte sie ihr gesamtes altes, versunkenes Leben greifbar nah. Die weißen Gardinen vor dem Fenster zur Allee in Berlins Westend. Die Autoreifen, die auf dem regennassen Asphalt vorbeifegten. Der weiße Schreibtisch mit den Schulbüchern, die

Kleider auf dem Stuhl, das filigrane Muster des Gardinenstoffs und das gebrochene Abbild des Fensterkreuzes quer über der Decke und der Wand. Sie hatte die Lage des Zimmers in der großen funktionalistischen Villa in sich, sie spürte die Ganzheit des Hauses von der rauhen Kälte des Betonkellers bis zu den vielen Spielplätzen des Dachbodens. Der Motor des Aufzugs begann zu surren, und das Spinnweben wurde zerrissen. Sie horchte auf das scheuernde Geräusch, hörte, wie unten im Schacht die Tür zugeworfen wurde, wie das Gitter zusammengeschoben wurde, wie der Korb knirschend aufstieg, unendlich langsam. Die erleuchtete kleine Kammer des Aufzugs tauchte mit ein paar fremden Menschen auf. Sie fühlte sich wie ein ertappter Dieb. Langsam bewegte sie sich ihnen entgegen, sie gingen an ihr vorbei, ohne sie anzusehen, ein junger Mann und eine Frau, müde, flache Gesichter. Er trug ein paar billige abgewetzte Alpakataschen, eine von ihnen war mit einer dicken Schnur umwickelt. In der Hand der Frau baumelte der Schlüssel. Vor einer Tür blieben sie stehen. Der Schlüssel klirrte im Schloß. Sie öffneten die Tür und gingen in ihr Zimmer, schlossen die Tür hinter sich, schlossen von innen ab. Das Hoteldasein. Sie drehte sich um und ging zurück zur Tür des Vaters. Zürich, Lugano, Rom, Paris, Stockholm. Ein Dasein in Zimmern, die in ihrem furchtbaren Umsatz von Leben unpersönlich geworden sind. Zimmer, denen man sofort in einer Schutzmaßnahme seinen eigenen Stempel aufzudrücken versucht; man hängt seine Kleider in den Schrank, breitet Pyjama und Morgenmantel auf dem Bett aus, man füllt die Glasscheibe über dem Waschbecken mit seinen Toilettenartikeln, man verbirgt die lächerliche grüne Löschpapierplatte auf dem Schreibtisch in der Schublade, man stellt Bücher auf, legt den Schreibblock, Fotografien auf den Tisch, man schaltet die kleine Lampe ein und löscht das Deckenlicht, man öffnet das Fenster auf einen Hof, eine Gasse, einen Platz, einen Kai, einen See, eine Berglandschaft. Man ist überall dort daheim, wo man hinter sich abschließen und an einem Tisch sitzen und schreiben kann. Die beiden Menschen, die mit ihren ausdruckslosen Gesichtern an ihr vorbeigegangen waren, die hier auf demselben Korridor wohnten wie sie, wer waren sie, woher kamen sie? Ich würde gern zu mir hineingehen und über sie schreiben. Leere, nichtssagende Züge, aber wenn man näher an sie herandrängt, sieht man die feinen Falten in der Haut, die Nervenzuckungen im Mundwinkel und um die Augen, die Flecken und das Zittern der Iris, den Pupillenbrunnen, der einen unendlichen Strom von Bildern in sich aufgesogen hat. Aber die Macht der Tür des Vaters war nun zu groß. Sie gab ihrem Hunger nach und trat ein.

Viktor, Paul und Thel wandten sich zur Tür. Viktors Lachen hallte noch im Raum. Paul hielt die Teetasse in der erhobenen Hand, Thel saß vornübergebeugt, die Ellenbogen auf dem Tisch. Atemlos rauschte Fanny herein, ihr Haar flammend wie ein Mond um den Kopf, ihr Mantel flatternd. Sie warf die Tür hinter sich zu, schnaufte. Ich habe mich beeilt, so gut es ging! Paul und Thel standen auf. Wir haben gehört, daß du hier in der Stadt bist, sagte Paul und drückte ihre Hand. Thel umarmte sie, sie wirkte zerbrechlich und klein in Fannys Armen. Allgemeines Wirrwarr von Stimmen und Bewegungen, Fannys Mantel durch die Luft fliegend, auf dem Bett landend, ihre Schuhe weggeschleudert, über den Boden klappernd, Fanny prustend wie aus dem Wasser aufgestiegen, Viktor beschäftigt mit Tassen und Teekanne, Stühlerücken, die Lampe mit dem roten Seidenschirm schaukelnd über dem Tisch, Orgelpfeifen von aufgestapelten Büchern dumpf brausend ringsum auf Boden und Stühlen, der ganze Raum wie eine vollgepackte Buchhandlung, zusammengedrängt in der Mitte die vier Personen um den Tisch. Wortkaskaden der Rekapitulation von Ereignissen nach zweijähriger Abwesenheit, Fanny wie ein elektrisches Bündel, Viktor mit sarkastischen Bemerkungen sekundierend, verliebt in die Tochter, Paul mit Augen, Ohren, Mund die Blitzeindrücke aufsaugend, vermittelt vom Boten aus Paris. Nur Thel still, beobachtend. Sie fühlte sich blutarm, grau angesichts der geöffneten Vitalitätsschleusen Fannys. Mit ihrer Mimik, ihren Gesten, mit ihrem ganzen Körper ging Fanny in ihren Erzählungen auf, sie grub in einem Reservoir voller Rohmaterial, skizzierte Charaktere, Situationen, Milieus in einer blendenden Greifbarkeit. Thel beneidete sie; warum bin ich so schwer, so plump, warum kann ich nur in einem seltenen Augenblick auf der Bühne aufleben? Fannys Wangen hatten eine hektische rote Farbe angenommen, einige Knöpfe ihrer Bluse standen offen, schlecht sitzende Unterwäsche war zu sehen. Der Rock war zerknittert, die Strümpfe hatten Laufmaschen. Was hat sie getrieben, ist sie in eine Schlägerei geraten? Wo sie auch ist, bringt sie die Atmosphäre in Bewegung, sie saugt die Menschen an sich, sie saugt sie auf, aber sie gibt auch sich selbst ganz und gar. Ihr Gesicht spiegelt ein starkes Erlebnis, sie fegt eine Welle von Leben mit sich, sie sieht aus, als hätte sie gerade agitierend in einer Menschenmenge gestanden, und jetzt spricht sie hingegeben von einem poetischen Erlebnis, das Poetische und das greifbar Wirkliche verschmelzen bei ihr, ihr Gesicht, das so aufgewühlt war, so gehetzt, als sie in den Raum geflogen kam, hat jetzt strenge und reine Züge. Der Negerpoet, den sie beschreibt, taucht in Thels Phantasie auf, sie hört seine Stimme, sie hört Gedichtzeilen, die wie dicke Milch sind, andere Zeilen sind wie ätzende Nadelstiche, ihn umgibt eine Universalität, kein Gedicht des Gedichtes wegen, sondern Weckrufe, Wächtersignale, Mahnungen, und gleichzeitig der enge Raum, in dem er wohnt, Aussicht auf die Brandmauer des Hofschachtes, das gesprungene Waschbecken, seine abgenutzten Turnschuhe, seine geflickten Hosen. Nicht nur die Stadt Paris um ihn herum, auch andere Städte, Kontinente, eine ungeheure, unförmige, ungestaltete Lebensmasse. Sie konnte den Erdball unter sich spüren, sie erfaßte ihr Dasein auf dieser enormen, durch den Weltraum rasenden Kugel; überall Gehirne, Herzen in Betriebsamkeit, überall der Kampf des Bewußtseins unter dem unhörbaren Orkan des Rotationslautes. Und Fanny schon in eine neue Sphäre eindringend, ihr Gesicht nun roh, blutig, dunkel, da sie die schmalen Zellen und Ledersofas des Massageinstitutes aufscheinen läßt, weißgekleidete Pflegerinnen, Schnürstiefel und Gürtel auf den nackten Körpern darunter, akrobatische Dompteusen, in Trapezen und Seilen hängend, mit Hundepeitschen knallend, die fetten Bäuche der Männer zitternd unter den kleinen elektrischen Massageapparaten; Details, die man gern mit verachtender Herablassung abtut und die man doch im Geheimen gierig aufsaugt. Wie kann sie dem standhalten, Fanny, einer solchen Vielfalt, einer solchen Intensität. Sie selbst würde zerbrechen; oder war es nur die Angst davor, sich einmal herauszusprengen, sich einmal aus ihren eigenen Grenzen herauszuschleudern? Blendet sie oder ist sie tief, fragte sich Paul. Aber sie besitzt die Macht der Suggestion. Die Konfrontation mit ihr läßt einen die eigene Ängstlichkeit und Eingeschlossenheit erkennen, und sie reißt die Perspektive eines ständigen Traums von Freiheit und Bewegung auf. Wir brauchen solche Eindringlinge wie dich, sagte er, um uns bewußt zu werden, wie wir hier verdorben werden, wie wir auf dem Weg sind, langsam zu vermodern. Hier in unserem eigenen Kreis merken wir kaum noch, wie gedämpft und mittelmäßig unser Dasein ist, die große Langeweile hat uns alle ergriffen, wenn jemand einen Versuch macht, bis ans Äußerste zu gehen, wird er für wahnsinnig erklärt. Wo gibt es jemand, der bis ans Äußerste geht, rief Viktor. Zeig mir diesen Desperado, daß ich ihn umarmen kann. Es bräuchte mehr Wahnsinnige, mehr Umstürzler. Was sind das für Revolteversuche, die wir hier erleben – kleine formale Übungen in Kunst, Literatur, Theater – es ist der große Inhalt, der fehlt, das aufrührende, aufwiegelnde Thema! Ich versuche es, sagte Paul, begleitet von Viktors Hohnlachen. Ich habe versucht, etwas Neues zu machen, unten im Theater, ich habe versucht, unsere letzte Vorstellung zu einem Pulverfaß zu machen, aber daraus wurde nichts, wir haben keine Kräfte, keine Ressourcen. Keine Besessenheit, rief Viktor. Besessenheit, was hilft Besessenheit, wenn es keinen Nährboden, keine Resonanz gibt, sagte Paul. Viktor antwortete, bis zum Schluß, an den Scheiterhaufen gebunden, durch die Flammen hindurch sollst du deine Botschaft hinausschreien! Das sind Artauds Worte. Ein Besessener, ein Seher. Artauds Halluzinationstheater, du hast recht. Paul fühlte sich mutlos. Es war ein solches Theater, von dem er träumte. Ich sehe es vor mir, dieses »innersekretorische« Theater, ein Theater der Beschwörungen, voller magischer Riten, Schreie, Flüstern, akustischer Phänomene, phantastischer Bewegungen und Lichtspiele. Ein Theater, das den Zuschauer mitten in den Solar Plexus trifft, ein Theater der Nerven und Emotionen. Das klingt gut, antwortete Viktor, aber es ist ins Blaue gesagt. Es fehlt eine Stellungnahme. Wo steht ihr, was bezweckt ihr mit eurem Spiel? Selbst wenn das Drama absurd ist, irrational, muß es eine tragende Kraft geben. Aber entweder habt ihr keine wirklichen Lebenserfahrungen in euch oder ihr wagt euch nicht an sie heran. Ihr landet immer im Vagen und Romantischen, ihr wollt mit den großen Theatern konkurrieren, anstatt ganz auf eure Außenseiter-Situation zu setzen, ihr sucht Anerkennung, Erfolg, anstatt Haß und Ärger herauszufordern. Er gleicht einem giftigen Gnom, dachte Thel. Wie ein Schnabel bog sich seine gewaltige Nase hinunter zum Kinn mit dem hüpfenden Bart. Speichel spritzte zwischen den wenigen großen Zähnen hervor. Aber deine Augen sehen aus, als triebst du mit allem dein Spiel, als nähmst du im Grunde nichts wirklich ernst! Er klingt, als diktiere er einen Kulturartikel in seiner alten Zeitung, sagte Fanny. Die zwanziger Jahre, rief Viktor. Welche Zeit, welche Debatten! Die zwanziger Jahre, ein großes Forum für Experimente, Neuerungen, kühne Vorstöße. Sicher waren die Verhältnisse auch damals krank und elend, aber es gab Geister mit Ausdruckskraft, es war etwas auf dem Weg. Schlaft ihr jetzt? Heutzutage tut ihr die zwanziger Jahre ab, ihr betrachtet sie als etwas Abgeschlossenes. Wenn etwas nach Experiment riecht, sagt ihr, das ist Überholtes aus den zwanziger Jahren. Aber die zwanziger Jahre sind nie zu einem Abschluß gekommen, sie wurden nur abgebrochen, es kamen die Krisen und politischen schwarzen Löcher der dreißiger Jahre, dann kamen der Krieg und die Sinnlosigkeit; aber die Ansätze der zwanziger Jahre sind noch da, alles findet sich dort angedeutet, es gibt alle Möglichkeiten, weiterzumachen. Es ist nur so, daß ihr jetzt so müde und mutlos seid. Der Krieg und die Nachkriegszeit scheinen den

Saft aus euch gesogen zu haben. Ihr glaubt, daß alles im Sande verläuft. Ihr habt eure Lebensumstände allzusehr akzeptiert, in eurer Arbeit geht ihr ständig wie die Katze um den heißen Brei. Ich weiß, sagte Paul, ich weiß, man sollte mitten in das faule Fleisch hineinschneiden. Aber warum ist das so unerhört schwer? Ich merke es in meinen Schreibversuchen, ich fühle ein komprimiertes Material in mir, aber ich komme nicht heran. Seit Jahren strenge ich mich an, mich zu ihm durchzubohren. Man arbeitet wie in einer dunklen Grube. Man sieht nichts. Und es ist nur Schlacke, die man heraufbefördert. Es werden bloß Ansätze, die zu nichts führen. Manchmal, wenn ich mich in der Stadt herumtreibe, oder gerade jetzt, während wir sprechen, wirkt alles so einfach, man hat das Gefühl, daß man nur anzufangen braucht, sich hinsetzen und schreiben, und alles kommt von selbst. Aber ich weiß, schon der Weg zum Schreibtisch, das Hervorholen von Papier und Schreibmaschine verbrauchen die Energien so total, daß man dann nur dasitzt und glotzt, unfähig, ein einziges tragfähiges Wort zu finden. Du mußt einen Plan machen, sagte Fanny. Du mußt wissen, worüber du schreiben willst. Aber genau davon will ich wegkommen, sagte Paul. Das Durchdachte und Berechnete. Die äußere Handlung, die Zeichnung der Personen, die Intrige. Ein Satz wie »sie trat in den Raum« erscheint mir so äußerst lächerlich. Ich will nicht in Kunstgriffe verfallen, in Dramatisierungen, ich will es nur hervorwallen lassen, das chaotische innere Material, Gefühle, Träume, Visionen. Aber es zu Papier zu bringen, ist bereits eine bewußte Handlung, sagte Viktor; schon in der Sekunde, in der das Gefühl, der Traum in geschriebenen Worten dasteht, ist das Material verwandelt. Es ist nicht mehr etwas, das es in dir gibt, sondern es ist eine Mitteilung, du schreibst eine

Flaschenpost, die jemanden erreichen soll. Du mußt so sprechen, daß man dich verstehen kann. Du sagst ja selbst, sagte Fanny, daß du keine einzige Linie ausführen kannst, wo also liegt der Fehler? Wenn man nur von seiner eigenen Ich-Welt ausgeht, passiert das Seltsame, daß man sich selbst aus der Sicht verliert. Man verliert sich in all dem Gerümpel, das auf den ersten Blick so verlockend wirkte. Du arbeitest in einem Sumpf ohne Boden, du sinkst immer tiefer und ertrinkst. Wenn du in dir selbst sitzt, verstehst du nichts. Du mußt dich von außen sehen können. Es ist viel besser, wenn du von dir selbst sagen kannst, Er trat in den Raum. Dann hast du dich dort, dann stehst du dort und kannst etwas sagen. Dann hast du einen Raum um dich herum, du stehst auf einem Boden, um dich herum gibt es Möbel und Wände mit Bildern. Das ist greifbar. Man sieht dich. Du kannst machen was du willst und es ist glaubwürdig. Auch der innere Monolog muß in einem Raum vor sich gehen, in einer Reibung mit der Außenwelt. Dir fehlt ein solcher Raum, du fühlst nur ein Vakuum, deshalb kannst du nicht schreiben. Wie machst du deine Romanfiguren, fragte Paul; und wie kannst du es aushalten, über sie zu schreiben? Du kannst dir jeglichen Charakter ausdenken und dich mit ihm identifizieren. Ich kann nie von dem Gedanken loskommen, daß ein solcher fabulierter Boxer, Erweckungsprediger, Zauberkünstler, Mörder, Bettler oder Direktor nur ein Teil meiner selbst ist, und da erscheint es mir richtiger, nur vom Ich auszugehen, für alle diese eigenen Züge einzustehen und abwechselnd zu morden, zu betteln, zu befehlen, zu predigen, zu zaubern und um mich zu schlagen. Es interessiert mich mehr, zu erforschen, warum ich morden, kriechen oder herrschen will, als Schachfiguren zu bauen, die ich gegeneinander ausspielen kann. Das meiste unserer jetzigen Romanliteratur mit ihren Schilderungen von Milieus und menschlichen Beziehungen sagt mir nichts, mich fesseln nur Tagebücher, Briefsammlungen, Krankenjournale, äußerst persönliche Notizen. Deine eigene Bewußtheit und deine Selbstkritik fressen dich auf, sagte Fanny. Nur ein wirklich Ich-Besessener, ein Ich-Gigant kann möglicherweise über sich selbst schreiben. Ob daraus dann ein Kunstwerk wird, ist eine andere Frage. Ich will keine Kunst machen, rief Paul. Vielleicht ist es das, daß ich so übersättigt bin von Kunst. Ich fühle mich manchmal wie ein überreifer Europäer, angefüllt mit fertigen Formen, mit Kathedralen, Orgelkonzerten, Gemäldegalerien; ich bin ein einziger großer wurmzerfressener Schrank mit randvollen Schubladen. Ich möchte mich all dieser Kenntnisse, all dieses Kulturguts entledigen und anfangen zu stammeln, zu lallen wie ein Säugling. Ich kann alles, ich kann Dramen schreiben, Dekors zeichnen, Musik und Choreographie komponieren, eine Filmkamera bedienen, Stimmen nachahmen, Kurse leiten, Vorlesungen abhalten, mich in sozialen, pädagogischen, psychologischen Zusammenhängen äußern, und während ich das tue, habe ich das Gefühl, daß ich etwas leiste, ich gebe mein Äußerstes, aber das ist es nicht, das ist es nicht! Das ist es nicht; sein Ausruf läutete in Thels Ohren. Es klang wie eine Sturmglocke. Fragend sah sie ihn an. Sie kannte sein Gesicht gut. Kannte dessen dunkle bedrückende Unterwasserzeiten, seine luftigen Perioden, seine ungeduldigen Zwischenzustände. Mit den Fingerspitzen berührte sie seine Hand, die er sofort zurückzog. Diese Furcht vor Berührungen, diese Schwierigkeit, aus sich selbst herauszukommen, körperlich zu sein. Warum ist er so blind? Dieses Grübeln, diese Angestrengtheit. Diese Zugewachsenheit. Sein Gesicht fast schwarz unter den Bartstoppeln. Gibt es nicht auch etwas anderes, sagte sie tastend; eine entspannte, meditative Kunst, muß alles Schrei und Angriff und Aufruhr sein? Es wurde für einen Moment still. Sie saßen unter der großen hängenden Mohnblüte des Lampenschirms, rauchten, rührten in ihren Tassen. Von der Straße her waren gedämpfte Schritte und Automotoren zu hören. Viktor über die Tasse gebeugt, schlürfend, den Dampf des Tees im borstigen Schnurrbart. Chinesisch gewürztes Aroma, tief goldrote Flüssigkeit, die Wärme hinunterdrängend durch den Schlund, die Kehle, sich im Magen sammelnd. Warum war er noch immer hier in dieser Pension, elf Jahre nach dem Krieg, fünfzehn Jahre nach der letzten Flucht, warum hatte er sich zu dieser Zurückgezogenheit verurteilt? Sollte er nicht noch immer in der Lage sein, eine große Zeitung zu leiten? Ein vorbeibrausender Bus weckte die Erinnerung an den Schicksalschor der Rotationspressen. Das Chefzimmer, in dem der Fernschreiber tickte, in dem Weltkarten an den Wänden ringsum hingen, in das die Setzer mit den druckfrischen Fahnen hereingerauscht kamen. War er zu alt, von neuem zu beginnen? War er zerbrochen an diesem Zufluchtsort, Jahr für Jahr hier sitzend mit seiner kleinen Presseagentur, an Artikeln feilend, nach denen niemand fragte. Er sah plötzlich diese fünfzehn Jahre wie in einer Nußschale. Noch zehn Jahre, noch fünfzehn Jahre und es würde Schluß sein. Irmgard tot, gefallen während der Flucht. Der Sohn vergast. Das alte Haus dem Erdboden gleichgemacht. Fanny die einzige, die noch von ihm weiß, die seine Vergangenheit kennt. Er lebt durch sie, spiegelt sich in ihr, wird in ihr weiterleben. Nein, es gab kein Zurück, das Alte war verloren. Er hatte sich seiner Hundehütte angepaßt, sich mit ihr abgefunden. Fanny sah seinen nassen Schnurrbart, der aus der Tasse heraushing. Sie lachte. Du hast nie deinen Glauben an das alte Europa aufgegeben, sagte sie, du bist jünger als die meisten von uns. Du glaubst an eine Tradition. Die Klassiker sind in dir lebendig. Du kannst sogar noch immer Beethoven genießen. Du siehst die Welt als ein Ganzes. Für dich ist es eine Selbstverständlichkeit, daß jemand in den Raum tritt und etwas sagt. Aber ich verstehe auch Paul. Wir sind am Ende eines Krieges geboren, und als wir halbwegs soweit waren, uns auszudrücken, wurden wir in einen neuen Krieg hineingezogen. Die Kontinuität, die wir erlebt haben, war destruktiv. Du hast keinen Sinn für das Atonale und Dissonante, aber wir sind in einer Formwelt aufgewachsen, die mehr und mehr zersprengt wurde, die Schizophrenie ist ein Daseinszustand für uns. Ich verstehe genau, was Paul meint. Aber – sie wandte sich an Paul – es kommt auf die Haltung angesichts dieser allgemeinen Werteauflösung an. Es gibt nur zwei Positionen, die eine besteht darin, sich von Unschlüssigkeit und inneren Widersprüchen verzehren zu lassen, sich als Opfer zu betrachten, die andere darin, seine ungewisse Lebenszeit darauf zu verwenden, zu sichten, Stellung zu nehmen, die Begriffe zu klären. Ich weiß, das klingt einfach – aber es ist einfach. Da ist etwas Neues, das Gestalt annimmt, dachte Paul. Oder ist es nur alter Schlamm, den ich für Diamanten halte? Bilde ich mir nur ein, daß ich noch dazu tauge, etwas zu erschaffen, ist das ein alter überholter Wunschtraum? Bin ich nicht eigentlich am Ende, ausgepumpt, zehre ich nicht nur von den Resten pubertärer Genialität? Ich bin sechsunddreißig. Sollte ich da nicht zu einer klaren Linie gekommen sein? Sie schreibt Bücher. Was befindet sich von dir selbst in deinen Büchern, fragte er. Du hast Figuren geschaffen, Sprachrohre für deine Ideen, du schreibst zum Beispiel von einem Mann, der umhergeht und Staubsauger verkauft; was holst du da heraus, hast du dein ganzes Leben in die Figur gegossen – was bedeutet er für dich? Übrigens, ich weiß es, ich kann die Frage selbst beantworten, Staubsaugervertreter sind wir alle, wir alle, die Bücher herausgeben, Bilder malen, Musik schreiben, Theatervorstellungen machen, wir alle, die wir glauben, daß wir in den verstaubten Räumen um uns herum saubermachen können. Wir gehen umher mit unseren Musterstaubsaugern, drängen uns Leuten auf, glauben, daß wir etwas mehr Glanz in die ausgetretenen Teppiche bekommen. Ein Staubsauger ist ein Staubsauger, rief Fanny. Ich will über die Dinge, die Personen schreiben, wie sie sind, sie sollen nichts anderes sein als sie selbst. Ich will die Funktion der Dinge und Personen herausbekommen. Ich schreibe aus Neugier. Ich stelle mir mit jedem Buch ein bestimmtes Problem, das Schreiben ist ein Versuch, das Problem zu lösen. Ich kann einen fremden Menschen sehen, einen Busfahrer, eine Wäscherin, ein paar zufällig Vorbeigehende auf einem Hotelkorridor, ich weiß nichts von ihnen, aber plötzlich erwacht ein wahnsinniges Bedürfnis, unter ihre Haut zu kriechen, ich weiß nicht, warum, ich spreche nicht einmal mit ihnen, sie haben ganz andere Interessen als ich, aber gerade dieses Fremde läßt mir nun keine Ruhe, ich beginne, sie für mich aufzubauen, ich vergesse mich selbst, wie in einem Trancezustand versetze ich mich in diese auftauchenden Figuren, bis ich sie klar vor mir habe, bis ich mich in ihnen bewege, bis ich weiß, wie sie wohnen, was sie essen, wie sie ihren Tag verbringen. Eine Art Spiel, eine Art Zeitvertreib, sagte Paul. Vielleicht, antwortete Fanny. Sie sah müde aus. Ihre Mundwinkel betrübt hinuntergezogen. Vier Menschen um einen Tisch, um eine große rote Lampe. Vier Paar Hände, weißleuchtend im Lampenschein, mit rötlichen Flecken um die Knöchel, mit den blauen Schatten der Adern, mit glänzendem Flaum um die Handgelenke. Hände in Bewegung um Teekanne, Tassen und Aschenbecher. Hände, deren Alter in die Haut eingeprägt ist, Sehnen, Adern, Knochengerüst. Hände, deren Innenseiten von geheimnisvollen Linien gezeichnet sind. Vier Paar Arme, die sich vom Tisch zu den Körpern hinaufbiegen, vier Paar Schultern, die ihre Köpfe auf der Säule des Halses tragen. Gesichter, die sich hin und her wenden, Blicke, die das Bild der anderen aufnehmen. Münder, die sprechen, und Ohren, die Worte auffangen und die Wörter im Brausen der Echoschnecke umschmelzen. Vier Organismen, in den Stühlen lehnend, am Leben gehalten durch das Blutpumpwerk.

Warum kommst du so spät? Er hatte diese anklagende Stimme erwartet, sie gehörte zu ihr, zum Heim, sie rann an ihm herab wie dicke braune Soße. Aber hinter dieser Stimme waren Christins hohe Vogelrufe zu hören, ihre Füße kamen zu ihm gelaufen, sie flog herauf in seine Arme. Er drückte das Kind an sich und trug es in das Zimmer als Schild gegen Agates anhaltende Vorwürfe. Er blickte nicht in Agates Richtung, und doch sah er sie; sie ging neben ihm, mit ihren wedelnden schlaksigen Armen, ihren großen Füßen, die übereinander zu stolpern schienen, mit ihrem kantigen, ausgemergelten Körper, ihrem hohen spitzen Schädel mit dem schütteren Haar, ihrem wie in bodenlosem Ekel ständig verzogenen Gesicht. Meine beiden Vögel. Der Aasgeier krächzend und nörgelnd, das Kleine kroch warm auf ihn, kratzte sein Gesicht, pickte in seine Ohren. Ich habe gearbeitet, ich habe die großen Bilder hinter mir gelassen, den großen Raum, der noch immer von Fannys herbem Parfum erfüllt ist.

Dies ist mein Kind. Es ähnelt mir. Dieselbe runde Stirn und dieselbe runde Nase. Dieselben runden hellen treuherzigen Augen. Dasselbe schmutzigrote Haar. Er setzte sich in den Sessel, das Mädchen auf seinen Knien reitend. Ihre kleinen rundlichen Hände lagen mit festem Griff um seine Finger. Fannys Schenkel, ihr Bauch, ihre feuchten Haare. Sah nie ihre Brust. Christin sang Hoppe hoppe Reiter und seine Knie wippten den Takt. Noch immer goß Agate ihre dunkelbraune klebrige Soße über ihn. Abgenutzte, ausgespiene, wiedergekäute Worte. Und so weiter und so weiter, rief er und setzte das Kind auf den Boden. Aber das Pferd ist noch gar nicht gefallen, das Pferd muß fallen! Der kleine Vogel wollte wieder auf seine Knie flattern. Der große Vogel wurde plötzlich mild. Siehst du nicht, daß Papa müde ist, sagte Agate und zog das Kind fort. Christin begann zu weinen. Komm Leo, es steht Essen in der Küche, du mußt hungrig sein, hast du heute eigentlich etwas gegessen, warum kannst du nicht etwas früher kommen, so daß wir zusammen essen können. Hör auf, rief er und schlug mit der Hand auf die Stuhllehne. Er erhob sich brüsk und ging hinaus in die Küche. Seine Vögel folgten. Setz dich jetzt, du hast zuviel gearbeitet, ich werde dir etwas zu Essen aufwärmen. Aber erst stellte sie dem Dackel, der auf einem Kissen in der Küchenecke lag, eine Schale mit lauwarmer Milch hin. Dankbar sah der fette alte Hund zu ihr auf. Sie beugte sich über ihn, kraulte ihn hinter den Ohren und hörte in sich ein mitleidiges und tröstendes Gemurmel. Die Ergebenheit des Hundes stimmte sie wehmütig. Als sie zum Herd ging, die Pfanne aufsetzte und Kartoffeln in dünne Scheiben schnitt, sah sie hin und wieder zum Hund hinunter, der immer zu ihr aufblickte und schwach mit dem Schwanz auf den Boden schlug. Ich bin alt und ausgelaugt. Nur Max liebt mich.

Niemand sonst mag mich. Max war eine Person für sie. Eine stumme, treue, hingebungsvolle Person, die ohne sie nicht zurechtkäme. Christin mochte nur Leo. Sie strahlte, wenn Leo nach Hause kam, umarmte ihn, küßte ihn. Sie selbst küßte sie nie, oder nur widerstrebend. Ich bin wie eine alte vernachlässigte Dienstmagd. Hier stehe ich und schneide Kartoffeln und Zwiebeln für den Herrn, der für einen Augenblick heimzukommen beliebt. Die Zwiebeln ließen ihre Augen tränen. Die Lampe tauchte die Küche in ihren kalten hellblauen Schein. Das Wachstuch auf dem Tisch blendete seine Augen. Vor ihm stand der Teller, daneben Messer und Gabel. Dort stand das Salzfaß und auf dem Schneidebrett lag das Brot. Die Bierflasche wartete neben dem Glas. Alles fertig zum Verspeisen. Er füllte das Bier ins Glas und schnitt eine Scheibe vom dunklen duftenden Laib ab. Auf den Regalen standen Porzellanschalen, Töpfe und Zinnkrüge. Die Regalbretter waren mit Wachstuch verkleidet und an den Kanten waren Papierbordüren mit weißen Reißzwecken befestigt. Der schwarzweiß karierte Küchenfußboden war gescheuert. Die Bratpfanne brutzelte. Die Fensterscheiben standen schwarz zwischen den weißen Gardinen. Christin was tust du! Das Kind, das auf den Spültisch geklettert war, sah ihn erschreckt an. Sie hielt eine große geöffnete Schere in den Händen. Agate lief zu ihr hin und entriß ihr die Schere, schlug sie auf die Hand und hob sie hinunter. Auch Leo kam heran, Christin versteckte sich weinend bei ihm. Warum muß sie immer mit spitzen Sachen spielen, rief Agate, die ganze Zeit läuft sie mit Messern und Scheren umher, sie muß sich wohl einmal ordentlich schneiden, um zu begreifen. Übrigens solltest du schon lange zu Bett gegangen sein! Laß sie noch ein bißchen aufbleiben und bei uns sitzen, sagte Leo.

Nein, es ist Zeit, daß sie ins Bett geht, du kannst ja früher kommen, wenn du etwas von ihr sehen willst, warum soll sie jetzt auf sein, tagsüber kümmerst du dich doch überhaupt nicht um sie. Leo brachte Christin hinaus. Er folgte ihr durch das große Wohnzimmer – diese Sammelstelle für riesenhafte schwarze Möbel – und machte ihr im Kinderzimmer Licht. Sie kann sich selbst hinlegen, rief Agate, komm jetzt, sonst wird das Essen kalt! Leo küßte das Kind. Zieh dich jetzt aus, ich komme dann und sage dir gute Nacht. Er löschte das Licht im großen Zimmer und ging zurück in die Küche. Auf Zehenspitzen folgte ihm Christin. Sie kroch hinter den Sessel, setzte sich auf den Boden. Von ihrem Versteck aus konnte sie zur geöffneten Küchentür sehen. Papa hatte sich wieder an den Tisch gesetzt, er schnitt weiter Brot mit einem großen Messer. Ab und zu tauchte Mama auf, nahm etwas aus dem Schrank oder aus der Speisekammer, Porzellan klapperte. Sie wollte schreien, aber es ging nicht, sie hatte Angst, sie wagte nicht einmal mehr zu schluchzen. Sie hielt den Atem an, sie bewegte sich nicht. Es flimmerte so seltsam vor den Augen. Papa strich Butter auf die Brotscheibe, dann schnitt er eine große rote Wurst. Hinter ihm kam Mama langsam heran. Sie hob die Bratpfanne über seinen Kopf. Sie hielt die Bratpfanne hoch oben in der Luft. Papa legte das Wurststück auf das Brot. Jetzt schwebte die Bratpfanne hinunter auf den Tisch und Mama füllte Kartoffeln und Eier auf Papas Teller. Weder Papa noch Mama sagte etwas. Papa aß. Er steckte die Gabel in den Mund und trank aus dem Glas. Mama war nicht mehr zu sehen. Es war so still. Mama war nicht mehr in der Küche. Papa saß da ganz allein. Er hielt Messer und Gabel in den Händen. Er kaute. Die Küche war so weiß, als ob Schnee und Eis in ihr lägen. Hier im großen Zimmer war es dunkel. Hier im großen Zimmer lag ein weicher Teppich auf dem Parkettboden. Die Fasern des Teppichs ragten auf wie Grashalme auf einer Wiese. All die hohen Stuhlbeine und Tischbeine waren wie ein Wald. Es war gefährlich in diesem Zimmer. Es gab dunkle Winkel, in die man nicht hineinzusehen wagte. Papa saß noch da. Aber vielleicht würde die Küche gleich ganz leer sein. Mama war ja schon verschwunden. Aber Papa saß noch immer da. Er hatte Mama mit dem großen Messer getötet. Es war so schnell gegangen, daß es niemand sehen konnte. Dann hatte er sie aus dem Fenster geworfen. Jetzt aß er ganz still. Dann würde er in das Zimmer kommen und nach ihr suchen. Sie würde ihn rufen, aber sie konnte ja nicht rufen. Er würde sie rufen, aber sie würde stumm sein. Er würde sie nicht finden und sie könnte sich nicht rühren. Dann würde er hinausgehen und auf der Straße nach ihr suchen. Und da würde sie ganz einsam sein. Agate stand Leo gegenüber, die Hände auf die Tischkante gestützt. Leo sah sie, ohne sie anzusehen. Während seine Kiefer schwer mahlten, hatte er ihre Gestalt vor sich, mit hochgezogenen Schultern, geduldig und abgestumpft wie ein angeschirrtes Pferd. Ihre Hände wurden durch den Druck auf die Tischkante noch aufgequollener, die Finger rot mit weißen aufgeweichten Kanten um die Nägel, als hätten sie den ganzen Tag in Spülwasser gelegen. Um die Taille hatte sie eine Schürze von undefinierbarer Farbe, mit großen nassen Flecken. Auch ihr Kleid war trübe, schwärzlich, mit grünen und violetten Tönen. Die Haut um ihren Hals war bereits sackartig wie bei einer alten Frau. Aber du bist doch noch gar nicht so alt. Warum machst du dich so alt? Warum läßt du deinen Körper und deine Kleider verfallen? Er sah sie nackt. Wie gezeichnet von van Gogh, gemalt vom frühen Picasso, monumental in ihrer Ausgelaugtheit, mit ihren hohlen Wangen, ihren tiefliegenden gequälten Augen, ihren hervorstehenden Rippen, leeren hängenden Brüsten und scharfen Hüftkanten. Unter dem dünnen farblosen Haar war der Schädel sichtbar, an manchen Stellen glänzte es ganz kahl, in rauher Weißheit. Sie sah seinen prüfenden Blick und legte die Hand schützend auf den Scheitel. Glaubst du, daß es nach der Krankheit je wieder wachsen kann, fragte sie. Das wird es sicherlich, antwortete er beruhigend, übrigens finde ich dich schön so. Wollte er sie verhöhnen? Aber er wirkte ernst. Er sah sie fast zärtlich an. Es war ein Gefühl, als sei sie vollkommen angefüllt mit Weinen. Tränen rannen aus ihren Augen, ohne daß sie es verhindern konnte. Es tut so weh, sagte sie, aber sie wußte nicht, wie sie es ausdrücken sollte. Warum ist es so gekommen? Ich will doch ein Heim für dich schaffen, ich will, daß du dich wohlfühlst, wenn du heimkommst, wir haben Christin, aber du bist niemals hier, nie bringst du deine Freunde mit nach Haus. Verbrauchte Worte. Er hörte gar nicht zu. Er starrte sie verloren an und stocherte in den Zähnen. Du ähnelst jetzt Jeanne d'Arc, sagte er. Du leidest nur. Du gehst in den Tod für deine Leiden. Du weißt ja, wie es mit uns steht. Warum mußt du mir immer Vorwürfe machen? Gebe ich dir nicht Geld? Hast du nicht alles, was du brauchst? Du kannst doch deine eigenen Freunde herbringen. Du kannst wieder mit deiner alten Arbeit anfangen, halbtags, wenn Christin in der Schule ist. Würde ich es schaffen, wieder zu arbeiten? Und Freunde habe ich keine, da ist niemand, der sich um mich kümmert, wenn jemand anruft, sagt er nur ein paar Höflichkeitsphrasen zu mir und fragt dann nach dir. Ist das mein Fehler, sagte Leo. Du schreckst sie wohl ab. Du bist nichts, du bist nur ein altes Gespenst, so willst du dich haben. Er sah hinaus in das dunkle Wohnzimmer. War Christin zu Bett gegangen? Christin. Es war Christin, die ihn noch hier hielt. Ihr weicher kleiner Vogelkörper. Ihr freudiges Lachen, wenn er sie hochhob. Er stand auf und ging in das andere Zimmer. Es war Agates Raum. Agates Möbel, geerbt von ihren Großeltern. Nur der Palmenkübel fehlte neben den trächtigen Plüschstühlen, dem mastodontischen Sofa. Der ovale Mahagonitisch stand wie ein Schleppkahn mitten im Raum. Aus der Dämmerung stieg die Brauereigotik der Kommode auf, mit Erkern, Altanen und verschnörkelten Pfeilern. Das Klavier öffnete sein breites Maul und zeigte seine schwarzen und weißen Zähne, feierlich flankierten die Bronzekandelaber das Notenheft, FÜR ELISE. Gebohnerter Parkettboden, Tüllgardinen mit Seidenband um die Taille, Kristallkrone und Familienfotografien, ein würdiger Rahmen für einige Bilder an der Wand, von ihm signiert. Bilder aus seiner Maschinenperiode. Monströse Turbinenmöbel, Laboratoriumseinrichtungen und Roboterwesen. Über dem Klavier ein Bild, das er Agate gewidmet hatte. Ihr Porträt. Ein aus Rohren und Drähten konstruierter Körper, mitten in einer romantischen Parklandschaft auf einer Gitarre klimpernd. ELISE. Er ging ins Kinderzimmer. Das Bett war leer. Auf dem Boden lagen einige Puppen. Auf dem Schreibtisch die Schultasche, aufgeschlagene Bücher und das Schreibheft. Er las einige Zeilen, mühsam hingeschrieben, mit steifen gespreizten Buchstaben. DIE SONNE SCHEINT. DER REGEN FÄLLT. DAS WASSER STRÖMT. DER HUND BELLT. DAS HAUS BRENNT. Christin, rief er leise. Es kam keine Antwort. Er öffnete die Tür zum Badezimmer. Es war leer. Christin, rief er wieder. Doch da sah er sie zusammengekauert hinter dem Stuhl. Sie schlief. Er hob sie auf. Schlaftrunken legte sie ihre Arme um seinen Hals. Behutsam trug er sie zum Bett, zog sie aus, legte die Decke über sie, blieb an der Bettkante sitzen, bis sie wieder ruhig schlief. Schläft sie, fragte Agate von der Tür aus. Ja, sie schläft, antwortete er.

Der Aufzug sank. Thels und Pauls winkende Hände verschwanden in der Tiefe. Fanny kam zurück, küßte ihn. Dann ging sie in ihr Zimmer. Er schloß die Tür, schloß ab. Er war allein mit vier leeren Tassen und einem Aschenbecher voller Zigarettenstummel. Er nahm die Tassen und spülte sie unter dem Wasserhahn ab, er leerte den Aschenbecher in den Papierkorb. Das meiste ist Abschied. Eine einzige Folge von Abschiednehmen. Trotzdem, da war etwas Wohltuendes in diesem Einsamkeitsgefühl. Eben noch war der Raum erfüllt mit Leben, einige Stunden hat man um einen Tisch gesessen und miteinander gesprochen, sich einander gezeigt, dann kehrt jeder zu sich zurück; durch das Zusammentreffen mit den anderen wurde das Gefühl der eigenen Existenz gestärkt. Auch die Gebundenheit an Fanny, die während ihrer Anwesenheit beinahe Selbstaufgabe gewesen war, war jetzt verschwunden. Sie war weit von ihm entfernt, hatte nichts mehr mit ihm zu tun. Es war nicht mehr notwendig, daß man etwas voneinander wußte. Der Gedanke, daß sie in einigen Tagen abreisen würde, war nicht schmerzhaft. Er würde in seinem Zimmer bleiben, sich in Bücher und Zeitungen vergraben wie zuvor. Er setzte sich an den Schreibtisch und wählte sorgfältig eine Pfeife aus dem Pfeifengestell. Er stopfte sie mit grobgeschnittenem Tabak aus einem holländischen Steinguttopf, zündete die Pfeife an, rauchte behaglich zurückgelehnt. Er hatte reichhaltige Erfahrungen gemacht. Er kannte die Welt. Seine Schroffheit während des Treffens mit den anderen war nun einer ruhigen

Nachdenklichkeit gewichen. Er genoß die säuselnde Stille im Raum, die vereinzelten schwach pulsierenden Laute, die von der Straße heraufdrängten. Die Zeremonie mit der Pfeife gehörte zu dieser meditativen nächtlichen Stunde. Am Tage und in der Gesellschaft anderer hielt er sich an Zigaretten oder Zigarren. Seine Pfeife zu rauchen war eine andächtige Handlung. Vor sich sah er alte Gravuren, die ältere Herren in bequemen Lehnstühlen abbildeten, die Füße in Pantoffeln auf bestickten Kissen ruhend, mit halbgeschlossenen Augen am Mundstück der Pfeife saugend, in den Händen den langen Schaft und auf den Knien den Pfeifenkopf, aus dessen Öffnung der Rauch zierlich aufstieg. Er erinnerte sich an Gedichte, Lobgesänge auf die Pfeife. Sein Blick glitt über das Pfeifengestell, wo Rauchwerkzeuge mit geradem und mit gebogenem Schaft hingen, lange und kurze, dicke und dünne, manche mit Silberbeschlag, andere mit Mundstück aus Elfenbein, alle stark benutzt, reichlich abgeschabt durch die Zähne, im Rauchherd dick belegt mit gehärtetem Ruß; Kopf und Schaft auseinandergenommen, zusammengehalten vom Pfeifenputzerdraht, der alle Ölreste aufsaugte für den ungetrübten Genuß im ausgewählten Augenblick. Mit demselben zärtlichen Blick umfaßte er die Bücherstapel auf dem Tisch und den Stühlen ringsum, die Unordnung war nur scheinbar, jedes Buch hatte seinen Platz, er erkannte jeden Rücken wieder, da hinten erhob sich Karamasovs, Raskolnikovs und Myschkins Welt, dort stand der Block mit der Tiefgrabung à la recherche du temps perdu, hier stieg Jules Romains gewaltiges Werk auf, daneben gab es Nachschlagewerke, politische, historische Schriften, die der großen Zeitübersicht Romains' parallel liefen, dort schimmerte Un uomo finito, Moby Dick, Candide, Choderlos de Laclos – was für ein wunderbarer Name – hier auf dem Tisch, voller Zettel, Notizen, Unterstreichungen, Lucien Leuwen, La chartreuse de Parme, Le rouge et le noir, De l'amour. Die letzte Zeit hatte er in den Nächten ganz in Stendhals Welt gelebt, er hatte die Bücher seit seiner Jugend nicht mehr gelesen, und mit der Lektüre stieg die alte expansive Zeit in ihm auf, er erinnerte sich an den Tisch, an dem er die Worte zum ersten Mal gelesen hatte, er erinnerte sich an die großblumigen Tapeten im gemieteten Zimmer in Berlin, noch einmal erlebte er seine ganze Faszination, seine Armut und seinen Lebensrausch, alles vertieft durch die Reife vieler Jahre. Er erinnerte sich, wie er sich beim ersten Lesen das Kartäuserkloster vorgestellt hatte, wie er später das Bild erweitert hatte angesichts von Fotografien von St. Angelo, das Modell gestanden hatte für den Turm, in dem Fabrice gefangen saß, wie er wiederum einige Jahre später in einem Bergdorf bei Lugano auf ein Gebäude gestoßen war, das ihn sofort an das befestigte Kloster erinnert hatte, mit seinem Festungsgraben, seinen runden Mauern aus dicken Quadersteinen; ein seltsam starker Eindruck, der in einer Gemütsstimmung und in dem atmosphärischen Erlebnis der stillen violetten Berglandschaft unter einem rosafarbenen Himmel wurzelte, ein Eindruck, der diese Version des Klosters lebendiger in seiner Erinnerung hielt als der Besuch von St. Angelo in Rom kurz nach dem ersten Weltkrieg. St. Angelo war allzu groß und mächtig, allzu uneinnehmbar mit seinen vielfachen Mauern und bewaffneten Bastionen; das kleine, abgelegene Gebäude in den Bergen ließ der Phantasie mehr Spielraum. Er öffnete das Buch über die Liebe, aber bevor er sich darin vertiefte, kratzte er die Pfeife aus, reinigte den Schaft, hängte sie auf, stopfte die andere Pfeife, in London gekauft, während einer Pause in einer schwindelerregenden Pressekonferenz am 23. September 1938, entzündete den starken gemischten Tabak, sog den Rauch ein.

Er war ins Schlafzimmer gegangen. Warum fahre ich nicht zurück ins Atelier? Aber er war zu müde, um eine Entscheidung zu treffen, vielleicht wurde er auch von dem Gedanken an den großen Raum abgeschreckt, in dem sein eigenes Inneres aus allen Richtungen auf ihn herabstarrte. Es war warm hier. Im Raum nebenan lag Christin und schlief. Die Badewanne konnte mit heißem Wasser gefüllt werden. Er konnte im Bad liegen, bis Agate eingeschlafen war. Agate war dabei, sich zu waschen. Bald würde sie hereinkommen in ihrem langen, undurchsichtigen und um den Hals geschlossenen Nachthemd. Langsam zog er sich aus, stellte die Schuhe unter den Stuhl, hängte die Jacke über die Lehne, faltete die Hosen an der Bügelfalte zusammen, legte sie ordentlich auf den Stuhl, breitete das Hemd, das Unterhemd und die Unterhosen aus, zog hastig den Bademantel an, ohne auf seinen Körper zu sehen. Er stand am Bett und wartete. Es war ein breites Ehebett mit hohen Giebeln aus graulackiertem Holz. Die Überdecke hatte Agate bereits abgenommen und die Decke war auf seiner Seite zurückgeschlagen. Ein großer Wäscheschrank in der gleichen grauen Farbe wie das Bett nahm die eine Hälfte der Wand neben dem Fenster ein, ein Schminktisch stand an der anderen. Ich habe sie nie an diesem Tisch sitzen sehen, ich habe sie nie all diese Dosen und Flaschen und Tuben anwenden sehen. Er stellte sich eine Frau vor, in der ovalen Einbuchtung des Tisches sitzend, mit Lippenstift, Lidschatten, Puderquaste. Konzentriert in ihrer Abwesenheit starrte sie in den Spiegel, warf das Haar zurück. Ihre Brüste waren unter dem dünnen Hemd zu sehen, die dunklen Brustwarzen zeichneten sich unter dem Stoff ab. War das Fanny? In der ersten Sekunde hatte sie ihr geglichen, aber jetzt wußte er nicht mehr, wer es war; sie war eine alte, verlebte Frau, sie erinnerte vielleicht an Elena, Elena in der Schminkloge des Varietés, todmüde nach der Vorstellung; aber jetzt zerrann das Bild, löste sich auf. Er ging zum Fenster. Auf der anderen Seite der stillen dunklen Straße standen hohe moderne Mietshäuser. Viele Fenster waren erleuchtet. Hier und da konnte er eine Stehlampe sehen, eine Kommode mit Porzellanfiguren, den Teil eines Bücherregals, einen Radioapparat, eine Vase mit Blumen, einen Mann in Hemdsärmeln, eine Gesellschaft um einen Tisch, ein Paar, das zu einer unhörbaren Musik tanzte. Ein Taxi fuhr vor, hielt an einer Haustür, eine Frau stieg aus dem Auto, die Autotür fiel zu, das Taxi fuhr weiter, die Frau verschwand in der Haustür. Jemand löschte das Licht in einem Zimmer. Jemand schaltete das Licht in einem Zimmer ein. Ein Schatten glitt über eine Gardine. Jetzt wurde die Badezimmertür geöffnet. Er drehte sich um und ging an Agate vorbei, die einen Morgenmantel trug, nicht das Nachthemd; ihre dürren nackten Beine waren zu sehen. Er fühlte, daß sie die Hand nach ihm ausstreckte, aber er hatte bereits die Badezimmertür erreicht und schloß sie hinter sich. Sie hatte das Wasser für ihn aufgedreht, die Wanne war fast voll. Diese furchtbare Fürsorglichkeit. Ich sollte mich anziehen und gehen. Aber er stieg ins Wasser, drehte den Hahn zu, lag still, halb schwebend, atmete den Kiefernnadelgeruch des Badesalzes ein. Die Hitze des Wassers färbte seinen Körper rosa. Kleine Sauerstoffblasen perlten hinauf an die Wasseroberfläche, andere lagen schimmernd in den Haaren auf seinen Armen und Beinen. Als er durch den Haarwuchs auf der Brust und unterhalb des Nabels strich, wirbelten sie in silbrigen Wolken auf. Sein Penis schwebte schaukelnd, leicht aufgerichtet, die zurückgeschobene Vorhaut lag wulstig um die Eichel, die einen stumpfen, mürrischen Ausdruck hatte. Wasserdampf füllte den Raum, Tropfen rannen an der grünen Kachelwand herab, aus dem Hahn fielen einzelne Tropfen klingend ins Wasser. Schweiß stand auf seinem Gesicht. Er füllte den Schwamm und drückte ihn gegen die Stirn, das heiße Wasser lief über die Augen. Die Betäubung des Dampfes, der Wasserhitze. Eine Schwerelosigkeit. Ruhige, langsame Gedanken. Visuelle Bruchstücke, die sich zu einem Bild zusammenfügten. Ein großer Raum. Einige schwebende Figuren, halb menschlich, halb gestaltlose Materie, um sie herum unerhört greifbare Gegenstände, an Möbel erinnernd, Apparaturen, scheinbar funktionslos, aber aufdringlich in ihrer Realität. Der Raum in einer einfachen Zentralperspektive. Die Figuren ganz freistehend aber in beunruhigender Relation zueinander. Trotz der dreidimensionalen Illusion keine Schatten. Keine Überschneidungen. Eine grelle, blendend neonblaue Lichtstärke. Das Format sehr groß. Quadratisch. Brauche neue Keilrahmenteile. Glänzend harte Ölfarbe. Keine Farbschattierungen. Reine Flächen, messerscharf geschnitten. Der Gedankenraum verwirklicht zu äußerster Greifbarkeit. Er sah das Bild fertig. Er zeigte es Fanny. Sie hatte die Entwicklung des Bildes Schritt für Schritt verfolgt. Sie hatte im Atelier gesessen, während er arbeitete. Die Nächte hatte sie gemeinsam mit ihm verbracht. Sie liebte ihn, wollte in seiner Nähe sein. Aber plötzlich kam das Unlustgefühl zurück. Er war gescheitert. Sie war gegangen, als seine Unterlegenheit am stärksten war. Sie würde nach Paris zurückreisen und ihn vergessen. Hatte ihn vielleicht bereits vergessen. Das neue Bild war noch nicht begonnen. Wochenlang arbeiten, Tag und Nacht. Sollte sie mein Leben verändern können? Mit dem Alten brechen, neu beginnen. Mit ihr fortreisen. Mit ihr in Paris wohnen. Aber nun konnte er die Impulse nicht mehr durchdenken. Die Wärme, die zu Beginn belebend gewirkt hatte, machte ihn jetzt träge. Fast gedankenlos hing er in der Badewanne, lauschte den Wassertropfen. Irgendwo lag eine unbehagliche Erinnerung an das Scheitern. Irgendwo sank ein Bedürfnis nach Erneuerung immer tiefer hinab in das Unbewußte. Irgendwo sprach ein Schulmeister mürrisch von Resignation. Er seifte sich ein, prustete ins Wasser, stieg schließlich aus der Wanne, ohne eine erfrischende Dusche genommen zu haben. Im Schlafzimmer saß Agate auf der Bettkante, noch immer in den Morgenmantel gekleidet. Japanische Seide, große rote Vögel auf schwarzem Grund. Sie nähte an einem von Christins Röcken. Mutter, Familienvater. Heim. Rote Vögel auf schwarzem Grund. Ein schlafendes Kind. Um den Kopf hatte Agate einen Schal als Turban geschlungen. Sie wandte sich ihm zu, legte ihre Handarbeit beiseite. Es waren Monate vergangen, ohne daß er sie berührt hatte. Sie wußte nicht mehr, wie es war, Frau zu sein. Einmal, vor langem, in einem anderen Leben, hatte er sie begehrt. Er hatte sich über sie geworfen, sie belagert, bis sie zu ihm gezogen war. Erinnerst du dich an unser erstes Zimmer, fragte sie. Zu ebener Erde, das Fenster zur Straße, Hüte, die vorbeihüpften, manchmal Gesichter, die hereinblickten. Ein enger dunkler Raum, überladen mit Bildern. Eine Matratze auf dem Boden. Warst du am Anfang glücklich mit mir? Wir waren arm. Du verkauftest nichts. Ich arbeitete im Café. Das Café an der Straßenecke. Leo frühstückte dort jeden Morgen, ging nachts dort hinüber und trank eine Tasse Kaffee. Schön, ein bißchen herauszukommen, nachdem man bis spät gearbeitet hatte. An den Tischen meist Fahrer vom Taxistand nebenan. Ruhiges, verrauchtes Gerede, voller Menschenkenntnis, Anekdoten. Gestandene Männer, die wußten, wovon sie sprachen. Vermisse diese Stunden. Fühlte selbst Einfachheit, Aufrichtigkeit, wenn ich den Arm um Agate legte, die die Kaffeetasse auf meinen Tisch stellte. Ich hätte der Maler von der anderen Straßenseite bleiben sollen. Aber sie folgte mir bei Geschäftsschluß. Ich war es, der sich ihr aufdrängte, ich war es, der klagte, wie einsam ich war. Sie war es, die sich meiner erbarmte. In dem engen dunklen Zimmer. Malte meine größten Sachen in jenem kleinen Raum. Diese Riesensachen, die die ganze Wand ausfüllten. Ich versuchte, den Raum durch die großen Formate zu überwinden. Stand auf einem Stuhl, auf der Kommode, und malte. Wir lagen auf der Matratze auf dem Boden, umringt von Bildern. Die erste Nacht, in der sie bei mir war. Sie war nackt, lag auf Knien und Ellenbogen auf dem Boden, hatte damals ihr langes Haar, das Haar fegte den Boden. Dieser magere kantige Körper, wie aus einem meiner Bilder gestiegen. Er beugte sich vor und nahm den Morgenmantel von ihren Schultern. Er fiel hinunter, sie saß halbnackt da, die großen, abgearbeiteten Hände auf den Knien. Das Schlüsselbein, die Schultern und die Schulterblätter zeichneten sich mit harten Kanten in der dünnen gelblichen Haut ab. Ihre Brüste hingen leer und faltig, mit eingesunkenen Brustwarzen. Die Haut um Bauch und Hüften glich abgenutztem Pergament, durchfurcht von feinen Sprüngen und Rissen. Er zog sie hoch, der Mantel glitt ganz hinunter. Nackt stand sie vor ihm, die Arme dicht an die Seiten gedrückt, dünnes kellerbraunes Haar um das Geschlecht, stark hervortretende blaue Adern verzweigt auf den Schenkeln. Er strich mit der Hand über ihre sehnigen Beine, ihre Rückenwirbel entlang, wieder hinab über die schlaksigen Arme. Er nahm ihren Turban ab. Sie sträubte sich einige Sekunden, fügte sich dann aber. Ihre vollständige Nacktheit, das Ausgelieferte, Wehrlose in ihrer Haltung erfüllte ihn mit einem seltsamen Verlangen. Ein Verlangen, zusammengesetzt aus Mitleid und Lust zu quälen. Ihr Kopf mit dem schütteren farblosen Haar glich einem Totenkopf. Die dunklen Augen glänzten in ihren tiefen Höhlen. Sie wollte das Licht löschen, aber er zog ihre Hand weg. Er wünschte, es wäre noch heller, so daß er jeden Winkel ihres welken abgenutzten Körpers sehen könnte. Er beugte sie über das Bett, er wollte ihre Rückenwirbel und Rippen sehen, wollte sich gegen die spitzen Schulterblätter drängen, wollte von hinten in sie eindringen, die scharfkantige Konstruktion des Beckens umfassend. Er drehte sie ins Licht, so daß er deutlich das runzlige zusammengezogene Anusloch sehen konnte, das sackartig hängende hellbraune Geschlecht, umwachsen von einem dünnen Pelz. Er spuckte in die Hand und befeuchtete die Ränder der Schleimhäute, dann drang er langsam ein, bewegte sich hin und her, während er mit den Händen ihre trockenen Brüste knetete. Auf Knien und Ellenbogen lag sie unter ihm, ihr Kopf mit gerupftem Vogelnacken hing tief hinunter. Da war plötzlich ein stöhnender Schrei aus Christins Zimmer zu hören. In der Sekunde, in der er den Schrei vernahm, wurde er des Raums um ihn herum gewahr. Er sah das Telefon auf seinem Nachttisch, die Tageszeitungen auf der Ablage darunter, er sah Huxleys Point counter Point neben einem Brillenetui auf ihrem Tisch, er sah seine Schuhe in einer lächerlichen Habacht-Stellung unter dem Stuhl, und im Spiegel des Schminktisches sah er sich selbst, über den Körper Agates gebeugt, die auf allen Vieren lag. Er fuhr zurück, der Penismuskel erschlaffte. Christin wimmerte wieder. Er warf den Bademantel über und lief ins Kinderzimmer. Christin saß aufrecht im Bett, vor Weinen zitternd. Er nahm sie in den Arm und wiegte sie. Ich habe so unheimlich geträumt, sagte sie schluchzend. Was hast du denn geträumt? Ich weiß nicht, es war so unheimlich. Erzähl mir, was du geträumt hast. Ich weiß nicht, ich habe es vergessen, ich hatte solche Angst. Sie erinnerte sich nur, daß sie auf den schmalen Lichtspalt in der Tür gestarrt hatte. Aber sie wußte nicht, wie weit es bis zur Tür war. Sie konnte sich nicht vorstellen, wie das Zimmer aussah, in dem sie lag. Sie wollte rufen, aber sie konnte nicht. Sie hörte ein Geräusch, das so schrecklich war. Ein Geräusch wie von Grillen. Sie wollte aufspringen, wagte es aber nicht. Irgendwo wurde geschrien. Sie hörte lange, daß geschrien wurde, und da ging das Licht an und Papa kam herein. Auch Agate kam herein, in ihrem langen Nachthemd. Sie ist ganz naß, sagte er, sie muß etwas geträumt haben. Sie trockneten sie ab und saßen dann neben ihr auf der Bettkante, Leo flüsterte einförmig tröstende Worte, bis sie wieder eingeschlafen war. Sie blieben noch einen Augenblick sitzen, jeder eine Hand auf dem Arm des Kindes. Eine dunkle Erinnerung stieg in ihm auf, aber er wußte nicht, was es war. Eine Erinnerung an etwas, das vor langer Zeit geschehen war. Weit hinter etwas, das undurchdringlich war. Dann ging Agate und legte sich ins Bett und schaltete die Lampe auf ihrem Nachttisch aus. Er ging hinaus ins Badezimmer, um sich zu waschen. Er stand vor dem Waschbecken, sein Geschlecht in der Hand. Es war klebrig von getrockneten Flüssigkeiten, roch scharf; hat sie ihre Menstruation oder Blasenkatarrh? Jetzt liegt er matt und weich, und manchmal zuckt und zerrt er an mir, wie ein Tier, das sein eigenes Leben lebt, festgebunden an mich. Warum kann ich nicht über ihn bestimmen? Hamlet im Badezimmer. Er seifte sich ein, wusch sich mit kaltem Wasser ab. Er spürte wieder den Impuls, sich anzukleiden, sie zu verlassen. Aber er gab der Müdigkeit nach, ging zurück ins Schlafzimmer. Hast du eine andere Frau, fragte sie, als er sich neben sie gelegt hatte. Er antwortete nicht, schaltete die Lampe aus. Sie lagen still, für ihn war die Dunkelheit erfüllt von einem großen Verstummen, in ihrer Dunkelheit breitete sich die Unsicherheit aus. Können wir nicht zusammen verreisen, versuchen, wieder zueinander zu finden? Oder willst du, daß wir uns scheiden lassen? Aber er antwortet nicht, er würde auch dann unbeweglich liegen, wenn ich weinte und schrie. Sie lagen nebeneinander in dem großen Bett, in der stummen Dunkelheit. Für ihn war das Verstummen wie ein Ozean, ihr Verstummen war voller wimmelnder kleiner Gedanken; ich werde mich schön machen, mich anmalen, mir elegante Kleider anschaffen, mich erholen, ich werde überhaupt nichts tun, Christin muß allein zurechtkommen, Leo muß allein zurechtkommen, ich werde nur im Bett liegen, ich werde anfangen, wieder im Café zu arbeiten, Geld verdienen, ich will ihn nicht mehr sehen, er soll bei seinen Bildern bleiben; Leo, kann nicht alles wieder gut werden zwischen uns? Ein riesenhaftes Verstummen in einem riesenhaften Raum. Er konnte ihre Augenlider in der Dunkelheit blinzeln hören. Er atmete langsam und tief, gab vor, zu schlafen. Trieb weiter und weiter fort.

Wie ehrlich kann ich mir selbst gegenüber sein? Wie weit wage ich, in der Selbsterkenntnis zu gehen? Wenn ich im Tagebuch zurückblättere, sehe ich, wie ich stets die Ereignisse dramatisiere. War alles so intensiv, so gewaltsam, erlebte ich es wirklich so? Auf der anderen Seite, wenn ich das Graue, Einförmige in Plastizität verwandle, geschieht das doch durch meinen eigenen Willen, gewiß vergrößere ich, verdeutliche ich Details, die ich kaum beachtet habe, aber es wird meine eigene Vision, es wird die Welt, wie ich sie sehe. Manchmal wünschte ich, ich könnte nüchterner sehen, ich bewundere Autoren, die Geschehnisse und Dinge auf eine sachliche, kühle, wissenschaftliche Weise beschreiben. Eins ums andere Mal fliehe ich in das Metaphysische. Ich sollte mich disziplinieren und eine Zeitlang mit trockenen Berichten arbeiten, zu keiner anderen Methode greifen als der Stringenz der Sachlichkeit. Aber wozu? Wozu sich mit dem Alltäglichen befassen, dem Konkreten, wenn man erfüllt ist vom Unmöglichen, dem Absurden? Ich verstehe Pauls Lage. Er sollte nach Paris kommen. Nach zwei, drei Tagen in dieser Stadt fühle ich mich bereits in meinen Bewegungen gehemmt. Allein das Busfahren genügt, um mich unter der allgemeinen Gemütslage zusammenbrechen zu lassen. Ein Lachen ist unmöglich, eine erhobene Stimme hat sofort zur Folge, daß alle sich erschreckt umdrehen. Ich habe noch immer ein seltsam kindliches Verlangen, mit allen Menschen zu sprechen, irgendwo kann ich es nie verstehen, warum es nicht möglich sein sollte, jeden beliebigen aller dieser Brüder und Schwestern kennenzulernen. Sicher gibt es in dem schweren Charakter hier eine Festigkeit, die wir vielleicht im Süden vermissen. In Paris kann ich auf einer Caféterrasse mit einem Unbekanntem ein Gespräch über meine intimsten Lebensprobleme beginnen, und dann steht man auf, um einander nie wieder zu sehen. Deshalb ist das Gespräch nicht weniger engagiert, aber es geht in einer Anonymität vonstatten, einer Anonymität, in der alles akzeptiert wird, wo jede Eigenart respektiert wird und die eigene Sicht bereichert. Der Charme dieser flüchtigen Begegnungen ist hier unantreffbar. Das Individuum lebt einsam, hat sich noch keine Stadtkultur geschaffen, hat es noch nicht vermocht, sich angenehme Ruhepunkte einzurichten. Ich weiß nichts Öderes als einen Abend in einer schwedischen Stadt, ohne eine Bar, ohne ein Café, von dem man erwarten könnte, dort Gleichgesinnte zu treffen. Die wenigen Versuche, die unternommen wurden, sind grob, tölpelhaft. In einigen Lokalen sitzen Künstler, Schriftsteller, mehr oder weniger berauscht, blasen sich voreinander auf, prahlen und geben an. Dadurch, daß man keine Erfahrungen austauscht, daß man kein Gehör füreinander hat, kommt niemals eine wirkliche Meinung zustande. Jeder sitzt tief drin in seinem Turm. Sie sind wie seltsame Bewohner der Wildnis, die sich in unsere Zeit verirrt haben. Und diese Zeit übt einen Druck auf sie aus, der zu groß ist, als daß sie sich erheben könnten. Es kommt nur zu einem ohnmächtigen »man sollte, man müßte«. Aber man kann sie zu Freunden gewinnen, wenn man die Geduld hat, sich durch ihre Trägheit hindurchzugraben und zu warten. In Paris kommt und geht man ungebunden, es fällt einem leicht, sich auszudrücken, man findet gleich gemeinsame Interessen, aber niemand stellt Forderungen an einen; hier ist es bei einer neuen Begegnung, als läge in weiter Ferne eine furchtbare Abrechnung auf der Lauer, in solcher Ferne, daß sie wohl kaum jemals berührt wird, sie lauert nur und äußert sich in einem heimlichen, unausgesprochenen Mißtrauen. Es fällt ihnen so schwer, zu formulieren, was sie auf dem Herzen haben, diese unbeholfenen Waldwesen. Ihre eigenen Stimmen erschrecken sie. Irgendwo liebe ich sie. Bei den wenigen, denen ich näher gekommen bin, fühle ich mich geborgener als bei meinen facettenreichen lebhaften Freunden in Paris. Aber hier zu leben, das beinhaltet allzu große Entbehrungen. Meine Existenz muß selbstverständlich sein, ich will nicht angestarrt werden wie ein sonderbares Tier. Ich bin zu ungeduldig, fordere direkte Reaktionen. Das Stillstehende macht mir Angst. Es ist schrecklich zu spüren, wie man von dieser Lähmung angesteckt wird. Hätte Leo nicht endlich vermocht, sich auf mich zu werfen, so hätte ich mich auf ihn gestürzt, entweder um ihn zu vergewaltigen oder um ihn zu schlagen, seine ganze metallische Welt zu zerschlagen. Es ist besser, sich an den Gegner heranzumachen, als ihn wartend auf Abstand zu haben. (Erinnere mich, wie ich immer in Viktors Arme kroch, wenn er am bedrohlichsten wirkte.) Nach meinem Leben mit Caspari, der ganz geistig, ganz geschlechtslos, ganz Vatersurrogat ist, sehe ich Leo nur als Körper, als Stier. Im Grunde verabscheue ich diese rohen, brutalen Berührungen, aber es gibt etwas in mir, das sie heraufbeschwören, mich mit ihnen quälen will. Warum nicht nachgeben? Wie wenig ich meinen Körper kenne. Alles ist wirklich, offensichtlich für mich, nur mein eigener Körper ist mir ein Rätsel. Weiß nicht einmal, wie er funktioniert. Habe keine Ahnung, wie meine Eingeweide liegen. Warum lernt man keine Körperkunde in der Schule? Sollte eines der ersten und wichtigsten Fächer sein. Eine deutliche medizinische Aufbereitung des Systems von Blut und Nerven, von der Tätigkeit der Organe, vom Ursprung der Krankheiten und ihrer Behandlung. Warum reißt es hier, warum sticht es da? Was sind das für taube Schmerzen, für Unruhe, die mich irgendwo in meinem Inneren befallen? Ich will mich durchleuchtet sehen, will mir meiner Impulse und Bedürfnisse bewußt sein, ich will mich als eine Ganzheit spüren, nicht nur als eine dunkle Kraft, die von Zeit zu Zeit eines Zuges, eines Details, eines Drahtes in ihrem Hampelmann-Dasein gewahr wird. Wie gut kenne ich mich selbst? Die ewige Frage. Manchmal erscheint es mir, als würde ich mich weniger und weniger kennen. Und gerade jetzt, hier in diesem Pensionszimmer, das ich deutlich abgesteckt auf dem Stadtplan sehe, umgeben von den Konturen des Landes, von Meer und Kontinenten, fühle ich mich völlig verirrt.

Sie waren durch die Innenstadt gegangen, am Wasser entlang, steile Straßen hinauf, jetzt lag ihr Weg hinter ihnen in der schwarzvioletten lichtfunkelnden Masse, die tief unterhalb der Klippe zu sehen war. Sie hielt ihn an der Hand, in seiner Manteltasche; so waren sie den ganzen Weg gegangen, nah beieinander, aneinandergekettet. Alles war von Selbstverständlichkeit geprägt gewesen, es gab keine Verwunderung darüber, daß sie dort gingen, alles war wiederzuerkennen, sie lebten hier, sie gingen gemeinsam heim, sie hielten einander an der Hand, es war ihr gemeinsamer Weg. Aber jetzt kam plötzlich der Zweifel. Jetzt lag plötzlich der gemeinsame Weg unten in diesen aufgetürmten Gebäudemassen, dort unten in diesen Inseln aus Mauern und Pflasterung, sie waren nicht mehr unter Laternen unterwegs, unter leuchtenden Fenstern, Reklameschildern, Neontexten, sie standen still auf der Klippenhöhe an einem Hafen und blickten über die zurückgelegte Strecke. Unterhalb der Klippe standen die schwarzen Silhouetten der Kräne und Lagerhäuser vor der Wasserfläche, die in unzähligen roten, blauen, grünen, gelben, weißen Lichtstreifen glitzerte. Der rötliche Schimmer des regenschweren Himmels spiegelte sich in Thels Gesicht. Langsam zog sie die Hand aus seiner Manteltasche und öffnete die Tasche, um den

Haustürschlüssel herauszunehmen. Es wäre einfach gewesen, den Weg noch um ein paar Schritte fortzusetzen, durch die Haustür, die Treppen hinauf zu ihrem hohen, hellen Zimmer, es wäre einfach gewesen, wenn nicht die Selbstverständlichkeit plötzlich von diesem Zweifel abgebrochen worden wäre. Kommst du nicht mit mir hinauf? Sie stand mit dem Schlüssel in der Hand und wandte sich zur Tür. Schob bereits den Schlüssel ins Schloß und drückte die schwere alte Tür auf. Wie schwer es ist, einen Entschluß zu fassen. Ich glaube, ich gehe heim zu mir und arbeite eine Weile, hörte er sich sagen; es klang vage, hohl. Kommst du später, fragte sie. Ich weiß nicht, sagte er, erfüllt von jenem schlechten Gewissen, das ihn immer überkam bei der Wahl zwischen Gemeinschaft und Zurückgezogenheit; ich rufe dich an. Er küßte ihr Gesicht, das in ihrer Enttäuschung zu schrumpfen schien. Warum stoße ich sie zurück, warum lehne ich ihre Wärme ab, warum ziehe ich jetzt mein ausgekühltes Zimmer in der Hütte vor? Ich werde doch nicht arbeiten, werde mich mit dem Ofen beschäftigen, der voller Asche und Schlacke ist und nur raucht. Warum nicht mitgehen, durch die Tür, die Treppe hinauf, in ihr weißes Zimmer? Aber jetzt war sie allein hineingegangen, die Tür fiel ins Schloß. Er drehte sich um und ging die Straße hinab mit der Last seiner Schuld. Wieder unterwegs. Nicht mehr auf dem gleichen Weg, den er Hand in Hand mit Thel gegangen war; ein Weg, der vor langer Zeit begonnen worden war, den er immer wieder nach einer Kehrtwendung erreichte, ein kalter dunkler Weg, der Weg des Romantikers, des Selbstquälers; der Rückzugsweg. Er bog ab in eine breite, feucht glänzende Straße, in der eine einsame Nachtstraßenbahn vorbeirasselte; flüchtig erfaßte er die Gestalt des Fahrers, die hellen Flecken des Gesichts und der Hände in der dunklen Kabine. Weiter unten quietschten die Bremsen in der Kurve. Die Dimensionen der Nacht und der Stadt waren nun grundlegend verändert. Eben, auf dem gemeinsamen Weg, waren sie überschaubar gewesen; es gab den Zeitbegriff, hier und dort leuchteten Uhren in voller Deutlichkeit vor den Geschäften, eine große rotierende Uhr zeigte ihre Ziffern hoch über den Dächern, Restauranttüren wurden geschlossen, Gäste, die viele Stunden in rauchigen Lokalen gesessen hatten, stiegen in ihre bestellten Taxis, nannten dem Fahrer Adressen, fuhren bestimmten Zielen entgegen; jede Straße, jeder Platz hatte seinen Namen, alles war geprägt von der Sicherheit des Seßhaften, die Dinge gaben sich nicht für etwas anderes aus, als sie waren, bei jedem Schritt wußte man, wo man sich befand, man bewegte sich unbeschwert, erfaßte mit seinem Blick die Kais mit den vertäuten Booten, das blinkende Diadem der Brücken; und noch als die Unsicherheit begann, als der Zweifel kam, gab es einen Halt in Thels Anwesenheit, sie stand dort und hier stand er, sie würde hinauf in ihr Zimmer gehen und er würde zu seinem gehen, die Stadt war noch da, nur in ihm selbst gab es diesen Zweifel, alles spielte sich noch innerhalb eines Rahmens ab. Aber jetzt war der zusammenhaltende Rahmen verschwunden, eine weite abenteuerliche Offenheit war ringsum zu ahnen nach der Begegnung mit dem gesichtslosen Steuermann, der in seinem Wagen vorbeigeglitten war, wachsam, breit, aufgerichtet hinter der Glasscheibe. Die Stadt war die namenlose, fremde Stadt; er wanderte durch Straßen, die er nie zuvor gesehen hatte. Hinter der Nacht gab es kein Gestern, und vollständig unbekannt war der Tag, der einmal kommen würde. Das Gefühl dauerte nicht länger als sein Weg vorbei an einigen Häuserblocks, und angesichts einer neuen Begegnung war die Ordnung wiederhergestellt, er wußte, wo er sich befand, er wußte, daß die Nachtstraßenbahn auf dem Weg hinunter ins Stadtzentrum war. Aber das Abenteuerliche war noch immer vorhanden bei dieser neuen Begegnung, die Gestalt selbst, die riesenhaft vor ihm aufgetaucht war, war von demselben Meer, derselben Weite umgeben, es war, als würde er auf einen Strand kriechen, jener andere, mit unsteten, fahrigen Bewegungen nach einem langen Bad und einem rülpsenden Urzeitlachen. Es können Monate vergehen, ohne daß ich ihn sehe, aber dann treffen wir uns immer in einem solchen losgelösten Augenblick. Und Knut, verirrter Riese, öffnete die Schleusen seiner euphorischen Traummonologe; während sie gemeinsam den Weg durch die Nacht fortsetzten, lauschte Paul den hervorströmenden Worten, manchmal undeutbar, dann und wann ertrinkend in Lachparoxysmen, abgebrochen von widerhallenden Grottenrülpsern, voller Wirbel, dunklem Plunder, Schleim, Schmutz und seltsamen Lichtbrechungen. Die Geräusche der Frauen, sagte er, die Geräusche der Frauen, diese Kategorien von Tonlagen, Grunzen, Stöhnen, kurzes und langes, heiseres und klares Lachen, ausgerufene Vokale, Zungenschläge, Zähneknirschen, melodische oder rhythmisch eintönige Atemzüge; ihre Signallampen, die anzeigen, wenn sie eingeschaltet sind, ihre Reaktionen auf unterschiedliche Griffe, ihre Grammophonscheiben im Spielautomaten, ihre Ritzen und Kerben, ha, jetzt, ha, jetzt mit Sonja, komme gerade von ihr, mit Sonja alles ausgeklügelt, nur auf den Brustknopf drücken, den Brustkontakt unter der Bluse, dem Pulli, der Jacke, dem dicken Pullover, nur die Berührung und der Apparat surrt, eine Jukebox, erleuchtet in rosa, hellviolett, hellgrün, giftgelb, unser ganzes Zimmer, unser phantastisches Ehezimmer eine einzige Jukebox, drücke auf den Knopf für deine Lieblingsscheibe, und wir rotieren zum Bett, das Bett immer ungemacht, die Laken steif von Schweiß, Pisse, Sperma, heimkommen, das ist, zum Bett zu rotieren, etwas anderes gibt es nicht, wir sprechen nicht mehr miteinander, wir essen nicht gemeinsam, gehen nicht gemeinsam aus, wir sind einander so furchtbar abgedroschen, daß es nur noch den Leerlauf des Fickzirkels gibt. Ich weiß, ich sollte an den Abenden arbeiten, meine Zeichnungen fertig machen, da liegen Tabellen, Belastungsberechnungen, Konstruktionsaufgaben, Brücken, Tragpfeiler, Konsolen, Ausrüstungen, Maschinenfundamente, aber es ist unerträglich, kann sie nicht hinter meinem Rücken haben, und hinterher ekelt sie mich fort, sagt, daß ich stinke, nach Scheiße, Schnaps; dann drehe ich am Knopf, eine Reihe von Bewegungen, wir verlieren uns, klarsichtig, äußerst beherrscht, zusammengekoppelt, sie zuckend wie ein Pumpwerk, den Hinterkopf ins Kissen gebohrt, die Finger in meinen Rücken hineingebohrt, ha, ho, ha, ho, fragt, wie lange kannst du noch, antworte, ganz klar, zwei Minuten noch, oder zehn Minuten noch, oder eine halbe Minute noch, der Mechanismus funktioniert perfekt, Fickberechnungen, Ficktabellen, das Pumpwerk macht weiter, ha, ho, ha, ho, wir machen zehn Minuten weiter oder zwölf Minuten, solange du willst. Am Ende ist sie wie ein gespannter Bogen, wie ein Brückenbogen, wir kommen auf die Sekunde, sie schleudert mich beinahe fort, sie jault auf, die Ringmuskeln pressen sich in Konvulsionen um mich, manchmal schießt sie mich hinaus wie eine Rakete. Glupsch. Und dann, was, ist der Mohr noch da? Was hängst du hier herum? Als ob die Molluskulation, als ob meine einzige Funktion – nein, da war es etwas anderes mit der Frau in Budapest, sie gab sich hin, *ich bin dein*, aber was weiß man, wir konnten einander nicht verstehen. War wie ein weiches warmes Schwein, große trächtige Brüste, wollte in den Mund nehmen, ich säugte sie, auch ich war wie eine Mutter für sie, sie schleckte die Schlagsahne in sich hinein, bereitete mir Essen zu, *Gulasch und Knödel*, nähte Knöpfe an, stopfte Strümpfe, *küß mich Liebster*. Als ich abreiste, weinte sie; ich war der große wichtige Mann *aus dem Ausland*. Ohne sie hätte ich mich zu Tode gesoffen in Budapest. Die Vereinten Nationen. Wir waren eine prachtvolle Ansammlung, die Europa von Neuem aufbauen sollte. Da gab es einen Amerikaner, wir arbeiteten an Brückenkonstruktionen. Ein Abend im Suff, saßen an einer Bar, sagte zu ihm, komm mit heim, dann machen wir weiter. Whisky bekamen wir fast umsonst, wir waren die großen Erbauer, die helfenden Engel des kranken Europa. Wir flogen davon mit unseren Flügeln, die Manteltaschen schwer von Flaschen. Oben bei mir beginnt er gleich, sich auszuziehen, scheint eine Gewohnheit zu sein in Amerika, lädst du einen Typen zu dir nach Haus ein, ist die Sache klar. Mal sehen, was ihm einfällt, ließ ihn fingern und fummeln an mir, konnte ebensogut eine neue Erfahrung zu machen. Let me do it, let me do it, and then you do it to me. Er sabberte, leckte, hobelte. Wie ein großer Hund, die Zunge hängt aus der Schnauze. Ein Hotelzimmer mit Aussicht über den Fluß mit den gesprengten Brücken, eine Glühlampe, die schaukelt, ein nackter Amerikaner auf Knien vor einer Vogelscheuche in Unterhosen, ein roter, baumelnder Fleischpfeiler, eine rotgeschwollene Hand mit weißen Haarsträhnen, selbst das geht, es spritzt los, now do it to me, do it, do it! Es ist fast wie eine Schlägerei, harte Griffe, Fäuste, Bartstoppeln, die einen kratzen, schnaufender Atem in den Mund hinein, Zangengriffe von Armen und Schenkeln, widerlich loses Fleisch, man rammt das Knie in einen Bauch, greift in Haare – neulich, hatte neulich eine Schlägerei, geriet mit diesem Bildhauer aneinander; du weißt doch, Karin, diese kleine Dicke, sie sieht aus wie ein blühendes Schulmädchen, aber geil wie ein Wiesel, bin ein paarmal mit ihr zusammengewesen, sie hat irgendeinen Bildhauer, der an ihr meißelt, er beschuldigt mich, ihm Geld gestohlen zu haben, aber er ist es, der sich etwas von mir geliehen hat; dieser Bildhauer, er redet eine Menge Mist über mich, diese ekelhafte aufgeblasene kleine Ratte, neulich Abend lief es über, hatte recht viel getrunken, war auf dem Heimweg im Taxi und als ich da saß, tauchte er vor mir auf, es sammelte sich an, sammelte sich an, ich nahm ihn beim Kragen und versetzte ihm eins und je mehr ich ihn windelweich schlug, desto tiefer biß er sich fest mit seinen kleinen spitzen gelben Zähnen. Wenden Sie, rufe ich dem Fahrer zu, wenden Sie zum Teufel, und gebe ihm Karins Adresse. Er los mit Blaulicht. Setzte mich vor ihrer Haustür ab. Licht in ihrem Fenster. Werfe einen Stein. Sie ist im Fenster zu sehen, läßt das Rollo hinunter. Ich laufe um das Haus herum. In solchen Augenblicken ist manchmal alles phantastisch leicht. Irgendwo eine Tür offen, ich laufe durch Gänge, quer über Hinterhöfe, Treppen hinauf, warum marmorieren sie die Wände, ich läute an der Tür, Signale, die keiner aushalten kann, poche an die Tür, sie muß öffnen. Dann steht da der Bildhauer, mit offenem Hemd, barfuß, grinst sich eins; ich auf ihn, wir wälzen uns auf dem Boden, und Karin, du hättest sie sehen sollen, wie in einem griechischen Schicksalsdrama, rauft sich die Haare, ruft die Götter zu Hilfe, wirft Asche auf uns. Die Welt geht unter. Am nächsten Morgen klingelt das Telefon, das Telefon – ein Mund, der atmet und flennt, ein Mund drückt sich feucht an dein Ohr und bläst, dann ist es still. Nach einer Weile klingelt es wieder, derselbe Mund zupft dich am Ohr, kaut und wimmert, Karins Mund, du machst mir alles kaputt, alles ist deine Schuld, du machst mich wahnsinnig undsoweiter, kurz gesagt, sie liegt in der Psychiatrie, hat einen Selbstmordversuch begangen. Ich besuche sie, sie streckt mir ihre umwickelten Arme entgegen, hat sich die Handgelenke mit einem Messer aufgeschnitten; sich die Handgelenke mit einem Messer aufzuschneiden, in sein eigenes Fleisch zu sägen, durch die Haut, Sehnen, Adern. (Sie gingen nun entlang eines Lattenzauns in einer Gartengegend, Paul öffnete eine Gartenpforte, auf einem knirschenden Kiesweg gingen sie zur Hütte, hoch über ihnen, hinter kahlen Büschen und Bäumen, trohnte das dunkle Massiv einer Kirche; Paul schloß auf, rauhe Luft schlug ihnen entgegen; Paul zündete die Petroleumlampe auf dem Schreibtisch an, leerte den Eisenkamin, machte Feuer aus Zeitungspapier und Holzstücken.) Trotzdem ist der Selbstmord vielleicht die leichteste Todesart, wenn man zu ihm vorgedrungen ist, dann gibt es wohl nur noch eine Wollust, Wollust angesichts des Todes, man muß den Tod lieben, um sich selbst zu töten, man tut es wie in einem Rausch, in einer Seligkeit; aber furchtbar, vollkommen unfaßbar muß es sein, zum Tode verurteilt, geköpft zu werden, ich träume das manchmal, stell dir den Weg zum Schafott vor, die Hände nach hinten gebunden, du wirst dort hingeführt, niedergelegt, den Kopf auf dem Block, und das Beil soll deinen Kopf abhacken, der Kopf soll frei dort unten im Korb liegen, mit deinem Mund, deinen Augen, deinem Gehirn; hast du einmal daran gedacht, daß Menschen diese Prozedur durchlaufen, daß sie sich führen lassen müssen, zum Beil, dem Galgen, dem elektrischen Stuhl, der Mauer; versuch, dir diesen Weg vorzustellen, du kannst es nicht, du brüllst nur. Diese Bilder, die Todeszelle, blankpoliert, eine Transformatorenzentrale, alles nüchtern, wissenschaftlich, der kantige kalte Stuhl mit den Riemen, die Riemen um den Oberkörper, um die Arme, um die Füße; oder ein paar Chinesen auf der Straße, sie sollen öffentlich mit dem Schwert geköpft werden, der Kopf des einen ist bereits vom Körper getrennt worden, das Blut spritzt aus dem Hals hervor, sein Körper steht noch auf den Knien, der Körper selbst lebt noch, und vermutlich lebt auch der Kopf während des Bruchteils einer Sekunde, wenn er durch die Luft fliegt; der andere sieht zu, vollständig erstarrt vor Schrecken; der Henker wird noch von der Kraft des Schwertschlags herumgeschleudert; und am Straßenrand stehen Zuschauer, zufällige Passanten, runde ausdruckslose chinesische Gesichter, Männer, Frauen, Kinder, hinter ihnen ein Geschäft mit Papierlaternen, kleinen geschnitzten Drachen und Pagoden. Ein anderes Bild, erinnere mich daran aus meiner Kindheit, während des ersten Weltkrieges haben die Engländer aufrührerische Inder vor Kanonenmündungen gebunden. Der Text darunter erklärte, daß die Eingeborenen glaubten, daß auch die Seele des Opfers bei dieser Art der Hinrichtung vernichtet würde. Die totale Auslöschung. Oder das Bild eines Kolonialsoldaten, der während des vorigen Krieges einen Speer in den Rükken bekommen hatte. Er sitzt auf einem Karren, man sieht an seinem Gesichtsausdruck, daß er nicht zu atmen wagt; stell dir vor, mit einem Speer in den Rücken gebohrt zu sitzen, der Widerhaken irgendwo in der Lunge, und der Karren rumpelt, du wirst durch eine Landschaft aus Sand und Kakteen befördert. Einmal mit alledem fertig werden, nur in Ruhe arbeiten zu können. Hätte gern ein Zimmer wie dieses hier, ganz für mich selbst. Oder eine Hütte im Wald. Solange ich hier in der Stadt bleibe, irre ich nur umher. Ich muß fort. Gestern traf ich Maud. Da haben wir auch eine Ehe. Sie bitter, spöttisch, harte Züge um Nase und Augen, der Mund heruntergezogen, das Kinn gerunzelt; er mit seiner perfekten Kühle, im Sessel sitzend, mit übereinandergeschlagenen Beinen, mit dem Fuß wippend. Und dann gemeinsames Schlafzimmer, große Empfänge, aufgeputzte Repräsentationswohnung. Anfassen darf man sie nicht. Bis in den Tod wird die entsexualisierte Treue gewahrt. War vor vier Jahren nahe daran, sie zu bekommen. Sie wollte zunächst, aber wir hatten nichts, wo wir hätten hingehen können. Einmal standen wir unter der Eisenbahnbrücke unterhalb der Schleuse, es war kalt, ich hatte den Schwanz draußen, war dabei, mich in die Molluske hineinzubohren, sie hielt den Rock hoch, aber da kamen Leute, und dann wurde nie mehr etwas daraus. Diese Abbrüche sind wie Wunden, sie werden zu Krebsgeschwüren, sie brennen und faulen in dir. Habe sie nie nackt gesehen. Diese Frauen, die du nicht bekommst, die nur in dir gären, die zu Traumbildern werden, mit denen du im leeren Raum wichst. Gleichzeitig tauchte Sonja auf, sie durfte ich auch nicht anfassen, wir schliefen miteinander, aber in ihr kommen durfte ich nicht. Sie hielt mich auf Abstand, bis wir heirateten. Sonja, sie sitzt auch da drinnen wie ein Geschwür. Sonja und Maud, sowas muß wegfaulen, das braucht Jahre, es verfault, bald werde ich fertig damit, aber es hinterläßt einen Gestank. Am schmerzhaftesten war es mit Maud. Die wahnsinnige unbefriedigte Geilheit. War einmal mit ihr im Gebirge; wir wohnten zusammen in einer Hütte, sie hatte eine Freundin dabei. Ein Norweger kam zu uns, Skiläufer, Sportler, lief den ganzen Tag herum und zeigte die Muskeln, strich um die Frauen herum, hing an einem Balken, machte gymnastische Übungen, sonnte sich in einer kleinen strammen roten Badehose; die Frauen in dünnen Kleidern neben ihm, hörten seinem Geplapper zu. Ich drücke mich in einer Ecke herum und spüre, wie es sich ansammelt. Der Norweger auf Skiern die steilsten Hügel hinab, die Frauen applaudieren seinen Kunststücken. Ich selbst werde wie Luft behandelt. Sage ich etwas, antwortet Maud, du bist nur eifersüchtig. Das Ganze endete damit, daß sie mit mir brach, du bist zu eifersüchtig, sagte sie. Ich bin eifersüchtig, ich bin wild, ich bin ein Gespenst. Ich erschrecke sie. Erschreckt zu werden, das erregt sie manchmal, das Fotzenöl beginnt zu laufen; aber mehr wird nicht daraus. Ich habe nie Frauen kennengelernt, nur Fotzen. Könnte eine Topographie über das weibliche Geschlechtsorgan schreiben. Da gibt es Grotten, verloren baumelt man über einem bodenlosen Abgrund, Grotten, die nur von einem Pferdepenis ausgefüllt werden können; da gibt es harte und wulstige Formationen wie Gaumen, andere elastisch und undurchdringlich wie Pilze; manche gleichen Gebetsbüchern, zum darin blättern, manche sind wie Astlöcher, andere, die besten, wie Vogelnester. Man starrt fasziniert in diese Tore des Lebens, man will seinen Kopf in sie hineinbohren, sich klein machen und zusammenrollen. Man leckt sie, es schmeckt nach Muscheln, Salz. Mit den Händen gräbt man im Fotzenhaar. Manchmal findet man Krümel darin. Da, sage ich dir, da beginnt man, Gott zu ahnen. – Riesenhaft und von Lachen geschüttelt stand er in dem kleinen Zimmer. Er beugte den Kopf, um nicht gegen die Decke zu stoßen. Ich gehe jetzt, sagte er. Wohin gehst du? Ich gehe wohl wieder heim zu Sonja. Gebeugt ging er hinaus und verschwand in der Nacht. Das Feuer begann, im Kamin zu prasseln, der Rauch zog durch das offene Fenster hinaus. Die Wände im Zimmer waren mit

Skizzen von Bühnendekorationen und Kostümen bedeckt. Auf dem Schreibtisch lagen aufgeschlagene, mit Bleistiftnotizen vollgekritzelte Rollenhefte. Paul ging im Zimmer zwischen Tisch und Tür hin und her. Knuts Rede flimmerte noch um ihn herum; es ist seltsam, ich erinnere mich nicht an ein einziges Wort, nur ein Gemurmel, nur ein Sausen wie von einer berstenden Sandwand. Aber ich will mich daran erinnern, daß ich gefesselt zuhörte, zuhörte, wie ich dem Gerede in Straßenbahnen, Wartesälen, Markthallen zuzuhören pflege. Was war es, das mich fesselte, wenn es nicht die Worte waren? Seine Gesten, sein grimassierendes Gesicht, meine eigene Sympathie für seine verrückte Existenz. Traf ich nicht hier etwas von dem an, was ich im Gespräch mit Fanny suchte, begegnete ich hier nicht genau diesem ungeordneten Gedankenstrom, diesem vollständigen Fehlen von Linie, Komprimierung, Berechnung? Wie geht das mit Stenogrammen solcher Äußerungen, flößen sie einem nicht nur ein Angstgefühl ein mit ihrem brodelnden Bodensatz? Diese Worte, losgelöst vom Sprecher, werden hohl, sinnlos. Es ist gerade die Konfrontation mit der lebenden Stimme, mit der ganzen Gestalt, die die Spannung ausmacht. Das geht auf der Bühne, wo man den lebenden Menschen vor sich hat, den Menschen in seiner Mühle, mehlig wiederkäuend, in seinem Brei brodelnd; schäbige Sorgen in Wiederholungen, mahlende Stimmen, von denen niemand weiß, was sie sagen, sie sprechen undeutlich, mit Versprechern, ständigen Wiederholungen, reden von Krankheiten, dem Wetter, der Enge der Wohnung, dem Steuerdruck, der Langeweile am Arbeitsplatz, der Undankbarkeit der Kinder, neuen Automodellen, Filmstars, Lebensmittelpreisen und wieder Krankheiten. Sie verlieren sich, kommen in andere Spuren, finden zurück zu einem alten Faden, nisten sich ein, husten, räuspern sich, mahlen und mahlen. Im allgemeinen hören wir mit demselben Brei in den Ohren zu, wir verstehen nicht, was der andere sagt, erkennen nur vage die Ganzheit wieder, in der wir leben. Bewußt diesen Dialogen und Monologen zuzuhören, wird unerträglich. Meine Versuche mit Bandaufzeichnungen, von Zugreisen, Parkbankkonversationen, Dialogen in Geschäften und Krankenhauskorridoren. Sind wir wirklich so geistlos, so trübe, so mechanisch, so zersplittert und abwesend wie wir klingen? Jenes Mal, als ich das Gespräch zwischen einigen Malern und Schriftstellern bei mir aufnahm. Peinliche Stille, als ich das Band vorspielte. Wie ist das möglich? Während die Diskussion im Gange war, fühlten wir uns wohl miteinander und mit uns selbst, wir glaubten, daß alles, was wir sagten, von Bedeutung war, wir hörten einander zu, spannen weiter an den gegenseitigen Anregungen; aber nun konnten wir nicht fassen, daß das unsere eigenen Worte waren, die wir hörten; wie haben wir uns mit solchen Trivialitäten beschäftigen können? Es ist furchtbar, daß man sich selbst nicht wiedererkennt, wenn man sich von außen hört und sieht. Dieses Gerede, dieser Klatsch, dem wir uns einen ganzen Abend lang gewidmet hatten, und dem wir uns während des größten Teil unseres Lebens widmen. Hätten wir nicht ebensogut in unverständlichen Sprachen sprechen, rhythmische Laute ausstoßen können? Ist nicht all dieses Geplapper ein Ausdruck für einen fundamentalen Mangel, an dem wir leiden? Im Grunde haben wir einander nichts zu sagen, aber wir versammeln uns, wir brauchen uns, wir sollten stundenlange Beschwörungstiraden murmeln, in die Hände klatschen, mit den Füßen stampfen, trommeln, tanzen. Das ist alles, mehr brauchen wir nicht. Das sollte die ganze Nacht hindurch gehen, keine Worte, nur Bewegungen, Rhythmen – aber gibt es sie noch, diese unverbrauchten Kräfte? Gehen nicht alle diese Energien auf im Alltagsschleim, in den Breiregionen?

Es ist Mitternacht, im Zimmer nebenan sitzt Viktor, durch die Wand höre ich ihn husten und mit seinen Papieren rascheln. Ich vermisse dich, Caspari, ich müßte etwas zusammen mit dir klären. Zunächst geht es um das Buch. Ich habe im Manuskript geblättert, ich erinnere mich an deine Kritik, die anerkennende wie die negative, aber eine Sache sehe ich erst jetzt, es ist ja nur Papier, nur Worte auf Papier, daran hast nicht einmal du gedacht. Du hast dich um den Aufbau der Erzählung gekümmert, um die Personenzeichnung, mich darauf aufmerksam gemacht, was überzeugend wirkte und was gemacht wirkte. Aber es ist ein furchtbar großer Schritt zwischen der literarischen Schilderung und dem wirklichen Leben, gerade fühlt sich die Kluft so groß an, daß ich nicht glaube, sie jemals überwinden zu können. Vielleicht ist es leichter für einen Poeten. Er sammelt einige Tropfen Essenz aus einem langandauernden Erlebnis, er schafft einen ganz freistehenden kleinen Block aus seinem Gedanken und Gefühlen, es bekommt einen Eigenwert. Aber wenn man nicht von den großen Kontinuitäten loskommen kann, wenn man sich nur in der Prosaform ausdrücken kann, findet man, daß alles zu begrenzt wirkt, man muß ja beschneiden und konzentrieren, man muß daran denken, daß einem nicht alles unter den Händen zerfließt, aber da ist man schon im Gekünstelten. Wir haben viel über die Disziplin gesprochen, über die Notwendigkeit, das Thema zu umkreisen, über die Struktur, das Handlungsgerüst. Wir machen uns zu Göttern, wir genießen unsere Macht, schaffen und dirigieren zu können, aber im Grunde gibt es ja keine Struktur, nichts

Überschaubares. Wir machen uns zu Perlenfischern, wir tauchen hinunter und bringen immer eine schwangere Muschel mit herauf, wir versammeln die Perlen in glitzernden Ketten, aber es sind eitle Schmuckstücke. Im Moment möchte ich auf dem Meeresboden bleiben, auf die Beute pfeifen, nur umherschweben in dieser unendlichen Vegetation. Ist das Schreiben wirklich ein Weg zur Selbsterkenntnis – hält man sich damit nicht eher weiterhin in einer konventionellen Welt auf – wie verwegen man auch formuliert – beginnt man nicht erst dann, in sich selbst zu versinken, wenn man jeden Gedanken an Ausdruck aufgegeben hat? Ich höre deine Antwort, das Schreiben ist ein Handwerk, du mußt erst versinken und Erfahrungen sammeln und dann steigst du auf und teilst diese Erfahrung mit. Das Schreiben ist ein Beruf wie alle anderen. Deine Tiefseewelt, die hast du trotzdem noch, so wie alle anderen sie haben. Bleibst du lange genug dort unten, ich meine, solange der Luftvorrat reicht, nimmst du wohl dennoch einige Lichtschimmer mit. Es sind diese Schimmer, die dann zählen. Ja, Caspari, das klingt tröstend, du siehst, ich stehe in einem telepathischen Kontakt mit dir. Es klingt tröstend, aber gerade jetzt hat dieser Trost keinen Nutzen für mich. Solange ich mich mit der festgespannten Leine am Taucheranzug sinken lasse, das Aufsteigen und die Artikulierungsmöglichkeit in Reichweite, werde ich mich selbst entstellen. Du weißt, wie das mit Träumen ist. Man erlebt sie in einer ungeheuren Intensität, mit allen Sinnen, man ist in einer Welt, in der alles möglich ist, da gibt es die phantastischsten Farben, Landschaften, Geschehnisse. Aber wenn man sie am Morgen aufschreibt, wirken sie platt, nichtssagend. Das, was gerade noch eine selbstverständliche Vision war, überzeugend in allen Details, wird nun ein Taschenspiel, höchstens ein Feuerwerk.

Denn jetzt ist der Intellekt dabei, diese gute, unverdrießliche Waffe, die alles zurechtstellt, die einen so nützlich, so angepaßt macht. Kann man sich nicht weiter in den Träumen aufhalten, ganz in der Welt der Gefühle leben? Unnötige Frage, antwortest du, denn du bestehst zu gleichen Teilen aus Traum und Wachheit, und sowohl das Gefühl als auch die ordnende Vernunft müssen zur Sprache kommen. Heute ist etwas passiert. Ich wurde überfallen, überrumpelt von einem Mann. Erst überfiel er mich mit seinen Bildern, sie betäubten mich mit ihrer Gewaltsamkeit, dann schleifte er mich in sein Bett und vergewaltigte mich. Das ist vielleicht ein banaler Vorfall. Aber er machte mir bewußt, daß ich nie etwas als Frau erlebt habe. Du weißt, ich habe mir immer gewünscht, ein Mann zu sein, mich zu messen, meine Stärke zu zeigen. Als ich klein war, kleidete ich mich wie ein Junge. Ich habe weibliche Frauen immer verachtet, ich habe mich geekelt vor ihrer vegetativen Welt. In meiner Arbeit mache ich mich zum Mann. Aber jetzt fühle ich plötzlich, daß mir etwas Elementares fehlt. Mein erster Impuls war, fortzulaufen, sofort meine Taschen zu pakken und abzureisen. Aber kann man fliehen? Ein Hotelzimmer hier und ein Hotelzimmer da. Ich bin unentschlossen. Soll ich mich ausliefern – oder ist meine Rolle für immer die des Beobachters und Reisenden?

Er ging im Zimmer auf und ab. Er hatte das Fenster geschlossen, der Kamin war heiß, aber das Zimmer hatte sich noch nicht erwärmen können. Der Rauchgeruch lag noch in der Luft. Er hielt sich bei diesen Gedankengängen auf. Rauchige Luft. Luftzug am Boden. Kalte Wände. Die kühle rauchige Luft wie in einer Waldhütte. Frische harzige Luft, Holzlager und Rauch.

Um den Kamin kreisende Gedanken. Er wollte die Gedanken und sich selbst zum Arbeitstisch steuern, aber jedes Mal, wenn er dessen Steilhang erreichte, machten die Gedanken eine Kehrtwendung und zogen ihn mit sich. Hatte nicht Knut von einer Hütte im Wald gesprochen? Der Traum von der Flucht. Ein Leben ohne Störungen. Ganz allein mit seiner Arbeit. Er wußte, wie dieser Traum für ihn in der Realität aussah. Er hatte seine Versuche unternommen, war aber nie weiter vorgedrungen als bis zum lähmenden Stadium der Einsamkeit. Eine Verlassenheit ohnegleichen. Eine panische Angst vor der Natur. Da gab es nichts von einem Zusammenklang zwischen ihm und dem Mull, dem Gras, den Bäumen, dem Wind. Die Natur verkörperte den Tod. Die Mücke war die Botin des Todes. In fiebrigen Schweiß gebadet lag er wach und lauschte ihrem beharrlichen hohen hohen Glockengeläut. Der Baum, der seine Arme schüttelte und mit seinen Blättern rasselte, wurde zum Wächter aus einem schrecklichen Kindheitsmärchen. Die Nacht im Wald war eine einzige Tortur, er war in die vollständige Hilflosigkeit eines Kindes zurückgeglitten. Als der Schrecken in der Morgendämmerung nachließ, folgte nur Erschöpfung. Der Weg durch das Wäldchen und über die Wiesen vermittelte kein Gefühl der Freiheit, nur das einer unhaltbaren Melancholie. Ich bin Stadtmensch, ich bin verloren in der Natur, ich brauche den Asphalt unter den Füßen. Der Gesang der Vögel und der Grillen, das Quaken der Frösche in der Nacht, der Ruf eines Käuzchens, das ferne Krähen eines Hahns an einem frühen Morgen, das sind Laute, die mir einen seltsamen Abschiedsschmerz eingeben, ich verknüpfe sie mit Fremdheit und Vergänglichkeit. Zu meinem Leben gehören andere Laute, das Schmettern des Niethammers auf der Werftanlage, die Bootssirenen im

Hafen, das Grollen der Züge im Bahnhof. Ich fühle mich heimisch bei hallendem Hundegebell weit unten von einer abendlichen Straße her, beim Klappern von Pferdehufen auf dem Steinpflaster, beim leisen Piepsen der Spatzen in den kahlen Büschen auf einem Hinterhof, beim Gekrächze der Krähen im Park und den schrillen Stimmen der Möwen zum dumpf brausenden Hintergrundton der Stadt. Dieser Generalbaß, zusammengesetzt aus Motoren, rollenden Reifen, Schritten und Stimmengemurmel, mit vereinzelt hervortretenden Klängen, eine Bohrmaschine, Hupsignale und Sprengschüsse, krachende Bretter und Kisten, eine kreischende Bremse, Schranken, die bimmelnd herabgelassen werden, eine Kirchenglocke, die läutet. In der Stadt ist die Einsamkeit auszuhalten. Ich kann einen ganzen Tag in meinem Zimmer sitzen und mich in eine Arbeit vergraben, das Bewußtsein über das Leben um mich herum hält mich zusammen. Die Natur versetzt mich in einen Auflösungszustand, ich verliere meine Konturen und gehe in Verwesung über. Der Schreibtisch vor mir. Meine Küste, mein Strand. Er ergriff den Stuhl, warf Anker, aber der fand keinen Halt, er trieb vor einer wartenden Aufgabe. Knuts Rede war wie ein Gift in ihn eingedrungen. Es war die Krankheit der Stadt, diese Offenheit für Störungen, diese Empfänglichkeit. Man lebte wie ein Pilz, sog nur auf, sog auf. Man stand in ständigem Kontakt mit einem großen Zeitgeschehen, man verarbeitete die Gedanken und Ideen anderer, man baute weiter an den Schöpfungen anderer, fügte kleine Details und Eigenarten hinzu, man erfand, was andere gleichzeitig in anderen Städten und Ländern erfanden. Ein kleiner Vorposten in einem Bunker am Fuße eines Hügels, umgeben von Büschen und einem Lattenzaun, ein Nachtposten mit einigen wenigen eigenen Gedanken und mit umfassender Kenntnis von Gedanken anderer, eine anonyme Gemeinschaft mit denen, deren Mitteilungen ihn erreicht hatten, Artaud, Beckett, Ionesco, Adamov, Henry Miller, Jean Vigo, Luis Buñuel, Carl Dreyer, Sidney Peterson, Cocteau, Man Ray, Léger, Picasso, Ernst, Nerval, Lautréamont, Dalí, Klee, Gris, Magritte, Giacometti, Matta, Varèse, Strawinsky, Klebe, Henze, Stockhausen, Messeain, Pierre Henri, Schönberg, Nono, Breton, Jarry, Rimbaud, Apollinaire, Redon, van Gogh, Gauguin, Henri Rousseau, Blake, Philipp Otto Runge, Büchner, Stifter, Conrad, Kafka, Wright, Patchen, Jahnn, Michaux, Céline, Brecht – das Klingeln des Telefons brach seine Überlegungen ab. Er wußte, es war Thel. Verbunden über einen dünnen elektrischen Draht sprachen sie miteinander durch Mauern, über Häuserblocks und Straßen, durch viel Luft. Ich wollte nur Gute Nacht sagen – du kommst nicht mehr? Es lag Sehnsucht in ihrer Stimme. Er antwortete ausweichend; er wußte, daß er sich nicht mehr zur Arbeit sammeln konnte, die Unruhe war zu groß, aber auch die Ruhe bei ihr war zu groß, sie kannte ihn zu gut, er sah sich selbst zu deutlich in ihrer Gegenwart; bei einer anderen Frau, die nichts von ihm wußte, konnte er sich selbst vergessen. Als er den Hörer aufgelegt hatte, befiel ihn wieder das Schuldgefühl. Er verriet sie. Immer verriet er sie. Jetzt, aus der Entfernung, war er voller Zärtlichkeit für sie. Warum gehe ich nicht heim zu ihr, lege mich neben sie, umarme sie, tue das Einfache? Aber gerade jetzt wäre es eine Lüge, eine Heuchelei, und er wußte, daß er nicht heucheln konnte. Gerade jetzt mußte er auf Geborgenheit und Bindung verzichten. Gerade jetzt konnte er sich nur einen unbekannten Körper vorstellen, einen neuen Körper, der sich für ihn entblößen, ihn empfangen sollte. Er verachtete sich selbst, verhöhnte sich selbst. Aber während er fand, daß er billig war, unreif, haltlos, blätterte er im Notizblock nach Adressen, wen konnte man so spät anrufen? Da waren Namen und Telefonnummern, die er nicht mehr identifizieren konnte. Wer war Carla, wer war Gertrud; Ingrid – eine vage Erinnerung. Die Sandwand, die zerbirst. Eben noch Gedanken über Kunst, über Schaffen, jetzt ein niedriges Dasein, eine verwüstete Welt, beherrscht vom Trieb. Wenn es denn Trieb war und nicht nur die Angst vor der Einsamkeit. Da war Margot. Nicht ganz neu. Das Fleisch nicht ganz frisch. Aber sie fragte nicht, sah ihn nicht forschend an. Sie würde ihm Asyl für die Nacht geben, wenn sie allein war. Er wählte ihre Nummer. Schwirrende Spannung, schwach in den Raum hinaus piepende Notsignale, ein Lauschen auf Antwort, während das Schiff sinkt. Es klickt im Hörer. Die Angerufene antwortet aus dem Weltraum. Zurück auf den Boden. Ich stehe hier in meinem Zimmer, an den Schreibtisch gelehnt. Habe ich dich geweckt? Wer ist da. Ich bin es, Paul. Mein eigener Name. Paul. Jemand hat mich so genannt. Wo bist du? In meinem eigenen Zimmer. Gegen den Schreibtisch gelehnt. Die Unruhe hat mich in ihrer Gewalt. Und da willst du zu mir kommen? Bist du allein? Manchmal. Jetzt allein? Jetzt allein. Wirfst du den Schlüssel hinunter? Wann kommst du? Nehme einen Wagen, bin gleich da.

Auch wenn er nicht kam – sie hatte das erwartet –, auch wenn er zeigte, daß er sie nicht brauchte, konnte sie jetzt eine Entspanntheit, eine Ruhe spüren, eine Art Befriedigung. Hänge ich doch nicht so sehr an ihm, wie ich glaubte? Gewiß hatte er sie enttäuscht, er enttäuschte sie immer, wenn er sie allein ließ, aber warum eigentlich? War Gemeinschaft zwischen ihnen selbstverständlich oder nur eine Gewohnheit? Lebe ich noch immer von meiner Verliebtheit, die ich in der ersten Zeit erlebte, sind wir dabei, uns voneinander zu entfernen? Der Gedanke verursachte einen leichten Schmerz. Aber warum Schmerz? Die Stille kam zurück mit der starken Empfindung, daß sie ganz für sich selbst stand. Sie hatte sich den ganzen Abend unterlegen gefühlt, hatte sich gefühlt wie ein kleines Mädchen, das den Gesprächen der Erwachsenen zuhört, aber jetzt lächelte sie, wenn sie daran dachte. Ich bin weder hilflos noch enttäuscht, ich bin nur ich selbst. Eine seltsame Entdeckung. Wie bin ich zu ihr gekommen? War es das Zimmer, das sie diese Zuversichtlichkeit spüren ließ. Das Zimmer hatte sie immer beruhigt, aber nicht auf die gleiche Weise wie jetzt. Dieser hohe, luftige Raum, in dem nichts die harmonische Ganzheit störte, ein Raum, der einer Skulptur glich, mit ihr selbst als zentralem Bestandteil. Aber das Zimmer ohne sie ist abstrakt, tot; sie ist es, die das Zimmer und die Dinge zum Leben erweckt. Sie ist es, die den Raum formt, den Raum mit einem Glücksgefühl ausfüllt. Mein Zimmer. Drei dünne weiße Pfeiler tragen die schräge Decke mit dem großen Fenster, das Feuer brennt im Kamin, eine Schaffelldecke liegt auf dem niedrigen Bett, die Wände kahl, keusch, weiß, eine große, ungerahmte Spiegelscheibe, der Boden aus breiten geschliffenen Dielen. Sie genoß die Reinheit des Raumes. Ein Raum, wie gemalt von Fra Angelico, jederzeit kann der Engel mit den farbigen Flügeln eintreten. Sie wandte sich dem Spiegel zu und betrachtete sich selbst. Sie war schmal, klein, in knappe schwarze Hosen und einen langärmligen, um den Hals geschlossenen Pulli gekleidet. Ihr rotblondes Haar gekämmt in eine kurze, gerade Pagenfrisur. Der Mund kräftig geschminkt, die Augen schwarz umrandet. Sie ging näher an den Spiegel heran, hinter ihr die hellen, vollendeten

Proportionen des Zimmers, sie legte die Hände gegen ihre Spiegelhände, küßte sich auf ihren Spiegelmund. Ich muß diese Begegnung mit mir selbst besiegeln. Die einfachste aller Entdeckungen; warum macht man sie so selten? Die Entdeckung selbst ist flüchtig, sie ist bereits dabei, ihre Leuchtkraft einzubüßen, aber sie hinterläßt das Gefühl der Zuversicht. Sie versuchte noch immer, in die Fragen einzudringen, die sie sich gestellt hatte, aber alles, was die Beziehung zwischen ihr und Paul berührte, entglitt, die einzige Antwort, die sie vernahm, war die Gewißheit, daß sie für sich selbst stand. Unbewußt setzte sie ihre Entdeckungsfahrt fort und hob den Deckel von der kleinen geschnitzten Barockkiste, in der sie Briefe und Fotografien verwahrte. Sie setzte sich auf den Boden, betrachtete und las. Die Bilder, die sie in Theaterrollen und Filmdebuts zeigten, festigten ihre Sicherheit, sie konnte sie ohne Selbstverliebtheit sehen, sie bestärkten nur ihre Möglichkeiten. Mit seinem eigenen Körper, seinem eigenen Gesicht zu schöpfen, Gedanken und Gefühle mit Gesten, Augenbewegungen und Mundbewegungen zu übersetzen, Maske, Hieroglyph und W e s e n sein zu können. Einen Moment lang versank sie in Träume von Aufgaben, sie sah sich in einer Dramenwelt, die noch nicht geschaffen war, eine Welt, die Spielraum ließ für alle Verwandlungen, eine weibliche Welt, so wie sie von Anaïs Nin, Maja Deren, Djuna Barnes angedeutet worden war. Dann lockten die Briefe sie in einen Brunnen, aber sie konnte, wie nie zuvor, einen Lichtschimmer beibehalten, der hoch über dem eingeschlossenen Vergangenen lag. Das Vergangene war noch da als Erfahrung, aber ihr Wille war nun nicht mehr daran gebunden, sie konnte sich selbst in die Augen sehen, so bin ich, das habe ich erlebt, aber es verhext mich nicht mehr, ich kann weitergehen. Die kleine abgegriffene Fotografie von ihr als Vierjähriger. Nach der Scheidung der Eltern war sie in ein Kinderheim auf dem Land gegeben worden, lag in den Nächten auf einem Ausziehsofa in der Küche, die Hausmutter drohte immer, die Schublade mit ihr in das Sofa hineinzuschieben, wenn sie nicht brav war. Konnte nicht schlafen aus Angst, in der Dunkelheit erstickt zu werden. Klein und rundlich, in einem zu großen Overall, mit langem ungepflegtem Haar, traurig und mißtrauisch, das war ich vor zwanzig Jahren, Mama heiratete wieder, habe keine Kindheitserinnerung an meinen Vater. Es war Pierre, der dann ihr Bedürfnis nach einem Vater erfüllte. Eine tiefe Liebesbindung, glaubte, daß ich niemals darüber hinwegkäme, als es vorbei war. Es war, als würde ich zerbrochen. Alles war vorbei mit Mamas Tod. Dieser schreckliche langsame Tod, eigentlich eine jahrelange Reihe von Toden. Ihre Selbstmordversuche, sie sind mir ins Blut gegangen, strebte in Gedanken immer zu dem gleichen Ausweg, immer die Sehnsucht, zu verlöschen, zu verschwinden, wenn die Schwäche kam. Wie Mama stöhnte und schrie nachts in ihren Alpträumen. Ich höre diese Rufe, hooo hooo, lag neben ihr, weckte sie, mußte die bösen Tiere verjagen, die schrecklichen Figuren, die sie sah. Ihr Abschiedsbrief, Zeilen, die einander kreuzen, die umeinander irren, mein geliebtes Kind, Wörter, die immer mehr abfallen, die schließlich ganz unlesbar werden und hilflose Tentakel in alle Richtungen senden, das Gift beginnt zu wirken. Dieses Telefongespräch in der Nacht, ich war die letzte, mit der sie sprach, sie sprach mit mir, während sie starb, ich war in einer anderen Stadt, sie rief mich mitten in der Nacht an, immer der Schreck, wenn es nachts klingelt, immer der Gedanke, daß etwas Furchtbares passiert ist, sie war bereits umnebelt vom Schlafmittel, und ich konnte nichts tun, welche Qual, Mama du darfst nicht, Mama du darfst nicht, Abschied zu nehmen am Telefon, und dann legt sie auf und alles ist still. Als ich wieder anrufe keine Antwort. Kein Zug mehr in der Nacht. Und am nächsten Morgen ist sie schon tot. Warum wurde alles zerbrochen? Warum war Pierre so kalt, so brüsk, stieß mich weg, verließ mich, wollte er alles abschneiden, was an diese unglückliche, gescheiterte Ehe erinnerte? Erinnere mich an unsere letzte Begegnung, auf dem Balkon, warf ihm vor, daß er sich nicht um Mama gekümmert, ihr nicht geholfen hatte, und seine besinnungslose Wut, er war nahe daran, mich über das Geländer zu werfen. Nie eine Versöhnung, nie eine Erklärung, und ich weiß, daß er mich geliebt hatte, alles plötzlich zu Ende, ich sechzehn Jahre, glaubte, daß ich nicht weiterleben könnte. Aber jetzt gibt es einen eigenen Raum um sie, und sie lebt hier. Sie bewegt sich in ihrem Zimmer, das offene Feuer verbreitet Wärme, die asketischen Wände, die grazilen Pfeiler tragen ihr eigenes Wesen, sie betrachtet Bilder, liest Zeilen, die der Abdruck des Vergangenen sind, und dann verwahrt sie sie wieder im Schrein, schließt den Deckel, geht mit leichten Schritten, barfuß, auf Zehenspitzen, zum Bett.

Er nahm die Pfeife aus dem Mund, hatte zu lange daran gesogen, sie schmeckte jetzt wie nasser Hund. Er versorgte das animalisch warme Ding, putzte es, legte es zur Ruhe. Er schloß das Buch. Eine langsame, fast symbolische Bewegung. Man schließt das Fenster nach einem langen Blick hinaus in eine Landschaft. Man sitzt und denkt nach. Die Eindrücke haben ein schlummerndes Universum von Bildern in einem geweckt. Ein ums andere Mal hatte ihn beim Lesen die Erinnerung an die Zeit in Lugano und Italien gestreift, vor dreißig, fünfunddreißig Jahren. Die Ankunft in Lugano an einem Sommerabend. Der See schimmert in der Tiefe hinter Hausdächern, Palmen und dicht belaubten Bäumen. In der kleinen Seilbahn unterhalb der steilen Felswand, mitten durch Häuser und schmale Höfe. Rosafarbene, orange und türkisblaue Mauern, ornamentgeschmückte Fassaden, gemalte Blindfenster. Duft von Blumen und Früchten. Der Spaziergang den Kai entlang. Wunderbare Leichtigkeit, Luftigkeit. Das Sonnenlicht noch auf den Bergspitzen rund um den See. Tief olivgrünes Wasser, spiegelglatt, mit vereinzelten träumerisch gleitenden Booten. Jede Stimme deutlich im gewaltigen Resonanzkörper des Sees und der Bergwände. Eine klare Singstimme, Frauengelächter, Hundegebell. Weit hinter mir die hektischen Arbeitstage bei der Zeitung. Auf gewundenen Wegen vorbei an dunklen prachtvollen Gärten, kunstvoll gemeißelten Haustüren, reich ziselierten Gartenpforten und Zäunen. Hoch über den Hügeln, Duft von Erde und tropischem Pflanzenwuchs. Langsam versinkt die Stadt, verschwindet in ihrem Grün. Bambuswäldchen, Akazien, große Wildpetersilienblätter, Farn. Nachtfalter, Fledermäuse um den Baum wirbelnd. Von einem hohen Bergdorf her helle Glockentöne, Glocken, die rundum in den Bergen antworten, silbrige Glocken. Der See in der Tiefe, ein großes andächtiges Auge. Hellgelbe, hellgrüne, rosa Abstufungen am Perlmutthimmel. Der Turm am Berghang, die Festungsmauern, halb versteckt unter Weinranken. Fabrices letzter Aufenthalt. Auf den Feldwegen einige Frauen mit hohen schmalen Körben auf den Rücken, die Körbe schwer von Trauben. Eine Karre, gezogen von einem weißen Ochsen. Der freundliche Gruß der Landarbeiter. Der Hügel ansteigend gegen Wälder, und rundum die beschützende Umarmung der Bergmassen. Das alte Dorf. Montagnola. Die Torwege zum Platz. Der Brunnen. Männer, Frauen, Kinder auf den Steinbänken. Das rieselnde Wasser. Dämmerung, Abendruhe, ich trinke die Eindrücke mit allen Sinnen. Wie das Eintreten in einen Traum. Der Palazzo am Platz. Runde Fensteröffnungen, Stuckornamente von Flinten, Jagdtaschen, Tierköpfen. Das Torgewölbe, der abfallende Garten mit seinen Rhododendronbüschen, seinem großen blühenden Magnolienbaum. Gehe noch nicht hinauf, das Zimmer des Freundes Sinclair zu suchen, stehe hier vor dem Garten, genieße dessen atmende Wärme, dessen tief blaugrüne Schatten. Auch hier Wasser, irgendwo in der Tiefe des Gartens rinnend. Der Schrei des Pfaus, heiser und wild. Später im Zimmer des Freundes. Emil Sinclair, gekleidet in ausgeblichene, geflickte Leinenhosen, braun und mager, ein Gärtner. Sein scharfes Vogelprofil. Nächtliche Gespräche im Zimmer mit den runden Fenstern, dem roten Steinboden. Rotvioletter Wein in kleinen weißen Porzellanschalen mit blauem Rand. Brot und Käse. Worüber sprachen wir in diesen Nächten, in dem stillen Zimmer, in dem nur eine Kerze flackerte, in den Stunden unten im Garten, in den Weingrotten im Wald, am einfachen, in der Erde festgerammten Holztisch, neben uns die kurzen trockenen hellklingenden Schläge der Bocciakugeln? Was ist aus den Worten geworden? Er lauschte und hörte den Ton der Worte, keine deutlichen Wörter, nur Wiederklänge alter Ideen, Fragen. Bereits einige Jahre zuvor hatte ihr Gespräch in Zürich begonnen, während der Emigrantenzeit, dem ersten Exil, Zürich, Freistatt für die, die den Heroismus flohen, eine chaotische Zeit, eine Zeit der Todeszuckungen und der ekstatischen Hoffnung auf Wiedergeburt. Der Tanz des Dadaismus auf dem Galgenhügel. Immer weinte man gleichzeitig mit seinem wahnsinnigen Lachen. Die Auflösung der Wörter und Formen, die

Collagen der Bruchstücke; gewiß verstand ich diesen Ausdruck, gewiß verstand ich die Hirnsprengung; der Amoklauf war das einzige, was blieb, nun sollte alles vernichtet werden, alles Alte war verrottet, alles mußte niedergerissen werden, trotzdem stand ich immer irgendwo fremd vor diesem Stammeln, dieser Wut, dieser primitiven Tamtammusik, irgendwo klang es immer falsch in meinen Ohren, und da war Emil, auch er tanzte mit, sang mit im verrückten Chor im Cabaret Voltaire, aber dann, auf dem Limmatkai, dunkle Nacht, fern glitzernde Lichtreflexe im See, hinter uns das andere Land, das Heimatland, Land in Zusammenbruch und Revolution, auf dem Limmatkai suchten wir nach festeren Linien, gewannen wir größere Überblicke. Wir sahen das alte Europa sterben, wir glaubten an eine kommende Zeit, aus der der Nationalismus, der Militarismus verbannt waren, in der der Geist, das Verständnis für den Wert des Menschen siegen sollten. Eigentümlich, zurückzublicken, einen weiteren Zusammenbruch in der Erinnerung, fünfundzwanzig Jahre später, wieder ein gelähmtes, verwüstetes Europa, und Emil und ich auf dem Limmatkai, alte Männer wir beide, er von Gicht geplagt, halb blind im starken Sonnenlicht, ich von Krämpfen in der Milz befallen; nur dieses Mal keine Manifeste im Cabaret Voltaire, keine Ausschweifungen bei kulturellen Neuerungen; müde und mutlos, mit Millionen Toten in unserem Blut, mit einem traurigen Lächeln nach der Illusion fester Linien tastend. Eigentlich sind wir Helden, wie wir gehen und mit unseren festen Linien aushalten, wie wir gehen mit unserem Glauben an den Geist, an die unzerstörbare Kraft des Geistes. Das Land hinter uns, das große dunkle Land, dessen Namen ich nicht aussprechen kann ohne einen Schauer von Schrecken und Schmerz, das seltsame Land, das immer seine Besten verfolgt und sich den Unteroffizieren gebeugt hat. War das nicht unser Gespräch im Wald, am Tisch vor dem Weinkeller im friedlichen Montagnola? Das seltsame Land, das kurz nach der Niederlage wieder begann, anzuklagen, zu fordern und sich zu brüsten, das mit all seinen verstümmelten Krüppeln drohend von Vergeltung sprach. Wir sind Steppenwölfe, sagte Emil. Es war das erste Mal, daß ich ihn dieses Wort erwähnen hörte, das später wiederkehrte. Steppenwölfe, verloren in der bürgerlichen Gesellschaft, irgendwo selbst quälend an diese todgeweihte Lebensform gebunden, bis zum Bersten gefüllt mit ihren Normen und Gesetzen. Was können wir für Verankerung finden, nachdem wir uns selbst aus diesem Grund herausgerissen haben? Internationalismus, humanitäre Ideale, das sind Phrasen, was meinen wir mit ihnen? Psychoanalyse und neue freie Formen der Pädagogik, vereint mit radikalem sozialen Einsatz, ich glaube, ich erkenne meine Stimme von damals wieder. Wir sprachen über dieselben Dinge, über die nach der Katastrophe fünfundzwanzig Jahre später gesprochen wurde. »Nur das restlose Bewußtsein unserer Lage kann eine Veränderung schaffen.« Aber wir Bürgersöhne, wieviel wagen wir in uns selber aufzuräumen? Unsere Augen füllen sich mit Tränen, wenn wir einem Quartett von Schubert lauschen, wir denken an Gott, wenn wir eine Fuge von Bach hören. Und Emil – ich regte mich über ihn auf – kam immer zurück zu den Romantikern, und als er glaubte, sie überwunden zu haben, war er statt dessen bei indischer Mystik gelandet. Immer brauchen wir etwas, an dem wir uns festklammern können. Immer blieb ich irgendwo der Sohn eines Chefredakteurs und er der Sohn eines Priesters. Immer gab es etwas Salbungsvolles in seinen Streitschriften, und die Sentimentalität lag nicht allzuweit; und immer hatte ich eine Schwäche für glatte Patentlösungen und war gespickt mit Zitaten. Aber die Stunden im Wald, oder auf einem Bergpfad, oder in einem Boot auf dem See treibend, oder durch eines dieser alten vergessenen Steindörfer streifend, waren reich; das Wesentliche war, daß wir fühlten, daß wir vorhanden waren, daß wir unsere Gedanken austauschten, das Wesentliche war, daß wir uns über die Tage freuen konnten, über eine Mahlzeit in einer ländlichen Trattoria, über das erfrischende Wasser des Sees. Das Seltsame war, daß die Angst um unser europäisches Kollektivschicksal plötzlich einem großen Vergessen wich, das uns überkam, wenn wir uns hinknieten und mit dem Blick einer Eidechse folgten, die durch das trockene Gras glitt. Wir waren trotzdem ganz. Wir brachen niemals zusammen. Es gibt keinen totalen Zusammenbruch. Man erhebt sich, geht wieder auf im großen Lebensfluß. Die meisten der Dadaisten, wir alle, die wir von Europas Bankrott sprachen, waren im Grunde Romantiker. Im Untergangsrausch konnten wir unsere ewige alte Außenseitersituation zu einer Stärke machen und sie ausleben. Wir wurden zu Propheten, zu Phantasten, während das Leben um uns herum wieder wurde wie gewöhnlich. Es gibt keine großen Veränderungen. Wo sind heute jene unvorstellbaren Leiden des letzten Krieges? Schon in Montagnola fragten wir uns, was aus allen Leiden und allen Entbehrungen geworden war. Nach den Atombomben und Wasserstoffbomben werden wir uns die gleiche Frage stellen. Die Überlebenden werden die Toten begraben, denn es wird immer Überlebende geben, und Überlebende vergessen immer, und wenn die Toten begraben sind, spielen die Überlebenden ein Quartett von Schubert. Was ist es, an das man sich erinnert – nicht sein Mitwirken im Zeitgeschehen, nicht seine politischen Pamphlete, seine Leitartikel, seine soziologischen Untersuchungen, sondern Ich-Erlebnisse. Wenn ich an meine erste Reise nach Italien denke, dann ist der Hintergrund der Zeit verschwunden, die rasende Inflation zu Hause, die Arbeitslosigkeit, der Machtkampf, der beginnende Faschismus, als ich nach Italien kam, war ich intensiv in die aktuellen Geschehnisse eingebunden, interviewte Mussolini, warnte vor der Gefahr der Diktatur, aber woran ich mich erinnere, das ist der erste Morgen in Rom, war spät in der Nacht angekommen, hatte einige Stunden geschlafen, ging nun die Via Sistina hinauf zur Trinità dei Monti, stand dort, gegen das Steingeländer gelehnt, und blickte über die Spanische Treppe, die Dächer, Türme und Kuppeln. Der Eindruck noch immer so stark, daß ich die Tränen spüren kann, die aus meinen Augen rannen. So überwältigend die Konfrontation mit dieser Stadt, daß ich nur weinen konnte. Es waren die Farben, diese rostroten, goldockerfarbenen, sandgelben Töne, und das tiefe Blau des Himmels, ein Blau, wie ich es nie zuvor gesehen hatte, von dem ich nie geahnt hatte, daß es dies geben könne. Erinnere mich an der Via Appia, weit draußen zur Campagna hin, saß auf einem zweitausendjährigen Straßenstein, ein milder, stiller Abend. Verschwunden sind die telegraphierten Nachrichten, aber geblieben ist die Erinnerung an Piero della Francesca. Das leere Kirchenschiff in Arezzo, um das Mittelfenster hinter dem Altar dieses Fresko, das so stark ist, daß man zu atmen vergißt, daß man den Sinn für Raum und Zeit verliert. Diese statischen Figuren, ihre Bewegungen zu Symbolen kristallisiert, zu ewiger Gültigkeit. Die Hand mit dem Messer, das sich in die Kehle bohrt, die Reiter, die Pferde, die Frauen, mitten in gewaltsamem Geschehen stehend, aber geschlossen, gereinigt, wach für immer, von ihrem Schicksal durchleuchtet zu vollständiger Schmerzlosigkeit. Giotto in Assisi, und Giotto in Padua, Tage vor diesen Bildfeldern, während Mönche in braunen Kutten dann und wann murmelnd vorbeigingen, Giottos Figuren menschlicher, gezeichneter von ihren Leiden, nicht so hinaufgehoben zu einem abstrakten Dasein jenseits von Gut und Böse, mehr auf der Erde kriechend, zwischen Steinen, angefallen von Teufeln und Dämonen. Ravenna, San Vitale, wo im gedämpften Licht der Alabasterfenster schemenhaft Flecken der ungeheuerlichen Mosaike hervortraten, eine Pracht, eine Glut zur Verherrlichung Gottes, zur Unterwerfung des Menschen. Erinnere mich, wie ich in Galla Placidias Mausoleum mithilfe einer kleinen Taschenlampe handtellergroße Details im Dunkel der Nacht erleuchtete, ein Taubenkopf, ein Stern, ein Blumenornament; ein Unwetter ging über dem Friedhof nieder, die Bäume beugten sich unter dem strömenden Regen. St. Gimignano oben auf dem Berg; mußte unten in Poggibondo ein paar Stunden auf ein Fahrzeug warten, das mich hinauffuhr, aber wie wurde nicht mein Warten belohnt. Die kleine Stadt mit ihren pfeilergleichen schmalen Türmen, dicht nebeneinander aufschießend, sich messend, wer sich am weitesten hinauszustrecken wagte, ohne die Balance zu verlieren. Die Stadt, umrahmt von Mauern, wie eine einzige Burg, mit Straßen und Plätzen, in die die Gegenwart noch nicht eingedrungen war. Habe mir immer gewünscht, dorthin zurückzukehren, mich in einem der Türme niederzulassen, tief unter mir die Landschaft der Toskana ausgebreitet, mit ihrem unendlich harmonisch fließenden Linienspiel, ihren weichen Hügelreihen, aufgeteilt in graugrüne Weinfelder und sienafarbene Erdstreifen, mit den weißgelben Bändern der Wege, mit den langen dünnen smaragdgrünen Perlen der Zypressen und dem Silberdiadem der Oliven, jedes Blatt deutlich, alles zärtlich und minutiös gezeichnet wie von einem Meister des Quattrocento, von der tiefen Üppigkeit der Nähe bis zum hellblauen Staub der Horizontlinie. Und Genua, die Nacht vor der Abreise, Genua, was tat ich in Genua? Handelskonferenzen, Diskussionen über volkswirtschaftliche Probleme, Nichtigkeiten. Was geblieben ist, das ist der Weg entlang der schmalen langen Gasse oberhalb des Hafenkais, die Gasse mit ihren schäbigen, stinkenden Hotels, kleinen Läden und Bars. Gesang, Musik und die Sprachen aller Nationen. Dunkle Araber und Afrikaner, flachshaarige Skandinavier, levantinische Händler, Morgenländer, etwas von Mittelalter, etwas von Tausendundeiner Nacht, betrunkenes Lachen und die mageren alten Gesichter von Kindern, einladendes Geflüster, die schnellen Gesten der Schmuggler im Schatten des Torbogens, halbnackte Mädchen hinter geöffneten Fenstern, italienische Matronen, die, auf Schemeln sitzend, heiser argumentierend mitten im Gedränge ihre Säuglinge stillen. Komme in eine Bar, stehe da am Tresen. Eine von Negern frequentierte Bar, die Wände voller Fotografien von dunkelhäutigen Sportgrößen, Jazz vom Grammophon. Stehe dort herum, nippe an meinem Cognac, starre sie an, die dort neben mir auf dem hohen Barhocker sitzt. Eine Prostituierte, der kurze Rock ist weit über die Knie hinaufgeglitten, die dünne ärmellose Bluse spannt über dem Körper, die Zigarette raucht in der leblos herabhängenden Hand. Sie sieht mich nicht an, sie sieht niemand an, sie ist nicht berauscht vom Alkohol, scheint sich eher in der Zaubermacht einer Droge zu befinden, ihre Pupillen erweitert, die Augen unnatürlich glänzend, das Gesicht bleich und rein wie Marmor. Niemand spricht mit ihr, niemand berührt sie, sie sitzt dort vollständig abgeschirmt, wie umgeben von einer Mauer aus kalter Luft. Niemand nimmt Notiz von ihr, man scheint an sie gewöhnt zu sein. Der Gedanke, sie auf einen Drink einzuladen, fällt mir nicht einmal ein. Ich stehe lange hier und sehe sie nur an, und als ich endlich heimgehe ins Hotel, sehe ich sie die ganze Zeit vor mir. Als ich das Licht gelöscht habe und im Bett in dem stickigen Zimmer liege, kann ich nicht schlafen, ihr Bild wird nur stärker und stärker, draußen auf dem Hinterhof leckt irgendein Rohr, unaufhörlich rinnt ein dünner Wasserstrahl hinunter auf ein Blechdach. Während ich liege und lausche, bekommt sie eine solche Macht über mich, daß es ist, als hätte ich die Schwerkraft überwunden und schwebte aus meinem Bett auf. Zitternd unter kaltem Windhauch gleite ich ihr entgegen, bis die Extase so groß wird, daß sie in einen Halbschlaf umschlägt. Genua, ein schneeweißes Gesicht, eine Maske mit einem erstarrten Lächeln, Schneeflocken, Schüttelfrost und Fieberhitze, ein Blick, der dich verbrannt hätte, hätte er sich auf dich gerichtet, wärst du zu ihm vorgedrungen. Er erhob sich aus den Spiegelungen. Der Stuhl, der auf dem Boden schabte, machte ihm den Raum bewußt. So ist es vielleicht, wenn man ertrinkt, so gleiten vielleicht die Visionen vorbei, während man sich mit Wasser füllt; sollte dieses Gesicht das letzte sein, was ich von meinem Leben sah, warum gerade mit diesem verschlossenen, weißen Gesicht sterben, dem Gesicht einer Unbekannten, die mich niemals sah, die nie von meiner Existenz wußte. Ich bin alt. Ich werde nie mehr aus diesem Raum herauskommen. Gedanken um Wasser. Ich muß pinkeln. Er ging zum Waschbecken. Zu weit zur Toilette draußen auf dem Korridor. Er drehte den Wasserhahn auf, öffnete den Hosenschlitz, stand auf Zehenspitzen, gegen das Porzellanbecken gelehnt, pißte, molk die letzten Tropfen heraus, stopfte das schrumplige Glied zurück; wie du es auch machst, der letzte Tropfen ist doch immer für die Unterhose. Es klopft an der Tür. Ja, herein. Ich hörte dich da drinnen mit dem Stuhl rücken, sagte Fanny; ich bin auch wach, was hältst du davon, noch eine Tasse Tee zu trinken? Geschäftig lief er zur Kommode, entzündete den kleinen Spirituskocher, setzte Wasser auf, gab einige Löffel in die Kanne, stellte die Kanne auf den Topfdeckel, holte Zucker, Tassen hervor. Habe ich dich gestört, fragte sie. Er winkte abwehrend mit den Händen und vertiefte sich in die zeremonielle Teezubereitung. Er sah aus, als hätte ich ihn beim Onanieren überrascht, dachte sie. Was tut er eigentlich in den Nächten, ganz allein, jahrein, jahraus? Da geht er und pusselt herum, in Hosenträgern, Pantoffeln. Erinnerst du dich, wie es daheim war? Amanda rollte den Teewagen herein, wir saßen in Stahlrohrstühlen unter der Stehlampe, die einem Zahnarztapparat glich, das Radio lief, du hörtest Nachrichten und last gleichzeitig die Biographie irgendeines Staatsmannes, Rolf und ich lernten mit unseren Schulbüchern, Mama nähte. Das ist wie aus einem anderen Leben. Ist es für dich auch so – für mich liegen diese Jahre vor der Emigration weiter zurück als die frühe Kindheit. Ja, sie sind unwirklich, sagte er. Es liegt eine Amnesie über ihnen, die wohl niemals nachlassen wird. Merkte es, als ich zu Besuch in Berlin war, nach dem Krieg. Nicht nur, daß nichts mehr stand, daß die Villa und das Zeitungshaus zu Schutthaufen geworden waren, sondern eher, daß der Anlaß für all dies sich nun so deutlich in seinem hohlen Wahnsinn zeigte. Ein Wahnsinn, so enorm, so unfaßbar, daß man vielleicht in einem Selbsterhaltungstrieb einen Schleier darüber legte. Als ein einziges kompaktes Erlebnis würde man all das, was geschehen ist, nicht ertragen können; wir konnten ja die Greuel kaum auf zwölf Jahre verteilt aushalten. Bevor du hereinkamst, saß ich gerade und dachte an das Seltsame in diesem Vergessen. Man erträgt immer nur einen verschwindend geringen Teil des Grauenvollen, man bringt niemals die Kraft für eine anhaltende Empörung auf. Wir begreifen nie das Böse in seinem wirklichen Ausmaß, darum haben wir niemals Waffen gegen die großen Dämonen. Das spricht vielleicht für uns, aber es hält uns auch ständig versklavt unter diesen Kräften, die wir nur allzu spät als unsere Feinde durchschauen. Und dann kommt unsere eigene Bosheit, unsere Destruktivität hinzu, sagte Fanny. Du saßt hier in einer neutralen Zone, mit besseren Möglichkeiten für einen Überblick, ich in London erlebte den Krieg wie ein Abenteuer. Ja, geradezu wie ein Abenteuer. Es ist furchtbar, aber ich sehne mich manchmal nach dieser Hochspannung, dieser unmittelbaren Todesgefahr. Niemals mehr habe ich Nächte in einer solchen Intensität erlebt. Diese verdunkelte riesenhafte Stadt, der Himmel rot von Feuersbrünsten, der Kampf der Feuerwehrmänner, das Surren der Flugzeuge, die Flugabwehrkanonen und Explosionen; dieses Höllenbild von Hieronymus Bosch; ich ging nie in den Schutzraum hinunter, ich streifte in den Straßen umher, oft zwischen pfeifenden Granatsplittern. Sogar das Erleben des Volltreffers, ein Augenblick des hellen Wahnsinns, trug dazu bei, mein Leben zu steigern; dieser Augenblick, als die eine Hälfte des Hauses einstürzte und ich mitten in einem Flammenmeer die Treppe hinauf zu meinem Zimmer stürzte, weiß nicht, warum, vielleicht, um etwas zu retten, kam wieder herunter mit einem Foto von Rolf, war vollkommen verwirrt, aber der Schreck war wie ein übermenschliches Glück. Alle Beziehungen wurden stärker, schicksalsgebundener; die Nähe des Todes, die Möglichkeit, daß man bereits an der nächsten Straßenecke füreinander verschwinden konnte, machte, daß man sein Äußerstes gab, daß man aufrichtig, aufopfernd war wie nie zuvor. Ich verurteile mich selbst für diese Gefühle, aber sie waren wahr. Es muß etwas ähnliches gewesen sein, was Malraux erlebte, die Faszination der Gefahr, und er verkleidete sie in heroische Gesten. Bei mir gab es keinen Heroismus, ich hätte nie an einer Widerstandsbewegung teilnehmen, eine aggressive Handlung ausführen können, für mich war es nur die vollständig veränderte Welt, der Ausnahmezustand, die Herausgerissenheit aus jeder Normalität. Ich sah tote Kinder, ich half, Verwundete auszugraben, ich hörte Schreien und Stöhnen, ich sah Verzweifelte, die ihre toten Angehörigen gefunden hatten, und doch möchte ich nicht ohne diese Hadesvision sein. Warum? Warum bin ich so beschaffen? Es war ja keine Naturkatastrophe, derer ich Zeuge wurde, sondern ein Verbrechen. Werde ich da nicht beinahe selbst zum Richter? Ich sah den Film über die Konzentrationslager. Ich sehe sie jetzt, diese lebenden Skelette, diese Berge von Toten, ich wußte, da, unter diesen gepeinigten menschlichen Wesen hat auch Rolf seinen Tod gefunden, ich weinte, so wie andere neben mir im Saal weinten, ich rief mit anderen, vergeßt nie, vergeßt nie, und doch habe ich die brennende Stadt genießen können. Bilde ich mir ein, daß ich ein Dante bin, unverletzbar, ausgesandt, das menschliche Leiden zu erforschen? Wir sind Nachtmenschen, sagte Viktor. In der Nacht werden die Grenzen ausgelöscht und es wird leicht ein Mr. Hyde aus uns. Ich sprach einmal mit Emil Sinclair darüber, während eines Spaziergangs unter Luganos Sternenhimmel. Das mystische Bedürfnis des hochentwickelten Gedankenwesens nach dem Black Out. Auf der einen Seite die Macht des Geistes, dieses wunderbare Vermögen, sich ausdrücken zu können, die Möglichkeit, mit Worten ein Weltbild aufzubauen, mit Worten seine Gefühle und Bedürfnisse klarzustellen. Was gibt es höheres? Ich erinnere mich, wie ergriffen wir waren, den schwarzen Himmel über uns, mit seiner unendlichen Sternenpracht; wir konnten die Unendlichkeit nicht fassen, aber wir konnten mit unserem Denkvermögen einen Teil davon einkreisen, den Teil, der sich um unsere Erde bewegte. Wir konnten unsere Kleinheit und Vergänglichkeit erfassen, und wir konnten die Kleinheit und Vergänglichkeit der Menschenmassen erfassen. Wir konnten Kunst schaffen und wir konnten angesichts der Kunstwerke anderer mitschwingen; wenn wir auch selbst nicht künstlerisch produktiv waren, so waren wir empfänglich für diese höchsten Äußerungen. Wir kamen auf das menschliche Dasein als kommunizierende Gefäße. In der wechselseitigen Mitteilung konnten sich die besten Eigenschaften entwickeln. Hier, während unseres Spaziergangs erschienen wir als die Krone der Schöpfung, aber dann gab es die Einsamkeit, und in der Einsamkeit konnte das ganze Gebäude einstürzen. Mr. Hyde, das war unsere Einsamkeit. Emil nannte ihn Steppenwolf. Der Steppenwolf wollte Blut lecken, wollte morden und vergewaltigen. Wie war dies nun vereinbar mit der klaren Intelligenz des Tages? Natürlich hatten wir unsere psychoanalytischen Erklärungen, aber das sind nur die Erklärungen des Tages-Ich, die klugen und sinnreichen Reflexionen des Über-Ich. Du läufst umher im Feuerschein während des Bombenregens, mit anderen Worten, du jagst in deiner Triebwelt umher, so wie Sinclair schon in seinem Buch über den Steppenwolf ein magisches Theater erfindet, in dem er Menschenjagd betreibt. Auslegungen sind gut, aber sie verhindern nicht, daß unser anderes Wesen fortbesteht, unsere Impuls- und Instinkteinsamkeit. Spricht nicht auch Malraux ständig von dieser Einsamkeit, liegt sie nicht seinen heroischen Handlungen zugrunde? Als Tchen den schlafenden Widersacher im Bett ermordet, erlebt er nur seine Einsamkeit; daß es eine politische Tat ist, verliert jede Bedeutung. Der Widersacher ist ihm im Grunde ganz gleichgültig, er nutzt die Handlung, um aus der Einsamkeit auszubrechen, und da bekommt die Handlung etwas Unwirkliches, verschiedene Male fügt er sich Wunden zu, er sticht sich in den Arm, um nachzuprüfen, ob er wacht oder träumt. Ich erinnere mich selbst an eine eigentümliche Phantasie, die ich früher hatte. Sah mich dort ganz nackt durch einen nächtlichen Wald streifen, in einer Mischung aus Schreck und Wollust, es war wie ein Beischlaf mit dem Wald, die großen Blätter glitten über meinen Körper wie Zärtlichkeiten. Fanny sah plötzlich den Vater als einen ganz unabhängigen Mann, einen Mann mit einem geheimnisvollen Leben. Einige Sekunden versank sie völlig in einen Zustand, in dem keine Familienbande, keine festen Wohnorte, keine Ordnung, keine Sprache existierten. Dann hörte sie wieder Viktors Stimme, zwei oder drei Zuckerstücke? Er hatte Tee aufgegossen und beide rührten in ihren Tassen. Was hältst du von Leo, fragte sie nach einer Weile des Schweigens. Leo, wiederholte er – und jetzt war seine Stimme giftig, sie verstand, daß er intuitiv erraten hatte, wie weit sie mit ihm gegangen war. Hast du mit ihm geschlafen, fragte er mit seinem wiehernden Lachen. Geschlafen ist nicht das richtige Wort. Ich meine –. Du meinst ganz richtig, aber was hältst du von ihm? Er ist ein bedeutender Maler, er arbeitet kompromißlos, konsequent. Aber als Mensch? Als Mensch – ich weiß nicht – ich glaube, er ist unverdaulich, Fossil, ein versteinerter Mr. Hyde. Sie ist eine

Frau, dachte er. Habe in gewisser Weise immer an sie gedacht wie an ein Kind. Der übliche Irrtum des Vaters. Wenn ich an dich denke, sehe ich dich immer als jenes Schulmädchen, von dem du sprachst, das dort sitzt und im Stahlmöbel wippt, die Beine über der Armlehne, den Finger in der Nase. Und du weißt ebensowenig von mir wie damals, antwortete sie. Du wolltest mich immer beschützen, so freimütig du auch warst, immer versuchtest du, mich außerhalb einer Welt der Sünde zu halten. Du warst streng in der Wahl meines Umgangs und der Bücher. Aber die verbotenen Bücher, die holte ich aus dem Regal hervor, wenn ihr zu Bett gegangen wart, die las ich heimlich im Bett, Van der Velde, Alexanderplatz, Im Westen nichts Neues, die Zeitschrift Der Querschnitt, Balzacs Splendeurs et misères, Zolas Nana, Decamerone, Casanovas Memoiren, Voltaires Zadig, Hanns Heinz Ewers Moderomane, Marquis de Sade – den ich übrigens furchtbar langweilig fand; so wie überhaupt das meiste unschuldsvoll wirkte im Vergleich zu meinen eigenen Phantasien. Das Wohnzimmer im Westend, er sah es vor sich. Das Bücherregal, das die ganze Längswand ausfüllte, der große schwarze Teppich, die rotlackierten Möbel, der Garten draußen vor dem großen Kippfenster. Manchmal hielten die Kinder Theatervorstellungen ab. Die großen Türen zum Eßzimmer wurden aufgeschoben und vor geladenen Gästen führten Fanny und Rolf ihre Mischungen aus Zirkus, Opernparodien und literarischen Revuen auf, ja, ich erinnere mich, wie frühreif sie waren. Woher hattet ihr alles? Es lag in der Zeit, sagte sie, wir sogen es auf. Unsere Erziehung bekamen wir nicht daheim bei euch. Daheim war alles kultiviert, wir verkehrten mit deinen großen Schriftsteller- und Künstlerfreunden, wir wurden wohlgekämmt vorgezeigt, aber draußen waren wir verfallen, Rolf traf Huren und Zuhälter, ich trieb mich in Nordberlin herum, meine Freunde waren junge Kommunisten, junge Genies, Süchtige, Untergangsprediger. Ich bin ein Slumkind, auch wenn ich in einem gutsituierten Heim aufgewachsen bin. Ist es wahr, all das, was ich jetzt gesagt habe, fragte sie sich. Übertreibe ich nicht, wie gewöhnlich? Erlebte ich wirklich etwas auf meinen Streifzügen, war ich nicht im Grunde immer ein verwöhntes Mädchen aus gutem Hause, hatte ich nicht immer ein Heim als Sicherheit hinter mir? Kam ich nicht nach meinen Besuchen in Kellerlöchern und Dachböden immer wieder in mein geschütztes Zimmer zurück? War es nicht diese Geborgenheit, die mir die Vorstellung meiner Unverletzbarkeit gab? Er sieht so betrübt aus. Wie betrübt alle Männer aussehen können. Wie war ich als Kind, Viktor, ich meine, als sehr kleines, als Neugeborenes? Viktor sah sie unschlüssig an. Es war eine schwere Geburt, sagte er. Wie denn – schwer; erzähl es mir, ich will alles über mein Leben wissen. Du warst tot, als du endlich herauskamst, ganz tot. Ganz tot? Du atmetest nicht, du warst blau, du warst erstickt. Wie bekamt ihr da Leben in mich? Wir tauchten dich abwechselnd in kaltes und warmes Wasser, nichts half, wir gaben schon auf, da machte der Arzt den letzten Versuch, der blieb, er nahm dich bei den Füßen und schleuderte dich herum. Damals wurde der kleine Zeh an deinem linken Fuß gebrochen. Er schwang dich herum herum herum. Viktor wedelte mit den Armen. Und dann kam der Schrei, du erbrachst den Klumpen, der dich erstickt hatte, die Atmung setzte ein.

Sie war eingeschlafen, sie lag neben ihm auf der Seite, schnarchte leicht. Ihr Gesicht wurde vom langen dunklen Haar verdeckt. Ihre Beine waren hochgezogen, sie streckte die zusammengelegten Hände aus, als wollte sie sie binden lassen. Der Widerschein einer Straßenleuchte ließ den Raum in einem grafischen Lichtdunkel erscheinen. Einige Stühle, ein kleiner runder Tisch, eine Kommode, ein Kleiderschrank standen mit reflektierenden und tiefschwarzen Flächen im Kubus des Zimmers. Die Luft war trocken von der Heizung. Es brannte im Rachen wie eine beginnende Erkältung. Das Laken schimmerte weiß um den dunklen nackten Körper mit den langen negroiden Gliedern. Ihre großen Brüste lagen zusammengedrückt zwischen den Armen, die Brustwarzen starrten ihn schwarz an. Er hatte ihren Namen vergessen. Er lag da und suchte nach ihrem Namen. Er versuchte, sich an ihr Gesicht zu erinnern. Es stieg mit unklaren Zügen vor ihm auf. Er sah ihren Mund, der sich unter seinem Kuß geöffnet hatte. Sah die glitzernden Zähne, die dunkelbraunen Augen. Er erinnerte sich, wie sie sich aus dem Fenster gebeugt und den Schlüssel heruntergeworfen hatte, er erinnerte sich an die Zärtlichkeiten und die wiegende Bewegung gemeinsam mit ihrem Körper, er erinnerte sich an ihre schwachen, fast klagenden Laute, aber ihr Name fiel ihm nicht ein. Jetzt, hinterher, in einer erschöpften Ruhe verstand er nicht mehr, wie er sich von der Unruhe hatte jagen lassen können, jetzt, wo es vorbei war, sehnte er sich zurück in sein abgeschiedenes Zimmer. Jetzt, wo die Berührungen vorüber waren, gab es nichts mehr, was er mit ihr, die schlief, gemeinsam hatte. Da war nicht eine Spur von Verliebtheit, kein Wunsch, es fortzusetzen, nur das Bedürfnis, zu verschwinden. Wie war es möglich, daß man zusammensein, einander einen kurzen Genuß hatte geben können, ohne einander zu kennen, ohne etwas füreinander zu empfinden, nur die Einsamkeit als Triebkraft? Vorsichtig stand er auf und suchte seine Kleider. Wäre sie wenigstens eine Prostituierte, so daß er ihr hätte Geld unter das Kopfkissen legen können, sie entlohnen für einen Dienst. Aber so konnte er nur mit einer Schuld fliehen, sie erniedrigt zurücklassen. Wie schäbig und kalt, ein dreifacher Betrug, ein Betrug gegen sie, die schläft, gegen Thel, gegen mich selbst. Er zog sich an, holte die Schuhe hervor, die unter dem Bett lagen, ging auf Zehenspitzen zur Tür. Er hörte sie stöhnen, sie hob den Kopf und sagte, gehst du schon? Er kehrte um, setzte sich auf die Bettkante. Strich ihr übers Haar. Wenn ich mich nur an ihren Namen erinnern könnte. Kommst du bald zurück? Warum fragte sie das, erwartete sie wirklich eine Fortsetzung? Würde sie ihn erneut empfangen können, wenn er eines Nachts anriefe? Er hätte sagen wollen, Lüge, alles Lüge. Aber war es Lüge? Vielleicht wünschte sie ihn zurück, und er selbst, vielleicht hatte auch er auf mehr gehofft. Ich rufe dich an, sagte er und erhob sich, mit seiner Erbärmlichkeit, seinen Selbstvorwürfen, seiner Feigheit. Margot heißt sie. Er erinnerte sich daran, als er die Wohnung verlassen hatte. Die Straßen waren leer. Regendurchmischter Schnee glänzte auf dem Steinpflaster. Kein Auto, kein Mensch war zu sehen. Die Schaufenster lagen verlassen mit ihren Honigtöpfen und Suppenkonserven, ihren Würsten und Kohlköpfen, ihren Reihen von chemisch gereinigten Röcken und Anzügen, ihren lautlos tickenden Uhren, ihrem Gerümpel von Lampen, Fahrradteilen, Radioapparaten, ihren versteiften Korsetts, Büstenhaltern und Nachthemden, ihren Ausverkaufshemden und glänzenden Schlipsen, ihren gefrorenen Kleiderpuppen, ihren Töpfen und Porzellanfiguren, ihren Urnen, Kränzen und Blumenbuketts. Das Gefühl des Bankrotts, der Niederlage war so groß, daß er kaum atmen konnte. Wie sollte er je wieder arbeiten können, sich ernst nehmen, an eine Aufgabe glauben, wenn er so ohne Halt war, wenn sein Leben so ohne Linie war? Ist es das, was du chaotisch leben nennst? Wenn du stark, voller Vitalität wärst, könntest du dich in Abenteuer stürzen, dich vollsaugen mit körperlichen Erlebnissen; aber du bist zauderhaft, du wagst nichts von ganzem Herzen, du wirst nicht von wirklicher Geilheit getrieben, alles ist halb, nur ein Bruchteil von Halbheit. Du wagst es nicht, dich selbst aufs Spiel zu setzen, ängstlich siehst du dich um und gehst Schleichwege. Du sprichst von Unabhängigkeit, von Freiheit und Verwegenheit, aber wenn es darauf ankommt, bist du ein Wurm, Espenlaub. Es gibt nicht ein Gefühl, für das du einstehen kannst, du weichst jedem Druck aus. Sie dort oben, Margot, warum hat sie mich nicht hinausgeworfen, mich angespuckt? Sie ist ebenso lahm, ebenso gekuscht. Ich hätte sie schlagen sollen, treten, das war es vielleicht, was sie sich wünschte. Es hätte wenigstens eine Aktivität enthalten. Ein uninteressierter, geschmierter Beischlaf, wie Däumchen drehen. Das Pessar eingesetzt, das Sherryglas auf dem Tisch, das Bett gemacht. Und Thel – kann ich ihr wieder in die Augen sehen? Ja, ich werde ihr in die Augen sehen können, werde weitermachen, als sei nichts geschehen. Ich werde die Maske aufrechterhalten, keine Bekenntnisse, nichts Gewaltsames, alles wie geschmiert, stumm. Die Stadt in einen grauweißen Schleier gehüllt. Schwarze Fenster und Türen in den schimmernden Fassaden. Leere Straßen, hier und dort ein verlassenes Auto; die Stadt ausgestorben. Ich bin der einzige Überlebende. Die alte Phantasie von der ausgestorbenen Stadt. Alles Leben ist vernichtet, nur ich bin noch da. Alle Türen stehen mir offen, alle Reichtümer sind mein, aber nicht einen Menschen gibt es mehr. Ich besitze Gold, Juwelen, Essen in unbegrenztem Ausmaß, aber alles ist wertlos. Nach dem ersten makabren Rausch, Alleinherrscher, Allesbesitzer zu sein, kommt die verzweifelte Suche nach einem Menschen. Ich durchkreuze die Stadt, das Land, die Erdteile; die Besitztümer, die überall verstreut liegen, verlieren ihre Funktion, sie werden bald zu Bestandteilen in der Landschaft, gleichen Kies, Steinen, Erdhaufen. Ich spreche laut mit mir selbst, ich rufe, schreie, nur um eine Stimme zu hören. Halb wahnsinnig würde ich die ganze Welt hergeben für einen einzigen Menschen. Aber jetzt ist weit entfernt das Geräusch eines Motorrades zu hören; die Stadt ist noch bewohnt, das Leben ist noch vorhanden. Betrachte ich mich wirklich als so bedeutungsvoll, daß ich, gerade ich, als einziger Überlebender übrig bleiben sollte? Was für ein Hochmut. Weiter die Straßen entlang. Hier bin ich schon früher in dieser Nacht entlanggegangen. Ich gehe im Kreis. Den steilen Weg hoch zur Klippenhöhe. Den Mantelkragen hochgeschlagen, scharfe Kälte, Schmerzen im Hals. Schwarze Spuren in der feuchten dünnen Schneeschicht hinter mir, grauweiße Fläche vor mir.

Tag

Große Hallen, Gebäudegerüste, weitgestreckte unterirdische Anlagen. Der Boden dröhnt von Ausschachtungsarbeiten. Hinter hohen Bretterzäunen eingesperrte Hunde. Laßt sie herauskommen, die wilden Hunde! Hohe Eisenkonstruktionen, Kräne, Werftbauten, Hochöfen. Aber dort hinten sinken Pfeiler, Brükkenbogen zusammen, es bebt und knirscht im Boden. Neben mir meine Mutter. Ein großer Kran, ein Wirrwarr von Balken senkt sich langsam über uns. Mit einem dumpfen Grollen hebt und senkt sich der Boden; Metallsplitter, Steine, Erdklumpen und Leitungsrohre kommen herabgeschwebt. Mächtige geschliffene Stahlblöcke gleiten auf dem Boden aus glatt gegossenem Beton hin und her, zwischen Schienen, Kabeln, Hochspannungsmasten. Wir suchen Schutz in einem Schuppen voller Hebel, Kontakte, Steuerräder, Zifferntafeln, aber die harten kantigen Blöcke drängen herein und treiben uns weiter. Einen Hügel hinauf. Auf dem Kamm wenden wir uns um. Unter uns die langsame, weiche Katastrophe, der langsame, weiche Zerfall. Die Welt geht unter! Was redest du, antwortet meine Mutter, sag nicht solche Dummheiten! Aber die Welt geht unter, langsam und wogend, wie auf dem Meeresboden. In einer Parkanlage in unserer Nähe sitzen ein paar alte Frauen und plaudern unbekümmert. Sie sind dem Tod ohnehin so nahe, daß der Weltuntergang für sie nicht mehr von Bedeutung ist. Ihr Gemurmel und die gedämpften langgezogenen Schläge hallten noch in ihm wider, als er erwachte. Das Reinigungsfahrzeug rasselte unten auf der Straße, Schaufeln schabten gegen den Asphalt. Es war noch dunkel,

Agate atmete ruhig, lag unbeweglich auf dem Rücken, die Hände auf der Decke. Die Tür zum Kinderzimmer stand offen. Alles still und friedlich in der Wohnung. Was bedeutete der Traum? Es hatte ein Gefühl des Triumphes gegeben, der Befriedigung angesichts der Katastrophe. Eine Welt ging in Splitter. Er konnte noch die Gefahr spüren, die sich langsam und weich über ihn gesenkt hatte. Langsam und weich; eine gehemmte Bewegung. Seltsam, diese inneren Veränderungen, etwas geschah in ihm, während er hier in seinem Bett lag, während Agate und Christin in seiner Nähe schliefen, eingesponnen in ihre Träume. Die Welt des Traums; mitten in uns diese andere Welt, mit ihren unfaßbaren Geschehnissen. Die Mutter – warum hatte sie plötzlich Gestalt angenommen und war so aufdringlich nah gewesen? Er hatte sie seit Jahren nicht gesehen, hatte lange nicht an sie gedacht. Daß gerade sie neben ihm stehen sollte, wenn die Welt zusammenbrach. Sie, die sein Feind gewesen war, die ihn weggestoßen, ihn bekämpft hatte. Gewiß hatte sie auch im Traum mit ihrer mißtrauischen, ungnädigen Stimme gesprochen, aber ihre Anwesenheit im Augenblick des Untergangs hatte eine gewisse Zusammengehörigkeit mit ihm ausgedrückt. Auch die beiden alten Frauen auf der Bank hatten der Mutter geglichen, sie gehörten zu ihrer altweiberhaften Welt, aber vielleicht glichen sie auch Agate und Fanny. Frau, das bedeutete immer etwas Uraltes, etwas, das sich an Grabes Kante bewegte. Er wünschte sich auch Fannys Körper ausgepumpt, sackartig, gefurcht. Er dachte an Agate, so wie er sie heute Nacht gesehen hatte, dürr und knochig, eine alte Schindmähre. Ihr Geschlechtsteil schlaff und nackt wie bei einer Stute. Er spann den Traum weiter, stellte sich aufs Neue seine meeresgrüne Atmosphäre vor, die Einschläge von korallenroten und golden schimmernden

Tönen, er arbeitete das visuelle Erlebnis zu einer Bildfläche um; die Bildkonzeption ging in einem halbschlafenden Zustand vor sich, erst jetzt, beim Klingeln des Weckers, wurde er ganz geweckt. Agate streckte die Hand aus und stopfte den Wecker unter das Kissen. Zeit für Christin, aufzustehen. Sie, die Jüngste, mußte am frühsten mit dem Tagewerk beginnen. Noch dunkel draußen, aber jetzt waren plötzlich – er hatte nicht auf den Übergang geachtet – Schritte und Verkehrsgeräusche auf der Straße zu hören. Überall Vorbereitungen, den Tag in Angriff zu nehmen. Durch die Wände zogen Zeichen von Aktivität, Wasserleitungen rauschten, Hähne wurden mit pfeifenden Bremsgeräuschen zugedreht, Porzellan klapperte, es krachte in der Heizung – der Hausmeister heizte den Ofen nach, und draußen im Treppenhaus begannen die Arbeiter, mit ihrem Werkzeug und mit Brettern zu klappern, das Haus wurde mit einer Dachwohnung ausgebaut, bald werden die Hämmer, Äxte, Brecheisen in Bewegung gesetzt. Agate schaltete die kleine Lampe auf dem Nachttisch ein, wickelte den Turban um den Kopf, zog den Morgenmantel an und ging ins Kinderzimmer. Christin war bereits vom Klingeln aufgewacht, lag aber noch mit geschlossenen Augen da. Krampfhaft preßte sie die Augen zusammen, die Decke über den Kopf gezogen. Sie konnte spüren, wie die Mutter ins Zimmer kam, sie hörte, wie das Licht eingeschaltet wurde, wartete, daß die Mutter die Decke zurückschlagen und sie hochheben würde. Christin, rief die Mutter. Christin Christin Christin, flüsterte es in ihr. Ich will nicht aufstehen, ich will nicht aufwachen. Aber die Decke wurde fortgezogen, es wurde kühl im Gesicht und an den Schultern. Christin, du mußt jetzt aufstehen! Ich will nicht aufstehen, ich will mich nicht bewegen. Wach auf Christin, siehst du, so geht es, wenn man zu spät schlafen geht. Sie hob sie hoch, schüttelte sie leicht. Nun mußte sie die Augen öffnen. Gähnend saß sie auf der Bettkante, während die Mutter ihr das Nachthemd auszog, ihr in die Unterwäsche half, die langen Wollstrümpfe festknüpfte, ihr die Schuhe anzog. Dann wurde sie ins Badezimmer geführt, die Mutter füllte das Zahnputzglas mit warmem Wasser, tränkte den Waschlappen mit Wasser, drückte ihn in ihr Gesicht. Wasch dich jetzt, solange ich das Frühstück fertigmache. Als sie gegangen war, stand Christin am Waschbecken und drückte das Wasser aus dem Lappen, füllte ihn wieder mit kaltem Wasser, saugte an ihm. Eine Weile verlor sie sich in dem Spiel, sie leckte am Waschlappen, ließ das Wasser über die Hände hinabrieseln. Hast du dich gewaschen, rief die Mutter aus der Küche. Die Mutter konnte sie durch die Wände von der Küche aus sehen. Besser die Zahnbürste in den Mund stecken, das Wasser aus dem Hahn strömen lassen. Dann kam die Mutter und half ihr mit dem Kleid, zog ihr die Strickjacke an, bürstete ihr Haar. Führte sie hinaus in die Küche, wo die Schokoladentasse und der Butterbrotteller warteten. Leos Traum war in Vergessenheit zurückgesunken. Er wußte, daß er an ein neues Bild gerührt hatte, aber jetzt hatte er es aus dem Griff verloren. Es wird schon zurückkommen. Alle seine Bilder hatten ihren Ursprung im Traum, er konnte auf sie warten, warten, bis sie sich in ihrer endgültigen Form aufdrängten. Gerade jetzt war alles, was zu seiner Bildwelt gehörte, verschwunden, da gab es nur die Räume, die Geschehnisse und Forderungen der Räume. Im Bett liegend blickte er über das Schlafzimmer und durch die offenen Türen in Kinderzimmer, Badezimmer und Wohnzimmer, wo das Licht, das durch die Küchentür fiel, sich auf den Möbeln abzeichnete. Dann und wann waren schwache

Laute von seinen beiden Vögeln in der Küche zu hören, eine Tasse, ein Löffel klirrte, Agates Schatten bewegte sich durch das Lichtfeld im Wohnzimmer. Christin, unsichtbar dort hinten in der Küche, Christin, das war ein Gefühl, etwas, das ihn berührte, eine Woge von Wärme, Zärtlichkeit, und gleichzeitig Selbstmitleid. Sie war wie ein Teil von ihm, ein Teil seiner Kindheit. Sie würde in die frühe kalte Morgendämmerung hinausgehen, wo die Straßenlaternen noch leuchteten, wo Menschen grau und mechanisch zu ihren Arbeitsplätzen eilten, sie würde sich im Strom anderer Kinder durch das Schultor drängen, sich an ihren Tisch im Klassenzimmer setzen und auf den Lehrer warten. Einmal würde die Schule hinter ihr liegen, einmal würde sie erwachsen sein, Frau, einen Mann lieben. Christin, das war Machtlosigkeit. Konnte er ihr nicht helfen, ihr das geben, was er entbehrt hatte? Es gab ein Bedürfnis bei dem Gedanken an Christin, aber das Bedürfnis konnte nicht freigelegt werden, da waren Möbel, die sich auftürmten, große Mahagonimöbel, Lehnstühle und Plüschsitze, ihre schwarzen Schlagschatten legten sich über ihn. Warum werfe ich nicht all dieses Gerümpel hinaus, warum lasse ich mich von dieser Überlast versklaven. In diesen Räumen gibt es nichts von mir, aber ich bezahle für alles, bezahle für den Unterhalt. Die Miete hier und die Miete für das Atelier, das Geld für die Elektrizität, für das Telefon, für Essen. Eine Plackerei von Monat zu Monat, um ein Gemälde verkauft zu bekommen, um Bestellungen für Illustrationen und Buchumschläge zu bekommen, um einen dieser intrigen- und cliquenumsponnenen Aufträge für eine Wandmalerei zu bekommen. Warum arbeitet sie nicht? Was macht sie den ganzen Tag? Die Betten machen, staubsaugen, abwaschen. Ich bin es, der alles bezahlen muß. Was würde passieren, wenn ich fortginge? Christin. Da ist Christin, ich kann sie niemals verlassen. Aber ich kann sie viele Stunden lang vergessen, tagelang, wenn ich arbeite, warum nicht sie ganz vergessen, auf alles verzichten, mich nur in meine Arbeit zurückziehen? Welch banale Unmöglichkeit. Er wußte, daß er das nie könnte. Nicht nur wegen Christin, sondern wegen seiner ganzen Unbeweglichkeit. Es ging nicht mehr, etwas in seinem Dasein zu verrücken. Warum die Wohnung ändern, sie lag doch nur in den Außenbereichen seines Lebens, das einzige, was zählte, waren die Bilder, die hatte er für sich selbst in seinem innersten Raum. Wie unklar diese Morgenüberlegungen waren! Es gab einen Widerspruch in jedem Gedanken. Das Atelier war nicht nur ein Platz, an den er sich zurückziehen und Ruhe und Ganzheit spüren konnte, das Atelier war oft feindlich, bedrohlich, erschreckend, ein Platz, den er in panischer Flucht verließ. Und die Wohnung hier, so fremd sie erscheinen konnte, gab doch immer einer Sehnsucht nach etwas Beständigem Nahrung. Agate (eine Traumerinnerung strich flüchtig vorbei), auch wenn sie abstoßend wirken konnte mit der Erpressung durch ihre Leiden, gab im Grunde alles, was sie konnte, um ihm ein Heim zu schaffen, sie konnte nicht verstehen, warum er sich nicht wohlfühlte. Christin kam hereingelaufen mit Mantel und Mütze, die Schultasche unter dem Arm, sie kroch auf das Bett hinauf, er umarmte, küßte sie wie bei einem Abschied auf lange Zeit. Als sie die Tür zum Treppenhaus öffnete, schwallte eine Welle von Arbeitslauten herein, Spachtel schabten an der Wand, Lötlampen zischten, Bohlen schrien unter den Sägezügen. Durch die Gardinen drang ein graubraunes Regenlicht, die Vibrationen in den Wänden und im Dach hatten sich vervielfacht, es hallte von Keulenschlägen und kleinen wütenden Hammerhieben. Agate legte sich wieder ins Bett. Du mußt wieder arbeiten, sagte er, ich weiß nicht, wie ich die Miete für den nächsten Monat zusammenbekommen soll, im Moment scheint alles verschlossen. Sie lag still, beleidigt, resigniert. Ich werde es wieder im Café versuchen, sagte sie müde. Das Telefon schrillte, er hob den Hörer ab, ein schnarrendes Geräusch war zu hören, dann war es still, die Leitung tot. Haben sie jetzt wieder unsere Leitung abgerissen, daß sie nicht aufpassen können! Er stand auf, zog Pantoffeln und Bademantel an und ging hinaus ins Treppenhaus. Die Maler balancierten auf ihren Gerüsten und brannten die alte Farbe mit den dröhnenden blauen Flammen der Lötlampen ab, Kabel und Leitungsdrähte hingen lose in der Luft. Ihr habt meine Telefonleitung abgerissen! Dann muß sie nur wieder verbunden werden, sagte ein Arbeiter. Ich habe die letzten Tage nichts anderes getan, als Leitungen zusammengeknüpft, sagte Leo. Könnt ihr nicht vorsichtig sein! Damit haben wir nichts zu tun, sagte der Mann und brannte weiter mit dem Apparat, das ist Sache der Telefongesellschaft, wir sehen nur zu, daß hier alles gestrichen wird. Könnt ihr nicht den Drähten ausweichen? Aber nun bekam er nicht einmal mehr eine Antwort. Die verkohlte Farbe löste sich mit scharfem Geruch in großen Fetzen von der Wand. Er ging die Treppe hinauf, um nach dem Vorarbeiter zu suchen. In dem neugebauten Geschoß war man dabei, Büromöbel hereinzuschaffen. Schreibtische, Drehstühle und Aktenschränke wurden an ihm vorbeigetragen, die Möbelpacker rempelten ihn an. In dem langen Korridor wurde ein Linoleumbelag in seine Richtung ausgerollt, er mußte über ihn springen und verlor einen Pantoffel. Er suchte in einem Durcheinander von Sägespänen und Nägeln, fand ihn aber nicht. Büroangestellte gingen mit Schreibmaschinen,

Papierstößen und Paketen hin und her, stellten die Möbel in den neuinstallierten Räumen zurecht, ordneten die Papiere in die Regale ein. Wo ist der Vorarbeiter, ist hier jemand, der den Vorarbeiter gesehen hat? Ein Bürofräulein sah ihn verwundert an, hob die Augenbrauen, antwortete aber nicht, dann lachte sie, zusammen mit einem anderen Mädchen verschwand sie kichernd in einem Raum. Türen wurden eingehängt und Fensterrahmen wurden gestrichen, Monteure stellten Lampen auf, ein Mann hängte die gerahmte Fotografie eines Fabrikgebäudes an die Wand. Dann entdeckte er einen Beamten der Telefongesellschaft, der hinter einer Glaswand die Telefonzentrale einrichtete. Meine Telefonleitung wurde durchgerissen! Der kniende Mann sah zu ihm auf, mit gerunzelter Stirn. Sehen Sie nicht, daß ich hier zu tun habe, nuschelte er, den Mund voller kleiner roter und blauer Schrauben; rufen Sie die Störungsstelle an, dann schicken die einen Handwerker. Ich habe die letzten Tage nichts anderes getan, als die Störungsstelle anzurufen, aber wenn die Leitung repariert ist, wird sie sofort wieder abgerissen. In einigen Tagen werden neue Leitungen gelegt, antwortete der Mann. Aber bis dahin, rief Leo, soll ich denn bis dahin ohne Telefon sein! Ich bin auf das Telefon angewiesen, meine Arbeit ist vom Telefon abhängig, es ist ein großer Verlust für mich, wenn das Telefon nicht funktioniert, da kann ich gleich meinen ganzen Geschäftsbetrieb niederlegen! Er hatte sich jetzt warmgeredet. Das mit dem Geschäftsbetrieb hatte ihn fieberhaft inspiriert, er sah sich den ganzen Tag am Telefon stehen und Bestellungen aufnehmen. Aber der Mann wandte sich ab und widmete sich ganz seinen Stöpseln und Kontakten, seine Hände bewegten sich zwischen den Drahtenden mit unterschiedlichen Farben. Leo ging weiter, seine Pyjamahose schleifte auf dem Boden. In einem Raum sah er eine Gruppe Ingenieure und Architekten mit auf einem Tisch ausgebreiteten Bauzeichnungen. Er trat ein. Kann ich mit dem Leiter der Arbeiten sprechen. Einer der Männer wandte sich um und sah ihn an. Er fühlte plötzlich den Schlaf, der ihm noch in den Augen saß, fühlte den abgestandenen Geschmack der Nacht im Mund. Er strich sich durch das struppige Haar. Alle wandten sich ihm jetzt zu, betrachteten ihn, wie er dort stand in seinem Bademantel, mit einem nackten Fuß. Meine Telefonleitung wurde durchgerissen, können Sie nicht dafür sorgen, daß sie repariert wird. Sie musterten ihn. Einer von ihnen sagte spöttisch lächelnd, das ist nicht unsere Schuld, daß die Leitungen an der Treppe ungeschützt hängen. Dann vertieften sie sich wieder in ihre Zeichnungen. Einige Sekunden ergriff ihn Raserei, eine Raserei, die in ihm herumwirbelte, aber dann kam die Ohnmacht, er kehrte um und ging zurück durch den Korridor. Er suchte wieder nach dem Pantoffel, er fragte die Arbeiter, ob sie nicht seinen Pantoffel gefunden hätten, bis endlich eine ältere Frau, mit grauem Haar und aufgedunsenem Gesicht, vielleicht eine Kassiererin, mit beruhigender Stimme zu ihm sagte, wir werden den Pantoffel herunterbringen, sobald wir ihn gefunden haben. Ihre Stimme (wieder eine schwache Traumerinnerung) erfüllte ihn mit Dankbarkeit, er war den Tränen nahe, als er unter den schaukelnden Brettern der Maler die Treppe hinunterging. Erschöpft kehrte er ins Schlafzimmer zurück, wo Agate im Bett lag. Trotz des noch trüben Lichts stand der Tag für ihn in voller Blüte, er sah den Tag wie eine wilde Orchidee, die in hektischer Üppigkeit wuchs. Er wusch sich, zog sich an und ging hinaus in die Küche. Dieser Tag mit seinem ungeheuren Verbrauch an Kraft und Leben. Er öffnete die Tür des Speiseschranks, versunken in eine

Vision vom großen Verbrauch und der Abnutzung. All diese Fleischstücke, konservierten Fische und Früchte, all diese Kräuter, Fette, diese Berge von Salz und Zucker, diese Brotlaibe, Kartoffeln und Eier, all diese Pakete, Dosen, Tüten, Gläser und Tuben gefüllt mit Lebensmitteln. Während er dastand und kaute und einige Schlucke kalten Kaffee trank, sah er diese Kisten, Güterwagen voller Essen vor sich, durch die er sich gekaut hatte und sich noch hindurchkauen würde. Die Walze des Stromzählers rotierte und maß Sekunde für Sekunde die Menge des verbrauchten Lichts, und in ihm rotierte eine Gedankenwalze, die ihm Gegenstände zeigte, die er eingekauft hatte, all diese Seifen und Scherblätter, diese Schuhe und Strümpfe, diese Handtücher, Hemden, Hosen, Jacken, Mäntel und Hüte, all diese Zigaretten, Bücher, Weinflaschen, Glühlampen, Messer, Gabeln, Löffel, Streichhölzer, Kämme, Kissen, Zeitungen, Decken, diese Kinokarten, Busfahrkarten, Eisenbahnfahrkarten, diese Farben, Keilrahmen, Leinwände, Bilderrahmen, diese ganze Elefantiasis von Greifbarkeiten, wie habe ich das alles bezahlen können, woher habe ich das Geld genommen? Agate kam heraus in die Küche, sie tauschten einige Morgenworte aus, die wie Gähnen klangen, wie müdes Stöhnen, keiner verstand, was der andere sagte, und keiner wußte, was er selbst gesagt hatte, sie glichen ein paar Tieren, die beim Treffen im Stall beschwert grunzten. Max war von seinem Bett gekrochen und blickte zu Agate, mit dem dünnen Rattenschwanz wedelnd. Ich werde mich gleich anziehen, Liebling, murmelte sie, und dann werden wir hinausgehen, du und ich. Sie beugte sich tief zu ihm hinunter und klopfte seinen fetten Rücken. Und Leo preßte einen Abschiedsgruß hervor, beide murmelten weiter vor sich hin, bis er die Tür hinter sich geschlossen hatte. So ging er hinaus in den Orchideentag, niedergedrückt, breit und plump, umspült von der Brandung des Schneeregens.

Mit einer heftigen Bewegung zog sie die Tür hinter sich zu. Vom Bett aus sah Knut ihr schnelles Verschwinden im schmaler werdenden Raum zwischen Türfläche und Türrahmen, nicht einmal sie selbst sah er hinausrauschen, sondern eher ihren hellgrünen flatternden Regenmantel und ein paar Andeutungen von Beinen in Stiefeln; der Mantel und die Stiefel schwammen und peitschten mit der Strömung, die durch die Schleusentür wirbelte. Knut erfaßte diese beiden Bassins, das Bassin des Zimmers, gefüllt mit warmer, trockener Luft, und das hohe, schmale, kühle Luftbassin des Treppenhauses; die Tür, weit geöffnet, hatte eine Sturzflut kalter Luft hereingezogen, die in einer Halbkreisbewegung gegen die Wände brodelte, wo sie gebrochen und pulverisiert wurde, während sich gleichzeitig eine erwärmte Luftwelle durch die Öffnung hinausdrängte und Sonja eine Sekunde einhüllte, bevor sie ganz mit der Kälte verschmolz. Die Bewegung war so schnell gewesen, daß ihre Elemente erst hinterher in all ihrer Deutlichkeit hervortreten konnten; während die Bewegung vor sich ging, war nur Zeit, um das Hinausrauschen einer grünen Farbe wahrzunehmen. Jetzt, wo die Ruhe im Raum wiederhergestellt war, konnte Knut sich dem Geschehen zuwenden, das gerade stattgefunden hatte, seinen Vorbereitungen und Nachwirkungen. Das Geräusch der ins Schloß fallenden Tür hallte noch immer mit ungeheuer schnellen Echoringen im Raum und drinnen im Labyrinth seines Ohrs; die Luft, die von dem pumpenden Kolbenstoß der Tür in Aufruhr versetzt worden war, segelte, schaukelte und tanzte nun um die festen

Gegenstände herum, ihre Bewegungen konnten in den Vibrationen der Gardine abgelesen werden, an einem Zipfel des Tischtuchs, in den zitternden Blättern des Blumenstraußes, in den Staubpartikeln, in der Flucht der Staubflusen über den Boden, in den Reaktionen des Flaums auf dem Handrücken, in den Hautnerven des Gesichts. Am deutlichsten verlief der Luftsturm auf dem Boden, wo die spinnwebleichten Staubwesen, einander im Rinnsal des Luftschwalles folgend, um Tischbeine, Stuhlbeine jagten, sich wollig zitternd im Schutze eines Pantoffels, eines hochgeschlagenen Teppichrandes, eines trüben Winkels an der Wand drängten. Diese kleinen grauen Haustiere, geschaffen aus unseren Haaren, aus dem langsamen Verfall unserer Kleidungsstücke, aus dünnen Schuppen, die von unserer Haut abgenutzt werden, aus den Hinterlassenschaften des Bodens, der Erde, die unter den ewigen Mörserdrehungen der Fußsohlen zu feinstem Kies zermahlen werden. Obgleich sie nicht miteinander gesprochen hatten, war ihr Abzug wie die Schlußreplik nach einem gehetzten Dialog; der ganze Dialog hatte sich pantomimisch abgespielt, in einem Kontrast zwischen ihrer Aktivität und seiner dumpfen Müdigkeit; mit einer grinsenden Grimasse auf dem Gesicht erlebte Knut noch einmal, wie sie angesichts seiner Unbeweglichkeit ihre Bewegungen gesteigert hatte, um ihm zu zeigen, wie stark und zielstrebig sie den Tag in Angriff nehmen konnte, wie sie nun ganz und gar darauf eingestellt war, sich zu ihrer Arbeit zu begeben, um ihre Pflichten zu erfüllen, er sah sie vor sich, wie sie all ihre Kleider hervorgerissen und gezerrt hatte, so wie ein Raubtier seine Morgenbeute reißt, wie sie, voller Wut über seine Schläfrigkeit, das Nachthemd aufs Bett geworfen, einen Kleiderbügel auf den Boden fallen lassen, achtlos Röcke, Unterkleider und Strümpfe um sich geworfen hatte, die ganze Zeit erfüllt von der frechen Hoffnung, eine Reaktion, eine Stellungnahme von ihm zu erhalten, wie sie das Milchglas auf den Tisch geknallt, die Brotdose zugeschlagen hatte, und wie ihr, nach all diesen Signalen, die er nicht einmal mit einem Blinzeln beantwortete, zum Schluß nur noch die Tür zu ihrem Abschiedssalut zur Verfügung stand. Er räusperte sich und spuckte hinaus ins Zimmer, der weiße Schleim klatschte auf einen ihrer hochhackigen Schuhe, der auf dem Boden lag. Er faltete die Hände hinter dem Kopf und drehte das Gesicht zum Fenster, wütend hatte sie die Rollos hinaufknattern lassen, und mit einem Fechthieb hatte sie die Gardinen zur Seite geschwungen. Der dicke feuchte Schnee, der draußen vor dem Fenster niederrieselte, ließ ihn an die Kindheit im Norrland denken, an dieses Stapfen durch den Schnee in einer dunklen Unendlichkeit, und das Ingenieursbüro, das ihn in einer Stunde erwartete, war identisch mit dem Schulgebäude, dem Schulgebäude in der Unendlichkeit, eingebettet in tiefen weißen Schnee. Daß man diese Unendlichkeitswege niemals los wird, daß man weiterhin jeden Morgen von neuem dorthin kriechen soll. Er sah die halb zusammengerollten Zeichnungen auf dem Tisch, zusammengerollt, stumpf, unwirklich wie er selbst, hellgrau, undeutlich, gesprenkelt von Staubkörnern, voller unvollendeter violettblauer Linien, dicke, dünne, gepunktete, in Winkel zueinander gestellt, einander schneidend, Ansätze zu einem Maschinenfundament bildend. Der Gedanke, man sollte die Zeichnung fortsetzen, ruhte auf losem Sand, er mündete in ein Gefühl der Trockenheit, und die Trockenheit lokalisierte sich auf der Zunge, auf dem Gaumen. Das unpersönliche »man sollte weitermachen« glitt hinüber in etwas anderes Fließendes, etwas, das dem Gedanken »man sollte etwas haben, um den Mund auszuspülen« glich, und der trübe Impuls versetzte die Körpermuskeln in eine langsame und knirschende Funktion; der Körper, dessen Gesamtheit Ingenieur Knut X. genannt wurde, hob Kopf, Hals und Brustkorb, schwang die langen haarigen Beine über die Bettkante, fand Halt auf dem Boden, hob sich mit Hilfe der Arme, in Zusammenarbeit mit Bein-, Bauch- und Rückenmuskulatur, in aufrechte Stellung. Ein Unterhemd, eingelaufen, kaputt (Mottenlöcher), schmutzig um den Hals und an den langen Ärmeln, bedeckte seinen Körper bis zum Nabel. Das Geschlecht baumelte wie ein Tauende zwischen den Beinen. Er begab sich, dadurch, daß das eine Bein am anderen vorbeiwankte, zur Küche, überschritt die Schwelle, ging weiter zu den leeren Flaschen, die neben dem Herd standen. Vor dem Ziel hockte er sich hin und nahm nun, in einer rhythmischen Zeremonie, Sonnenanbeter, Hornbläser, Flasche für Flasche, hob sie an den Mund, hob sie an und beugte gleichzeitig den Kopf zurück, fühlte hier und da, wie die Trockenheit mit einem brennenden Stich verstärkt wurde, hier und da, wie ein Tropfen saurer Flüssigkeit in den sandigen Schlund sickerte. Nach vollendetem Ritual erhob er sich, zu heftig; ihm wurde schwarz vor Augen, er mußte sich auf das Eisengeländer des Ofens stützen, stand da und atmete tief, bis das Blut wieder in allen Bahnen zirkulierte. Als er zurück zum Bett ging, sah er eine große durchsichtige Flasche vor sich, eine Flasche kristallklaren Schnaps, Slivovic, eine Flasche voller Morgentau. Er leckte sich die Lippen, auf denen noch der Essiggeschmack lag. Nur in Budapest, in Prag war ich frei, dachte er, während er sich ins Bett zurücksinken ließ und wieder unter die speckigen Laken kroch. Slivovic, wie flüssiges Feuer, aber erfrischend, Prags Barocktürme, vom Grünspan grüne Kuppeln, das strömende Wasser der Moldau unter der Brücke mit den Skulpturen, der Hradschin auf der Anhöhe, goldgelb bestrahlt durch die Sonne; der Schloßhof, der große Hof mit den ebenen Steinplatten, die Domkirche am Schloßhof, die Domkirche, in der Josef K. den Dolch in den Rücken bekam. *Wie ein Hund.* Hinter dem Dom die schmalen, uralten Gassen, mit kleinen, zusammengesunkenen, aneinandergeklebten Häusern, aus Lehm geknetet, mit bunten Türen und Fensterluken. Hier irgendwo hatte Golem sich aufgehalten. Golem, so hatten sie ihn in der Schule genannt, mit dem sicheren Blick der Kinder für das Abweichende. Die Gruppe, die instinktiv zum Angriff gegen den Außenseiter übergeht, so wie die Tierherde sich über eines der ihren wirft, das mit einem Gebrechen behaftet ist, lebensuntauglich wirkt. Eine natürlich bedingte Verteidigungsmaßnahme. Solche Krüppel fallen nur zur Last. Allein wagte sich niemand an mich heran, aber im Rudel verhöhnten sie mich, warfen Steine nach mir. Golem kommt, Golem kommt! Es hallt mir noch immer in den Ohren. Wenn die Augen Angst zeigen, hat man die Horde am Hals. Wann genau, wann trifft der Augenblick ein, in dem man das erste Mal zur Beute wird? Muß irgendwo in meiner Vorzeit versteckt liegen; schon bevor die Schule begann, gab es diese Ausgesetztheit, dieses Golemdasein. Wenn der Vater hereingewankt kam. Furchtbar, wenn man das, was man gehaßt hat, das, was einen zerstört hat, als eigene Züge erkennt. Erkenne an mir selbst Vaters Gesten wieder, habe denselben widerlichen, langen Körper, denselben Steinzeitschädel. Der Sonntagsspaziergang. Kann nicht mehr als drei Jahre alt gewesen sein. Auf jener breiten sandigen Straße, kleine beschnittene Bäume an den Seiten. Hier mitten auf der Straße geschah es, erinnere mich nicht, was passiert war, stehe aber plötzlich allein hier, nach einer Ohrfeige oder einer Zurechtweisung, blieb hier stehen, während die Familie fortging, die Straße entlang, erinnere mich an einen Pferdekarren, der vorbeiklapperte, der Staub wirbelte auf, dann die Straße still, sehe den Sand, die Radspuren und Spuren von Pferdehufen, sehe deutlich jedes Sandkorn, rötlich glitzernd, muß spät am Nachmittag gewesen sein, zum ersten Mal der Lebenssituation bewußt, hier mitten auf der Straße, die Familie verschwindet am Seitenweg, die Straße streckt sich breit und leer in die Unendlichkeit, hinter den Bäumen einige Häuser, mit Steintreppen, die hinauf zu den Eingängen führen; die Unendlichkeitsperspektive, sie kehrt wieder in den Schulkorridoren, stand dort vor der Klassentür, hinausgewiesen zur Strafe, zur Strafe für was? Stand dort mit einer Hand an einen Kleiderhaken festgeklammert, während im Klassenzimmer die Gruppe, die geschlossene Gruppe, ihre Sprechübungen herunterleierte. Diese Korridore, diese Ewigkeitsperspektiven, das fortsaugende Gefühl, die Korridore mit ihren Reihen von Mänteln, Geruch von Schimmel, einförmige Stimmen hinter den Türen, manchmal die Kommandorufe des Lehrers, wie in einer Galeere, festgeschmiedete Sklaven in den Bänken, ich bin zur Strafe hinausgeschickt worden, aber die Ausgestoßenheit wird zur Freiheit, stehe hier und schaukle, die eine Hand um den Kleiderhaken, die andere tastend in einer Manteltasche, man findet sich in jeder Lage zurecht. Warum habe ich nicht mehr aus meiner Freiheit machen können? Wo lag meine Stärke? Konnte Aufsätze schreiben. Golem als Philosoph. Meine große schriftliche Reifeprüfung, Untersuchung über die menschlichen Lebensumstände, wurde in der Aula vorgelesen. Warum ist nicht mehr daraus geworden? Ich kaue nur Sand. Er richtete sich im Bett auf, blickte über den Raum. Sollte jetzt aufstehen und mich auf den Weg zur Arbeit machen. Zurück ins Klassenzimmer. Oder durch den Korridor fliehen, hinaus auf die Straße. Ich habe mein letztes Wort noch nicht gesprochen, ich werde es euch zeigen! Ein Riesenbuch, eine flammende Vision, ein Sturzfluß, ein Vulkanausbruch, mit diesem Buch tritt der Verfasser mit einem Mal in das vorderste Glied der Weltliteratur. Es gilt nur, anzufangen, das Buch befindet sich fertiggeschrieben in dir. Er brach in kehliges Lachen aus. Früh aufstehende Hausfrauen in den Wohnungen ringsum erschrecken und fragen sich, was er so lustig findet, dieser versoffene Ingenieur. Fang an, solange das Eisen heiß ist. Aber das Büro – es kommt gar nicht in Frage, anzufangen. Wenn ich einen Dreck auf das Büro gäbe. Ganz einfach auf das Büro scheißen würde, und statt dessen anfinge, an meinem Epos zu schreiben. Ich, Knut X., geboren den und den, gebe hiermit bekannt, daß es mich gibt. Aber dann sank er wieder hinunter in den Sand. Kroch wieder hoch. Meine Kindheit verlief, wie die Kindheit vieler anderer, – nein, was weiß ich von den Kindheiten anderer, und meine Kindheit verlief überhaupt nicht. Meine Kindheit bestand aus einer einzigen – wen zum Teufel interessiert das? Nein; meine Erfahrung in bezug auf – nein, es ist kein Bezug auf etwas, konzentriere dich jetzt. Fang mit irgendeinem Ereignis an, gleichgültig welchem, fang einfach an, sprich drauflos, der Rest ergibt sich von selbst. Vor einigen Jahren wohnte ich mit Maud und einer Freundin von ihr in einer Hütte in den Bergen. Nein – wir wohnten in einer Hütte in den Bergen, Maud, Erika und ich. Ich wohnte mit Maud und Erika in einer Hütte in den Bergen. Nein – Maud nahm eine Freundin mit, als wir in die Berge fuhren. Um nicht mit mir allein sein zu müssen. Wir wohnten in einer Hütte. Die

Hütte war aus groben Stämmen gebaut, das ist unnötig, alle wissen, wie eine Hütte aussieht. Schon am ersten Tag stieß ein Norweger zu uns. Ich merkte bald, daß der Norweger Eindruck auf die Frauen machte, sie machten sich für ihn zurecht, kleideten sich so herausfordernd wie möglich. Der Norweger ging halbnackt umher, drückte den Brustkorb heraus und machte Muskelübungen. Er nahm die höchsten Hügel – nein; plötzlich glitt er ganz hinunter in den Treibsand, saß aufrecht im Bett, ein kleines Bild in der Netzhaut, eine kleine halbnackte Figur, die schrie und mit den Skistöcken winkte. Nein, etwas anderes. Etwas ganz anderes. Er kroch wieder hoch. Ingenieur X. wurde eines ganz normalen Morgens seiner Arbeit überdrüssig. Nein, es ist kein normaler Morgen. Ingenieur X. fragte sich, was er tun sollte. Nein, das sagt nichts. Etwas anderes, etwas ganz anderes. Ich liege in meinem Bett und rekle mich. Ich habe eine feste Arbeit, eine Frau und ein Heim. Habe ich? Es ist ein bedeutungsvoller Morgen, da ich, während ich hier liege und mich rekle, einen Entschluß fasse. Ich beschließe, meine Arbeit, meine Frau und mein Heim zu verlassen. Ich werde nicht einmal einen Abschiedsbrief hinterlassen. Ich werde nicht einmal im Büro kündigen. Ich mache mich einfach auf den Weg. Dies ist kein Buch. Dies ist ein Entschluß. Er hatte den Inhalt seiner gedachten Worte noch nicht erfaßt. Aber er begann, nach ihnen zu handeln. Er stand aus dem Bett auf, mit seinen langen, wackligen weißen Spinnengliedern, zog Unterhosen an, ohne Knöpfe, zusammengehalten von einer Sicherheitsnadel, gelbe Spuren vorn, braune hinten. Seine Strümpfe hatten Löcher an den Zehen und in der Ferse. Das feldgraue Hemd roch ranzig, aber der Schmutz, die Schweißflecken waren nicht auf ihm zu sehen. Die Gerüche gehörten zu ihm, diese ganze Patina von Fetten, Körperflüssigkeiten, Absonderungen, Dunsten und Gasen hielten ihn warm; würde ich allein leben, ich würde nie meine Kleider ablegen, schlafen, wie ein Waldarbeiter im Stall neben dem Pferd schläft. Der Gedanke »ich mache mich einfach auf den Weg« leitete ihn mit einer dunklen Triebkraft. Er zog Hosen aus starkem Tuch an, Wollpullover, Lederjacke und Stiefel. Was brauche ich noch? Zahnbürste, Rasierer, Seife, Handtuch, Schreibblock, ein Paar Socken. Portemonnaie. Paß. Dann packte er die Aktentasche, abgenutzt, Schloß und Griff kaputt. Bereitete einige Butterbrote, stopfte sie hinein. Ingenieur X. macht sich ohne Abschiedsschmerz auf den Weg. Was er hinter sich läßt, ist nur Staub.

Sie packte die Lebensmittel aus dem Einkaufsnetz. Max saß auf dem Boden und sah sie erwartungsvoll an. Bist du hungrig – du sollst gleich etwas bekommen. Sie ging mit der Milchflasche zum Herd, füllte den Topf, drehte das Gas auf. Sie zerriß eine Brotscheibe, legte die Stückchen in die Schale auf dem Boden, goß die warme Milch darüber. Max begann zu schlürfen und zu kauen; sie ging zum Tisch und trug die Pakete, die Dosen, die Tüten zur Vorratskammer. Ja, iß du nur – ist das lecker? Max sah sie mit wäßrigen Augen an. Sie beugte sich zu ihm hinunter, nahm ihr Taschentuch und trocknete einige Tropfen gelblichen Schleims, die sich in seinen Augenwinkeln gesammelt hatten. Sie hockte sich neben ihn, wartete, bis er fertig gefressen hatte, dann nahm sie ihn hoch, ging zum Küchenstuhl, setzte sich hin, mit Max auf ihren Knien, und strich über sein rauhes, speckiges Fell. Max lag mit halbgeschlossenen Augen da; sie sah sich in der Küche um. Dunkelviolett saß sie auf dem weißen Küchenstuhl, den einen Arm gegen das weiße, dünn hellblau gestreifte Wachstuch auf der Tischplatte gelehnt, wo noch die Frühstückstassen standen, über ihr die Glühlampe mit weißem Porzellanschirm, unter ihr der schwarzweiß karierte Steinfußboden. Spülbank mit rostfreiem Stahl, Einbauschränke und Speisekammer an der einen Wand, Gasherd, Eimer, Besen, Staubsauger, Wäschekorb an der anderen Wand; ein paar Fliegen auf der Fensterscheibe, abwechselnd kriechend und surrend vor einem hellgrauen, verregneten Vorhang. Nein, Max, das hier taugt nichts, jetzt muß ich wirklich aufräumen gehen. Sie stand auf und setzte Max hinunter auf den Boden. Sie nahm die Tassen, trug sie zur Spülbank, spülte sie ab, stellte sie in das Trokkengestell, dann ging sie zum Herd, holte die Milchflasche, trug sie zur Speisekammer. Dann öffnete sie den Schrank unter der Spülbank, nahm einen Lappen hervor, wischte die Spülbank und das Wachstuch auf dem Tisch ab. Sie legte den Tischlappen zurück in den Schrank, nahm den Bodenlappen hervor, hielt ihn unter laufendes Wasser, wrang ihn aus, wischte den Boden, auf den Knien liegend, sieh dich vor, Max, daß du keine nassen Füße bekommst. Dann legte sie den Bodenlappen zurück in den Schrank und ging hinaus ins Wohnzimmer. Max folgte mit kurzen platschenden Schritten. Im Wohnzimmer klopfte sie im Vorbeigehen das Kissen auf dem Sessel zurecht, stellte einen Stuhl um, zog am Teppich, so daß die Kante parallel zur Wand zu liegen kam, streckte die Hand nach einem Bild aus, das schief zu hängen schien. Dann ging sie ins Schlafzimmer, öffnete das Fenster, machte das Bett. Max setzte sich auf den Boden und sah zu. Als sie das Bett gemacht hatte, ging sie ins Kinderzimmer, machte Christins Bett, stellte die Spielsachen ins Regal, legte einige Bilderbücher auf dem Tisch zurecht. Sie nahm einen großen roten Gummiball aus dem Regal, warf ihn auf den Boden, so daß er zu Max hüpfte. Nimm du den Ball und spiel ein bißchen. Max wich vor dem Ball zurück, der angerollt kam, erst als er still lag, schnüffelte er an ihm. Willst du den Ball nicht haben? Max wandte sich vom Ball ab und sah sie traurig an. Sie beugte sich hinunter, nahm den Ball, legte ihn zurück ins Regal. Dann ging sie zurück ins Schlafzimmer und schloß das Fenster. Es ist kalt, es regnet zu uns herein. Max nickte und trippelte neben ihr ins Wohnzimmer. Sie setzte sich an das Klavier, blätterte im Notenheft und begann zu spielen. Max saß neben ihr auf dem Boden und hörte zu. Sie spielte das ganze Stück, langsam, mit gleichmäßigen Zwischenräumen zwischen jedem Ton, jeder Tastenschlag von derselben harten Stärke. Hörst du die Musik, Max, kannst du sie verstehen? Max konnte sie verstehen, er saß still und andächtig und seine Augen folgten ihren eckigen Fingerbewegungen. Als sie den letzten Ton angeschlagen hatte, hielt sie den Finger weiterhin auf der niedergedrückten Taste, so verweilte sie, bis Max unruhig zu werden begann; er erhob sich und machte einige Drehungen in den Raum, setzte sich wieder, erhob sich von neuem, drehte sich. Sie hob den Finger, und die Taste hüpfte mit einem trockenen kleinen Satz hoch. Sie schloß das Notenheft und stand auf, ging zum Sessel, gefolgt von Max, beugte sich hinunter, hob Max hoch, setzte sich, Max auf ihren Knien. Sie tätschelte ihn und kraulte ihn hinter den Ohren. Daß die Post nicht kommt. Aber gerade da war das Geräusch im Briefschlitz zu hören, ein leichtes Zittern des Metalldeckels, Papier, das durch den Schlitz hereingeschoben wurde, der Deckel, der herunterklappte, ein Prasseln, ein leichter Plumps auf den Boden. Sie hob Max herunter, stand auf und ging hinaus zur Tür. Sie hob ein paar Briefe und eine zusammengefaltete, umwickelte Wochenzeitung auf. Nur Rechnungen. Sie öffnete die Briefe nicht, legte sie auf den Garderobentisch. Mit der Wochenzeitung in der Hand ging sie zurück ins Wohnzimmer, setzte sich wieder in den Sessel, beugte sich hinunter zu Max, hob ihn hoch, setzte ihn auf ihre Knie. Sie riß das Papier um die Zeitschrift ab und begann zu lesen. Dann und wann las sie halblaut, so daß auch Max an dem teilhaben konnte, was von besonderem Interesse war. Die Bilder zeigte sie ihm. Siehst du hier, das hier ist eine persische Prinzessin, und das hier ist eine Bombe, die explodiert, eine große Bombe, eine Riesenbombe, verstehst du, da bleibt nichts von uns übrig, so, siehst du, so werden wir aussehen, wenn wir dieser Bombe in die Quere kommen, sieh, wie schrecklich, und die waren doch weit von der Bombe entfernt. Und hier haben sie diese Stadt wieder aufgebaut, die sie kaputtgeschossen hatten, sieh, da läuft ein kleiner Hund, genau wie du. Und hier, siehst du, hier haben wir einige Schlittschuhläufer, und hier fahren sie Schlitten, schnell, schnell einen Hügel hinunter. Und hast du die schönen Kleider gesehen, meinst du, ich sollte mir so ein Kleid hier anschaffen? Der Hut da ist gar nicht übel. Und hier marschieren Soldaten, und hier hast du einige Flüchtlinge, sie sind über die Grenze gekommen, und hier siehst du einige versenkte Boote im Kanal, dieser Kanal, um den sie Krieg führen, verstehst du. Sie las die Bildreportage und dann las sie einige Rezepte. Max hatte die Augen geschlossen und schnarchte leicht. Durch Tür und Wände drangen unaufhörlich die zitternden Wellen der Arbeitsgeräusche. Aber erst als das Geklopfe allzu stark wurde, bemerkte sie es; für sie war all dieses Brennende, Dröhnende und Schleppende wie eine einzige Brandung. Umgeben vom Wellenschlag saß sie tief im Lehnstuhl versunken. Jedesmal, wenn sie eine

Seite umblättern wollte, befeuchtete sie den Daumen mit der Zunge. Haben Sie Krampfadern? Leiden Sie an Verstopfung? Wollen Sie an einer Osterreise nach Rom teilnehmen? Sie kratzte sich am Scheitel, wo es trokkene Hautkrümel gab, die wegzukratzen angenehm war. Die Hautreste sammelten sich unter den Nägeln. Mit dem Daumennagel stocherte sie sie hervor, dann knipste sie sie fort. Es klingelte an der Tür. Es klingelt an der Tür, Agate! Sie lief hinaus in den Flur, gefolgt von Max. Wer kann das sein? Sie öffnete die Tür. Max knurrte. Da stand ein Mann, den Hut in der Hand, dann fragte er mit kaum hörbarer Stimme, haben Sie vielleicht etwas zu Essen daheim? Ja, warten Sie, dann mache ich Ihnen einige Butterbrote zurecht. Sie schloß die Tür und ging mit Max in die Küche. Denk nur, wie bleich und müde er aussah, sicher hat er keinen Platz zum Schlafen gehabt heute Nacht. Sie öffnete die Speiseschranktür und bereitete Butterbrote zu, eines mit Schinken, eines mit Käse. Sollten wir ihn nicht auch zu einem Glas Bier einladen? Sie füllte ein Glas und trug es zusammen mit dem Butterbrotteller hinaus. Sie öffnete die Tür, aber der Mann war nicht mehr da. Sie ging hinaus ins Treppenhaus, es hallte wider vom Klopfen. Die Maler tauchten große Pinsel in Farbtöpfe. Max stand neben ihr und sah sich um. Mit der Pfote scharrte er am Papier, das auf dem Boden ausgelegt war. Aber er war doch gerade noch hier, du hast ihn doch auch gesehen? Max nickte. Warum ist er gegangen, wenn er so schöne Butterbrote bekommen sollte? Sie haben nicht vielleicht einen Mann gesehen, der hier vorübergegangen ist, fragte sie einen der Arbeiter. Es sind so viele, die hier entlanggehen, antwortete er und ließ den Pinsel gegen die Wand klatschen. Sie ging zurück und schloß die Tür hinter sich und Max, sie ging in die Küche, stellte den Butterbrotteller auf den

Tisch, goß vorsichtig das Bier zurück in die Flasche. Etwas rann daneben. Sie wischte es mit dem Lappen auf. Dann setzte sie die Kaffeekanne auf den Herd, entzündete die Flamme, nahm eine Tasse aus dem Trockengestell und stellte sie auf den Tisch. Aus der Speisekammer holte sie Zuckerschale und Sahnekännchen. Sie setzte sich an den Tisch, Max legte sich auf sein Kissen und sah sie an. Sie begann, die Butterbrote zu essen. Sie brach ein Stück ab und reichte es hinunter zu Max. Max kam langsam zu ihr herangekrochen und nahm das Brotstückchen aus ihrer Hand. Findest du es nicht seltsam, daß er einfach verschwunden ist. Ich hätte ihn vielleicht hereinbitten sollen. Aber man weiß ja nie. Max schüttelte den Kopf. Der Kaffee kochte über, sie sprang auf und drehte das Gas ab. Man setzt Kaffee auf, man setzt sich daneben, um aufzupassen, aber er kocht trotzdem über. Sie ging zum Tisch, holte die Tasse, füllte sie mit Kaffee. Dann trug sie die Tasse zurück zum Tisch, setzte sich, goß Sahne hinein, gab ein paar Zuckerstücke hinein, rührte mit dem Löffel um. Sie trank einen Schluck, ja richtig, die Zeitung, sie stand auf, ging ins Wohnzimmer, Max hob den Kopf, blieb aber liegen; sie ging zum Sessel, holte die Wochenzeitung, trug sie in die Küche, legte sie auf den Tisch, setzte sich. Öffnete die Zeitung, trank noch einen Schluck Kaffee. Die Leserbriefspalte. Was soll ich tun. Was raten Sie mir. Seit zehn Jahren verheiratet. Was soll ich tun mein Mann keine Zärtlichkeitsbeweise versucht aller Freundlichkeit Hilfsbereitschaft Wärme nichts hilft kommt heim zieht sich zurück keine Freunde frage manchmal ausgehen Theater Konzert blickt nur verständnislos sagt kein Geld doch einmal verliebt dann ein Kind aber nicht einmal das eine Gemeinschaft. Unterzeichnet Unglücklich. Werde wieder im Café anfangen. Findest du, ich soll wieder im

Café anfangen? Max sah sie nachdenklich an. Im Café gab es viele Krümel für ihn, viele Gerüche, und die Straße lag vor dem großen Fenster, die Straße mit vielen Bewegungen. Sie stand auf und ging ins Wohnzimmer. Max folgte ihr, glaubte, daß sie nun auf die Straße hinaus und ins Café gehen würden. Aber sie begann wieder, die Stühle umzustellen, sie zog das große fransige Seidentuch auf dem Tisch zurecht, ging zur Kommode, betrachtete die eingerahmten Fotografien; Großmutter und Großvater, feierlich zwischen den Möbeln im alten Heim stehend; sie selbst neben Leo auf dem Boulevard des Anglais in Nizza, einige Tage nach der Hochzeit; Christin als Neugeborenes, auf dem Bauch liegend, in einem angestrengten Versuch, den Kopf zu heben; sie zog eine Schublade auf und schloß sie wieder, ging zum Fenster und sah hinaus. Max saß auf der Küchenschwelle und beobachtete sie. Es klingelte an der Tür. Es klingelt an der Tür, Agate! Max lief voraus. Glaubst du, das ist er? Sie öffnete die Tür. Eine Frau mittleren Alters stand vor ihr und hielt einen Pantoffel hoch. Wir haben ihn gefunden, sagte sie. Was denn gefunden? Wir haben den Pantoffel gefunden, den ihr Mann heute morgen verloren hat. Davon wußte ich nichts. Die Frau hielt ihr den Pantoffel hin; Agate nahm ihn entgegen, dankte. Da stand sie mit dem Pantoffel, die Frau ging die Treppe hinauf. Max trippelte hinaus, sah sich um; ein paar Arbeiter kamen herunter, an einem Kabel ziehend. Sie ging wieder hinein, den Pantoffel in der Hand. Komm Max. Er stand und zögerte und wandte sich zur Treppe hinunter. Komm Max. Er kam angetrottet. Sie schloß die Tür hinter ihm. Sie gingen zurück ins Wohnzimmer. Sie blieb mitten im Wohnzimmer stehen. Max setzte sich neben sie und sah zu ihr auf. Nach einer Weile rief er sie mit einem winselnden Laut. Sie wandte sich ihm zu. Bist du hungrig, willst du etwas Milch haben? Er erhob sich und wandte sich zur Küche. Da ging sie zur Küche, ging über die Küchenschwelle, ging in die Küche hinein, Max trippelte hinterher.

Er hatte noch nicht zu arbeiten begonnen, doch lag bereits eine lange Anstrengung hinter ihm. Er stand über den großen Tisch am Fenster gebeugt und vor ihm lag ein leeres Blatt Zeichenpapier neben den Farben und den Pinseln. Er hielt einen Kohlestift in der Hand, machte einige suchende Bewegungen, aber dann legte er den Stift nieder, der Zugang zur Bilderwelt war verstellt, es gab nur das Durcheinander von Eindrücken einer unendlichen Morgenfahrt, erst hinauf durch den Neubau, vorbei an Lötlampen und Äxten, durch Wolken von Sägespänen, durch ein Wirrwarr von Drähten; er erinnerte sich kaum, worum es bei der Reise ging, er sah sich nur herumräumen, auf der Suche nach einem Pantoffel; es war, als bahnte man sich einen Weg durch einen Dschungel; er schlug sich durch den zugewucherten Lianentag, den Orchideentag. Dann die Straßen, Pfade, ein schwappender brauner Morast, ungeheure Kräfte hierhin und dorthin rauschend, eine gewaltige Energie, die Matsch um sich verspritzte. Da gab es Wegabschnitte, die er in einem Fahrzeug zurückgelegt hatte, eingeklemmt zwischen nassen, dampfenden Wesen auf einer Plattform, die Hand an einer schweißigen Eisenstange hängend, hin- und hergeschüttelt zwischen den anderen zusammengestauten geschüttelten Körpern. Und dann der große Farbenhandel, wo er Keilrahmen und Leinwände bestellt hatte, der Tabakladen, wo er Zigaretten und eine Zeitung gekauft hatte, Stationen, die in eine monotone, unüberschaubare Aktivität eingebettet lagen. Sein Hirn war voll von all diesen Spiegelungen und Echos, während er auf das Papier hinabstarrte, sah er wieder den Busfahrer, gesichtslos, aber die Hand deutlich, eine Hand in Handschuhen ohne Fingerspitzen, die Fahrkarte haltend; er spürte um sich herum das Gedränge von namenlosen, gesichtslosen Körpern, erlebte wieder den Weg entlang der Trottoirs im brodelnden Strom zwischen Ellenbogen, Mänteln, Beinen, Hüten; der Verkäufer in der Farbenhandlung wurde deutlich, er trug ein Schild mit seinem Namen am Jackenaufschlag, er versuchte, den Namen nach einigen Buchstabenreminiszenzen zu rekonstruieren, Berg, Bergen, Bergman, Berggren; er verbrachte Minuten mit Versuchen, diesen ungewissen Namen wiederaufzurufen; die Geste, mit der der Verkäufer die Leinwand auf der rotbraunen Preßspanplatte des Tresens ausrollte, wiederholte sich; und die Verkäuferin im Tabakladen reichte wieder das Zigarettenpaket herüber, die Zeitung, das Wechselgeld. Er wandte sich vom Arbeitstisch ab, sah sich unter den Bildern um, suchte nach einem Halt. Aber es war, als wimmelte ein Schwarm Ungeziefer in seinem Kopf, die graue Masse zwischen den Ganglienzellen kitzelnd; die Bilder sagten ihm nichts, sie wurden von umherfliegenden kleinen Blitzlichtbildern verdeckt, von geleeartigen Filmstückchen; Agate war in der Küche zu sehen, Christin kam ins Bett heraufgekrochen, der Dackel lag auf seinem Kissen, die Meßwalze rotierte, Mohrrüben lagen im Speiseschrankregal, er zog sich Überschuhe an im Flur, der Linoleumbelag wurde unter ihm ausgerollt, die Telefonleitung wurde durchgerissen, Agate schlurfte im Morgenmantel durch das Wohnzimmer, Bustüren wurden unter Preßluftpfeifen zusammengeklappt, Christin saß im Klassenzimmer, Agates knochiges Hinterteil richtete sich geradewegs zu ihm auf, Fanny lag auf dem Sofa, den Mantel unter sich ausgebreitet, Fannys

Gesicht nahm Form an, suchte sich von Form zu Form, ohne sich für ein stabiles Aussehen entscheiden zu können. Er verließ das Atelier; als er in der Küche stand, merkte er, daß er heute schon früher eine Zeitlang hier vor dem Ofen, am Tisch mit der Kaffeekanne, der Tasse, der Zeitung verbracht hatte, das schien weit zurückzuliegen, vielleicht war es gestern, nein, es war heute morgen, aber gestern war es genauso, vorgestern, vor einer Woche, vor einem Monat. Er wärmte den Kaffee auf und setzte sich wieder an den Tisch, rauchte, schlürfte den Kaffee in sich hinein, blätterte in der Zeitung; es war erholsam, er spürte eine innere Kontinuität, er saß und brütete in dem engen, fensterlosen Küchenloch, es war wie in einer Grotte; es war besser als in dem erstickenden Arbeitszimmer, er begann, in sich selbst zu versinken. Er blickte hinaus in den dunklen Gang, der vollgestopft war mit Rahmen und alten Leinwänden; all dies hier, der abgenutzte grüne Linoleumbelag, unter dessen Löchern und abgerissenen Kanten der Dielenboden hervortrat, die Rostflecken auf der Spülbank, die zugewachsenen Teller, der Schimmel auf den Essensresten, der kleine halbblinde Spiegel über dem Waschbecken, die abgeschabte Tischplatte, die gesprungene, abgestoßene Tasse, die blaue Emaillekanne, all dies gehörte zu ihm, machte, daß er sich selbst deutlicher wahrnahm, daß er sein eigenes Gewicht spürte. Sein Körper wurde aufgelockert; die Gedärme, die sich auf eine Ausleerung vorbereiteten, verbreiteten einen weichen, wollüstigen Schmerz, er steigerte die Empfindung, indem er dagegen hielt; er stand auf, aber er ging noch nicht hinaus, er stand vornübergebeugt und wartete auf die Wellenbewegungen, die durch den Enddarm eilten, er preßte sich zusammen, genoß das Zurückhalten; erst als es bereits beschwerlich war, zu gehen, ging er hinaus auf die Toilette. Bevor er sich setzte, legte er ein Stück Zeitungspapier auf die Wasserfläche unten im Abflußloch – all diese Toilettenstühle sind fehlkonstruiert, das Wasser spritzt hoch, wenn die Scheiße hineinfällt. Und dann gab er nach, aus den Gedärmen drängte es zur Körperöffnung, er drückte den Zeigefinger tief in den Steiß, um die Exkrementmassen abzuklemmen, ihren Druck gegen die Schleimhaut der Darmöffnung zu dämmen und zu regulieren. Erleichtert blieb er dann sitzen, wischte sich gemächlich ab und sah durch die geöffnete Tür hinaus ins Atelier. Er konnte die Staffelei sehen, die leer stand – er hatte die Bilder heruntergehoben – und ein Stück des Tisches. Jetzt konnte er sich das neue Bild vorstellen, das Gestalt annehmen sollte; schwebende Figuren in einem blauweißen Raum, umgeben von harten kantigen Gegenständen. Es war, als hätten der körperliche Prozeß des Zurückhaltens und Erleichterns seine Produktivität gleichzeitig angespornt und befreit; die Schlacke war ausgestoßen worden. Als er aufstand und ins Arbeitszimmer ging, spürte er bereits die Bewegungen in der Hand, die Bewegungen, die er nun mit dem Zeichenstift auf dem Papier ausführen würde; die Skizzen begannen, Form anzunehmen; mit Kreide, Kohle, Gouache, schabend, ritzend, schleifend, kratzend, pastös und dünn arbeitete er Bildblatt für Bildblatt heraus; die Zigarette war im Mundwinkel erloschen; das breite Flußbett aus Schlamm lag hinter ihm, er hatte Land erreicht, festen Boden, eine Küste, die nur seine war, eine Küste, an der er sich unbehindert bewegen konnte und wo die Formationen sich bis zum Horizont ausbreiteten, frei, wild, noch unentdeckt.

Die Stadt lag hinter ihm, die Hochhäuser der Vororte verschwanden im Regennebel. Er hatte noch nicht die

Hand gehoben, wenn ein Auto vorübergefahren war, er wollte die Beinbewegungen spüren, die gleichmäßige, taktfeste Fortbewegung die Landstraße entlang. Er war eine gute Weile unterwegs gewesen, ganz ohne Gedanken, es gab nur dies, zu gehen; er war eine Kraft, die aus der Stadt hinausging, aus den Vororten hinaus, vorbei an Feldern, Höfen, Wäldchen, eine unendliche flache Landstraße entlang; er hörte die regelmäßig schlurfenden, plätschernden Aufschläge der Fußsohlen auf den Asphalt, das Steinpflaster, den Schotter; eine einförmige Maschinerie von Schritten, und rhythmisch schaukelte der Körper mit, der linke Arm und der rechte Fuß wurden nach vorn geworfen, während der rechte Arm und der linke Fuß zurückgespannt wurden, um wieder vorzusetzen, während der linke Arm und der rechte Fuß nach hinten gestreckt wurden; er überholte sich die ganze Zeit selbst, mit dem linken Fuß und dem rechten Fuß, zog sich abwechselnd mit dem rechten Arm und dem linken Arm voran; und abschnittweise wurde die eine oder die andere Hand durch das schwingende Pendel der Aktentasche verlängert. Golem kommt, Golem kommt! Plötzlich war er in einer Phantasie, mit der er schon in den ersten Schuljahren gespielt hatte und die noch weit später dann und wann auftauchen konnte, er stellte sich vor, er sei ein riesenhaftes Schiff in Menschengestalt, ein Roboter, so hoch, daß sein Kopf durch die Wolkendecke brach; mit seinen Goliathschritten konnte er über Bergketten steigen, Meere und Wüsten durchwaten, über die größten Städte hüpfen. Im Innern bestand er ganz aus Apparaturen, Rohrleitungen, Kolben, Aufzügen, Treppen, tausenden Stockwerken. Er selbst war Befehlshaber, er hatte seine Zentrale im Kommandoraum der Hauptkuppel aus Glas und Stahl, durch die Augäpfel hielt er Ausschau; ein Stab Mitarbeiter kümmerte sich um die Steuerräder, Hebel, Knöpfe, die dem weitverzweigten Organismus Impulse gaben; in einer phantastischen Zusammenarbeit wurde die Riesenkonstruktion im Gleichgewicht und unter Kontrolle gehalten. Die lebendigen Menschen waren nicht größer als Sandkörner im Verhältnis zu diesem Golem, der auf seiner ausgepeilten Bahn voranstürmte, quer über Länder und Kontinente. Golem kommt, Golem kommt! Eine Schautafel in einem alten Buch, die den Körper im Querschnitt gezeigt hatte, bevölkert mit Kolonnen kleiner Arbeiter, Ingenieure, Chemiker in reger Betriebsamkeit zwischen Pumpstationen, Laboratorien, Zisternen, Filteranlagen, Verbrennungsöfen, Abflußrohren, Ketten, Telefonzentralen und elektrischen Leitungen, hatte ein Gefühl furchtbarer Isolierung genährt; mit diesem mechanischen Koloß verwandelte er seine Fremdheit in machtvolle Stärke. Taktfest schleuderte er sich voran, verloren in dem grenzenlosen Einsamkeitsspiel, bis ein Lastwagen neben ihm abbremste, eine hohe dunkelgrüne Masse, schwer beladen mit Blechfässern, und die gewohnten Dimensionen seines Körpers wiederherstellte. Der Fahrer beugte sich heraus, fragte, ob er mitfahren wolle. Er lief um den Wagen herum und kletterte hinein, der Motor heulte auf, alles war wirklich, er war Knut, der Ingenieur, der sein Heim verlassen hatte, seine Arbeit, und der auf dem Weg war nach? Nach Süden, antwortete er auf die Frage des Fahrers. Einfach nach Süden, so weit wie möglich. Aber die Fahrt sollte nur bis zu einem kleinen Nest in der Nähe gehen; das Unüberlegte, halb Traumhafte in seinem Aufbruch trat schmerzhaft hervor im Gespräch mit dem Mann neben ihm, dem Mann, der die Wirklichkeit selbst zu sein schien; ein Mann im Arbeitsoverall, der an einem bestimmten Punkt Waren abgeholt hatte, die zu einem anderen bestimmten Punkt befördert werden sollten; ein Mann mit kräftigen braunen ölbefleckten Händen ums Lenkrad, ein Mann mit Begleitscheinen und Werkzeug in der Tasche, mit Bartstoppeln ums Kinn und Lachfalten um die Augen, ein Mann, der bewirkte, daß die eigene Stimme eine Oktave tiefer sprach als gewöhnlich, der bewirkte, daß man versuchte, seinen Worten ein einfaches Gewicht zu geben, der bewirkte, daß man sich bis zum Äußersten anstrengte, selbst auch wirklich zu sein. An einer Straßenkreuzung wurde er abgesetzt; der Lastwagen bog ab zu einem Fabrikgebäude, Knut ging entlang eines Drahtzauns weiter, sah, wie der Lastwagen auf dem holprigen Hof zu den langgestreckten Ziegelhäusern voranschaukelte, er ging weiter, sah sich mehrmals um, bis die Fabrik und der hohe qualmende Schornstein im Dunst verschwunden waren. Eine Weile noch setzte er das Gespräch mit dem Lastwagenfahrer fort, ein Gerede über Fußballspiele und Samstagsbesäufnisse, über die Laube und die Alte daheim, die Wirklichkeiten des anderen. Und er selbst – er hatte nur so getan, als ob. Er hatte zugehört, geantwortet, als wüßte er, wovon der andere sprach, aber nun war ihm nichts geblieben als ein Weg ins Ungewisse, während der andere ruhig seine Blechfässer ablud und ohne den geringsten Zweifel zum ewig Bestehenden zurückkehren würde. Woher nimmt er seinen Glauben, diesen phantastischen, monumentalen Glauben, diese unumstößliche Sicherheit? Was ist das für eine Krankheit, die mich befällt, die mir die Konturen auflöst? Was ist es, das mich auf die Landstraße hinaustreibt, in einem Alter, in dem die meisten anderen Männer ihr Leben stabilisiert haben, gezeigt haben, wozu sie taugen. Ich bin vierzig. Ich habe das Ingenieursexamen abgelegt. Ich habe Gebäudekonstruktionen gezeichnet. Ich habe Anstellungen gehabt. Ich bin verheiratet gewesen, habe eine eigene Wohnung gehabt. Und doch bin ich nichts. Ich könnte hier in einer Schneewehe verschwinden und niemand würde mich vermissen, niemand würde Nachforschungen anstellen. Ich bin schon früher auf langen Sauftouren gewesen, Sonja atmet nur leichter, wenn ich nicht heimkomme. Ich könnte hier verschwinden und keine Spuren hinterlassen. Man würde mich als eine namenlose Leiche finden. Ich habe gevögelt, aber keine Frau erinnert sich an mich. Ich habe keine Kinder, keine Mitteilungen gehen aus meiner Hand an die Nachwelt. Ein eisig kaltes Leben. Ein Leben ohne Verankerungen. Eins, zwei, eins, zwei, die Füße gehen taktfest die Landstraße entlang, ich nähere mich einer kleinen Ortschaft. Viereckige Betonhäuser hinter Äckern, Abladeplätzen, Haufen aus rostigem Schrott. Ein verrammelter Kiosk mit großen Reklameschildern für Schokolade und Tabletten. Einige frierende Bäume, an den Stämmen einige flatternde Reste von Plakaten, das Kino annonciert einen Film über die Invasion vom Mars, im Volkspark ist Tanz. Ein flüchtiger Traum vom Sommer. Ein Schwarm Krähen fliegt über dem Feld auf, ein Fahrrad kommt mir langsam schlenkernd entgegen; ein schwarzgekleideter Mann mit Schlapphut. Ein Sägewerk mit hohem, feucht glänzendem Blechdach; der Schrei der Sägemaschine. Einförmige viereckige Häuser, Neubauten, bereits voller Sprünge und Feuchtigkeitsflecken, ein Hund stürzt heran zum Zaun, kläfft und bellt. Eine kleine Ortschaft; die Hauptstraße mit älteren Holzhäusern; einige Geschäfte, einige Schilder; Uhrmacher, Bäckerei, mechanische Werkstatt, Kleider, Papierhandlung, das Café. Ich gehe in das Café. Es ist leer im Raum mit den vier Tischen, leer hinter der Theke. Ich räuspere mich. Einige Stücke Wiener Gebäck liegen hinter der Glasscheibe. An der Wand ein paar Bilder in Goldrahmen; ein alter Seemann, Schifferbart, Pfeife, Südwester und ein Elch in einem Birkenwald mit herbstlichen Blättern. Eine magere blasse junge Frau kommt aus dem Türvorhang hervor. Kann ich etwas Kaffee bekommen. Sie verschwindet wieder, ich setze mich an den Fenstertisch. Die Glasscheibe auf dem Tisch ist fleckig von Fingerabdrücken, ein paar Zigarrenstummel liegen im Aschenbecher. Ich bin vierzig Jahre. Ich habe noch nicht begonnen. Es gab Männer, die nicht begonnen hatten, bevor sie vierzig Jahre alt waren. Man sagt, daß im Leben des vierzigjährigen Mannes eine Krise einträte. Es tritt keine Krise ein. Die Krise war von Anfang an da. Es hilft nichts, zu warten. Nichts geschieht von selbst. Man sitzt und wartet auf innere Veränderungen, glaubt, daß man plötzlich reif wird für etwas, daß ein großes Werk in einem aufsteigen wird, aber es kommt nichts. Ich bin mit Sand gefüllt. Der Sand knirscht zwischen den Zähnen. Die, die nicht mit Werken hervortraten, bevor sie vierzig waren, begannen ihre Arbeit lange vorher. Ich habe gar nichts begonnen. Wenn das Warten zu schmerzhaft wird, betäube ich es mit Alkohol. Ich bin vierzig Jahre und sitze in einem Café am Rande der Welt. Vier kleine runde Tische aus tabakbraunem Holz mit speckigen Glasscheiben. Auf der Straße geht eine alte Frau vorbei mit einem kleinen Mädchen an der Hand. Einige Autos fahren vorbei, bald aus der einen, bald aus der anderen Richtung. Draußen hält ein Milchwagen. Die Tür wird geöffnet und der Milchmann kommt mit einem klappernden Eimer herein. Sein Gesicht ist von der Luft gerötet, er schiebt die Schirmmütze hoch, auf der Stirn ist der feuchte Abdruck des Schweißriemens zu sehen. Er geht hinein hinter den Vorhang. Ich höre ihn mit der Frau in der Küche sprechen. Dann geht er wieder hinaus und die Frau kommt mit einer Tasse und einer Kaffeekanne, stellt eine Platte Wiener Gebäck hin. Warum sitze ich hier, was tue ich hier, wohin werde ich gehen? Ich kippe den Kaffee in mich hinein, kaue auf dem trockenen Gebäck, das mehlig am Gaumen festklebt, bezahle, gehe hastig; im Vorbeigehen sehe ich durch das Fenster, wie sie sich über den Tisch beugt und das Geschirr forträumt. Ein Goldring blinkt an ihrem Finger. Die Straße hinab. Johanssons Lager, Missionsbuchhandlung, Schuster, Tabak und Zeitungen, Postamt. Der Platz mit der Kirche, das Rathaus, das Stadthotel. Eine Bronzestatue mitten auf dem Platz. Ein Fahrradgestell, einige geparkte Autos, einige Menschen, hierhin und dorthin gehend mit einem Einkaufsnetz, mit einer Tasche, die Hände in den Taschen oder leer baumelnd. Ein alter Mann mit spitzer Nase hinter einem Fenster, hält die Gardine zur Seite, dreht sich nach mir um. Blumentöpfe. Eine Katze. Häuser aus Holz. Viereckige Häuser aus Beton mit Rissen und Flecken. Vereinzelte Bäume. Eine Schule, auf dem Hof eine Fahnenstange mit knatternden Schnüren. Kinderstimmen, die singen. Ein Misthaufen. Ein Kuhstall. Dumpfes Gemuhe. Äcker. Kahle Bäume. Die Luft silbrig vom Dunst. Weiter die Landstraße entlang auf einen dunklen Tannenwald zu.

Dieser seltsame Zustand kurz vor dem Aufwachen. Man hat den Raum, den eigenen Körper noch nicht im Griff, man kann sich in ein Traumbild zurücksinken lassen, man kann spüren, wie der Traum geschaffen wird, wie ein Vorhang, der vor die Außenwelt gezogen wird. Wie oft in dieser Morgenungewißheit sah er eine glitzernde Blätterwand vor sich, er hielt die Augen geschlossen und glitt voran zum Blätterschrein, er glitt schwerelos über eine Wiese, wachte dann und wann auf, konnte aber sofort den Gleitflug in der weichen Laubmasse fortsetzen. Dann kam er plötzlich in einen Raum voller verschnörkelter Pfeiler, jemand sagte, fressen oder gefressen werden. Eine schmierige joviale Stimme. Man muß zertreten, sonst wird man selbst zertreten. Ein lärmendes abstoßendes Lachen. Hier überleben nur die Starken, die anderen gehen unter. Vielleicht ist es Thels Zimmer, aber es ist dunkel; Thel liegt im Bett und hat Angst, jemand ist im Raum und wühlt in der Truhe, sie wagt nicht, zu atmen, sie hat Angst, daß er, der eingedrungen ist, ihr Herz schlagen hören kann; aber dann ist der Raum plötzlich voller Leute, Staffagefiguren, Figuranten stehen ringsum an den Wänden, ich verstecke mich hinter dicken Vorhängen, fliehe hinaus in ein Treppenhaus und hinunter auf die Straße, ich laufe in ein Telefonhäuschen, weiß aber nicht, wen ich um Hilfe anrufen soll, ein verschwommenes Gesicht preßt sich gegen die Scheibe, drückt die Nase und die Lippen platt, ich halte das Telefon fest und strenge mich verzweifelt an, mich an die Nummer der Rettung zu erinnern, aber jetzt weiß ich, daß ich träume, jetzt spüre ich die scharfe Kälte im Zimmer, das Zimmer in der Hütte; regenfeuchte Äste bewegen sich vor dem Fenster. Ich zögere, aufzustehen. Ich sehe mich zum Kamin gehen, die Asche herauskratzen, Holz nachlegen; aber ich bleibe liegen. Er zog die Decke hinauf bis über den Mund, atmete gegen den rauhen Filzstoff, und die warmen Atemzüge umspülten dampfend sein Kinn. Nachtfrost auf meinem Gesicht. Ich muß Feuer machen. Er kroch aus dem Bett, die Decke um die Schultern gewickelt. Seine Füße tasteten sich in die Pantoffeln. Wo ist das Taschentuch. Nicht in der Hosentasche. Unter dem Kopfkissen. Verdammter Schnupfen. Fühlt sich schwer an im Schädel. Wie spät ist es? Drei. Drei am Morgen – drei am Nachmittag? Muß stehengeblieben sein. Vergaß, sie aufzuziehen. Den Ofen anzünden. Kalt. Die Schaufel nehmen. Asche und Schlacke. Holzstückchen zerbrechen. Zeitungspapier zusammenknüllen. Die Streichholzschachtel. Wo ist die Streichholzschachtel? Auf dem Tisch. Das Stück wird wiederholt. Die Nase läuft. Das Taschentuch. Schon naß. Es auf dem Stuhl ausbreiten, damit es trocknet. Die Kirchenglocke. Warte. Eins. Zwei. Drei. Den Ofen anzünden. Vier fünf. Das Papier brennt. Sechs sieben. Die Luke schließen. Acht. Rauch. Neun. Vergaß, die Klappe zu öffnen. Zehn. Raucht herein. Waren es zehn oder elf? Das Fenster öffnen damit der Rauch. Vielleicht die Zeitansage anrufen. Die Zeitansage. Sie gibt uns die Zeit. Die Nummer wählen. Stand in einem Telefonhäuschen. Thel. Wir treffen uns im Traum. Was sagte sie? Mechanische Stimme im Brausen. Zehn, zwei und zehn. Piep. Sie fährt den ganzen Tag fort und gibt uns die Zeit. Zehn, zwei und fünfzehn, piep. Zehn, zwei und zwanzig, piep. Die Räume, in denen man sich im Traum trifft. Sah sie mich heute Nacht? Wer war es, der in ihrer Truhe wühlte? Hielt den Deckel hoch, zog Brokatstoffe, Perlenketten hervor. Als wir auf dem Dachboden spielten. Verkleideten uns. Der große Korbkoffer voller alter Kleider, ein Abendkleid mit Silberpailletten, ein Harlekinkostüm von einer Maskerade, ein Tropenhelm, einige Uniformteile, ein Degen, eine Pelerine, ein Umhang aus Straußenfedern. Jene Stimme fährt den ganzen Tag fort. Die Uhr aufziehen. Zehn und fünf. Wie lernte man Rechnen und Schreiben? Mehr Holz nachlegen. Einige Kohlenstücke. Zwei und zwei sind vier. Auf einem Rechenschieber. Muß immer noch mit den Fingern rechnen. Einfachste Rechnungen. Sieben und fünf sind? Muß auf die Finger sehen. Was habe ich noch gelernt? Schreiben. Auf einer Schiefertafel. Wie ich zum ersten Mal meinen Namen zusammenbuchstabierte. 333 bei Issus Keilerei. Alte Griechen. Was noch? Ging doch über zehn Jahre zur Schule. Was habe ich in diesen zehn Jahren gelernt? Was tat ich dort? Chiles Hauptstadt – weiß nicht. Paraguays Hauptstadt – weiß nicht. Ist es sicher, daß der Amazonas durch Brasilien fließt? Aber das habe ich dann aus einem Schlager gelernt. Und alles andere, das habe ich aus den Büchern gelernt. Zehn, zwölf Jahre in einem Halbschlaf hinweggesessen. Guyana, Iles du Salut, Cayenne, ein kleines geheftetes Buch mit dunkelrotem Umschlag, zerlesen, die Hölle der Strafgefangenen, feuchter Dschungel, Krokodile, Haie. Unter Fremdenlegionären, blauer Umschlag mit schwarzer Zeichnung von Soldaten in weiten Hosen und Kappen; lag in der Wüste unter Schakalen. Alles Fesselnde war außerhalb der Schule zu finden. Drinnen nur tote Kenntnisse, die man in sich hineinstopfte, um sie so schnell wie möglich zu vergessen. Aber jetzt, ist es jetzt besser, wo du frei bist, dein eigener Herr, wo du selbst bestimmst? Die Luke etwas mehr schließen. Ist es jetzt anders? Auch damals gab es ja freie Stunden. Stunden, in denen man aufatmete. Als wir uns in der Stadt herumtrieben. Im Freihafen. Auf den Kais. Die Hände wärmen. Das Eisen heiß, das Feuer knistert. Dein eigener Herr. In die Küche hinausgehen. Zähne putzen, Gesicht waschen. Das war ein Beruf, in jener Zeit, ein Beruf wie alle anderen, der Sechsjährige bekam eine Zwangsarbeit, man wollte ihn loswerden, er mußte lernen, daß das Leben eine Tretmühle war. Mehr war es nicht damit. Nach der Schulzeit sollte es ja im selben Stil weitergehen. Die freien Stunden, die wirklich freien Stunden, sind sie nicht jetzt ebenso wenige wie früher? Der größte Teil des Tages breiig, unengagiert, mechanisch. Zehn, zwanzig und fünf. Erst gegen Abend und in der Nacht manchmal Luft um die Gedanken. Ein kleiner Moment der Flucht. Welch unendlich kleiner Teil unserer Kräfte zur Anwendung kommt. Der Rest wird verbrannt. Immer zu leben, als sei es der letzte Tag! Die ganze Zeit mit klarem Blick sich selbst erschaffen! Das Taschentuch. In der Schule war ich machtlos, konnte nicht über meine Handlungen bestimmen, meine eigenen Entscheidungen treffen. Aber jetzt – weiß ich, was ich will? Bin ich jetzt nicht ebenso willensschwach, ebenso zögerlich, ebenso zweifelskrank? Sollte nicht der Grund für eine Stellungnahme bereits während der Kindheit gelegt worden sein? Erinnerst du dich an ihn – habe seinen Namen vergessen – der es wagte, für seine Ansichten, seine Entscheidungen einzustehen? Als der Lehrer, der widerliche, fleischige Diktator, sagte, alle die mich mögen, heben die Hand – ihr mögt mich doch alle? Und wie alle Hände hochgestreckt wurden, manche zögernd, aber hochgehoben wurden sie, erinnere mich, wie ich schmeichlerisch mit den Fingern winkte, wollte, daß er merkte, daß ich ihn ganz besonders mochte; wie wir alle dasaßen mit unseren aufgerichteten Armen, bis auf einen, bis auf einen einzigen, ihn, der es wagte, es war furchtbar kalt um ihn, wie er dort saß, verbissen, die Arme verschränkt, und der Lehrer ging zu ihm hin, stand neben ihm und wußte nicht, was er sagen sollte, murmelte nur aha, und wie wir ihn alle verleugneten, der allein für seinen Entschluß kämpfte; der Held meiner Kindheit. Woher bezog er seine Stärke? Die Handlung. Der freie Wille. Manchmal der Gedanke, jetzt nehme ich mich selbst beim Kragen, lasse alles fallen, was irreführt und zersplittert, widme mich nur einer bestimmten Sache; aber ich komme niemals weg von diesem Für und Wider, dieser Doppeldeutigkeit, dieser fundamentalen Gebrochenheit. Es klopft an der Außentür. Zehn Uhr und fünfundzwanzig, jetzt ist das Leben in vollem Gange, alle sind fest eingespannt, Geschäfte werden verhandelt, Waren werden bestellt und geliefert, man kontaktiert einander mit den Tentakeln im Ameisenhaufen. Er öffnete. Eine Frau mit einem schmalen knochigen Gesicht, langem magerem Hals, dichtem, kastanienbraunem Haarschwall. In der ersten Sekunde ein vollkommen fremdes Gesicht, aber jetzt erkannte er die Augen wieder, die rundliche Nase, den breiten Mund mit den trockenen, leicht aufgesprungenen Lippen. Bist du das, Hanna? Erkennst du mich wieder, sagte sie. Sie trat in den Raum. SIE TRAT IN DEN RAUM. Es war etwas Forderndes, Herausforderndes in ihrer Anwesenheit. Sie wirkte angeschwollen. Als sie den Mantel auszog, sah er, daß ihr kleingewachsener Körper unförmig üppig aufgegangen war. Wie du zugenommen hast. Sie lächelte und setzte sich aufs Bett. Sie sagte nichts, saß nur da. Er fühlte sich beschwert, er war erfüllt von einem unbestimmten, quälenden Schuldgefühl. Es ist lange her. Idiotische Worte. Ich habe dich seit einem halben Jahr nicht gesehen, wie ist es dir ergangen? Ein flüchtiges Beisammensein in einer Nacht nach einem Fest, sie war mit ihm gekommen, sie hatten zusammen im Bett gelegen. Ein kurzer, müder Beischlaf, zerstreute Zärtlichkeiten. Und nun das Schuldgefühl wie eine sengende Flamme. Sie war schwanger geworden bei diesem zufälligen Beisammensein, aber alles war ja geklärt worden, für ihn geklärt worden, er war diese Gebundenheit losgeworden, sie hatte abtreiben können, alles war ja überstanden. Warum kam sie jetzt zurück, er hatte doch nichts mehr mit ihr zu tun. Erfüllt von einem schwankenden Schrecken sah er auf ihren geschwollenen Bauch. Bist du wieder schwanger? Sie nickte und lächelte und sah hinunter auf ihren

Bauch. Von wem bist du schwanger? Da antwortete sie, noch immer lächelnd – aber das Lächeln war nun erstarrt – von dir! Es war, als würde ihm der Boden unter den Füßen weggezogen, er mußte sich an der Tischkante festklammern, hielt mit der anderen Hand die Decke um die Schultern zusammen. Was für eine jämmerliche, lächerliche Figur er war. Er hätte verschwinden mögen, aber da stand er und dort stand sie mit der Verschlossenheit und Sicherheit der Schwangeren; sie brauchte nichts zu sagen, sie hatte nur ein einziges Argument, das war ihr Bauch, und es war ein unwiderlegbares Argument, er konnte sagen, was er wollte, ihr Bauch würde immer die letzte Antwort sein. Aber ich verstehe nicht – ich dachte –. Sie lächelte ihr fruchtbares Lächeln und sagte, ich habe es nicht getan, ich bereute es im letzten Moment. Sie hatte recht, sie hatte das Leben auf ihrer Seite. Alles, womit er kommen konnte, waren doch nur Feigheit, Egoismus, Ausflüchte. Warum hast du es nicht getan, es war doch bereits alles geklärt, es gab doch keine Zukunft für uns. Aber es gab das Kind, antwortete sie; ich konnte nicht, ich wollte das Kind ganz für mich haben, darum habe ich dir nichts gesagt, aber jetzt ist es schwer, es ist nur noch einen Monat hin. Was willst du, was sollen wir tun, fragte er. Können wir nicht heiraten, sagte sie, des Kindes wegen. Wir können uns dann wieder scheiden lassen. Es war wie ein pochender Traum, aber jetzt war es nicht möglich, aufzuwachen, dieser Traum war wirklich, er mußte Stellung beziehen, einen Entschluß fassen, handeln. Ich lebe mit einer anderen Frau zusammen, sagte er. Ich weiß, antwortete sie nur. Sie war sich ihrer Macht bewußt. Sie hatte eine Erhabenheit, die sie heilig machte, sie war unverletzbar mit ihrem fruchtbaren Bauch, sie war eine Naturkraft, das Leben ging durch sie hindurch, sie sicherte den Fortbestand der Menschheit, sie wußte, daß er sich ihr nur beugen konnte. Er war mitverantwortlich; aus einer Blindheit, einer Gedankenlosigkeit war ein lebendes Wesen entstanden. Zwei Körper, einander völlig fremd, hatten eines Nachts in einer flüchtigen Berührung ein neues, ganz eigenständiges Leben geschaffen. In ihrem Bauch lag der Fötus, bereits voll ausgebildet, mit minutiös entwickelten Händen und Füßen, mit einem pulsierenden niedergebeugten Kopf, mit geschlossenen, vegetativ träumenden Augen, die Nabelschnur im Blutkreislauf des schwangeren Körpers verankert. Er bewegt sich, sagte sie lächelnd; ich bin sicher, daß wir einen Sohn bekommen werden. Ein minutiöser Körper, der sich bewegt, der im Fruchtwasser schwimmt, in einem schaukelnden Traum. Willst du ihn fühlen? Sie triumphierte in ihrer Machtstellung, sie wußte, er konnte ihr diese Berührung nicht versagen, und unter Aufbietung all seiner Kräfte, halb gelähmt vor Schreck, streckte er die Hand aus und fühlte ihren hartgespannten Bauch. Er spürte einen leichten Stoß, das Leben selbst stieß ihn an mit einem kleinen träumerisch tretenden Knie; es war wie ein elektrischer Schlag, seine Hand zuckte zurück und sie lächelte. Sie war die Mutter. In ihrer Zartheit und Kleinheit war sie die große Mutter, die Allmutter, die Gebärende. Es ist nur noch ein Monat, sagte sie. Sie wußte, was er antworten würde, sie wußte, daß er sich nicht herauswinden konnte, gnädig lächelnd nickte sie zu seiner Einwilligung. Sie wußte auch, wie verwirrt er allen Formalitäten gegenüberstehen würde, die es nun zu durchlaufen galt, sie kannte die Öffnungszeiten des Pfarramtes und des Rathauses, sie hatte den Zeitplan fertig, es galt nur, mit dem Schreibkram zu beginnen, das einzige, was er zu tun hatte, war, willig mitzukommen. Hastig kleidete er sich an, während sie ihn lächelnd ansah, mit dem weichen Terror der Mütterlichkeit. Er verbarg sich hinter dem Tisch, als er die Unterhosen anzog, er wandte ihr den Rücken zu, als er Unterhemd und Hemd anzog, ihr Blick quälte ihn. Mutter meines Kindes. Er fühlte Scham und Wut über sein Geschlecht, seinen Körper. Er haßte die Blindheit des Lebens, das vollkommen unbekümmerte Wuchern der Fruchtbarkeit, warum denn nicht ein Kind mit Thel; ein paar Jahre haben wir unter größter Vorsicht zusammengelebt; und hier kommt eine Frau, die mir gleichgültig ist, eine Frau, die ich niemals mehr berühren will, und sie ist die Mutter meines Kindes; plötzlich, aus dem Nichts heraus, wird sie in die engste Beziehung zu mir gesetzt. Er wollte revoltieren, sich losreißen, sich von seiner Verantwortung befreien. Er drehte sich bereits um, um zu rufen, das geht nicht, aber da sah er sie, versunken in sich selbst auf der Bettkante, die Hände über dem Bauch gefaltet, als lauschte sie auf den Fötus in ihr, und da konnte er nicht, er war machtlos angesichts dieser Forderung, die er selbst während einer Sekunde vor acht Monaten heraufbeschworen hatte. Hanna saß versunken da, sie fühlte sich matt nach dem Weg hierher. Jetzt war es überstanden. Die mahlende Unruhe der letzten Monate war einer dumpfen Entspannung gewichen. Die Schwangerschaft hatte auf seltsame Weise all ihre Gedanken ausgelöscht; sie lebte von Tag zu Tag wie eine Pflanze, die nur den Saft in sich spürt, die sich nur im Rhythmus der Tage und Nächte öffnet und schließt; sie war erfüllt von einer unendlichen Passivität. Es war eher der Druck der Eltern, der sie dazu gebracht hatte, Paul aufzusuchen; sie selbst hätte in der primitiven Sommerhütte auf dem Land ausharren können, auf einem Lager aus Tannenzweigen, weit weg von den Menschen, in ihrer dunkelgrünen versunkenen Stimmung, in Freundschaft mit Vögeln, Eichhörnchen, Igeln, der zahmen Ringelnatter, den kleinen grauen Mäusen.

Sie hatte lange wach gelegen. Das Gefühl der Freiheit, das sie in der Nacht erfahren hatte, war jetzt anders, es war im Schlaf verwandelt worden, war durch andere Empfindungen gegangen; die Empfindung, verlassen zu sein, die Empfindung der Sehnsucht, des Mangels. Warum waren die Morgen immer so schwer, wenn man allein dalag? Wenn man zu zweit war, konnte man eine Art Festigkeit finden; das Aufwachen, das immer wie eine Geburt war, war dann weniger schmerzhaft, man konnte sich dann leichter in der neuen festen Welt zurechtfinden, einander stützen. Sie versuchte, herauszufinden, was es eigentlich gewesen war, das sie in der Nacht mit einer solchen Zufriedenheit erfüllt hatte, aber es wurden nur unbestimmte Vermutungen. Sie kam allein zurecht, sie war jung, sie hatte die Möglichkeit, Theaterrollen zu bekommen, ihr Gesicht, ihr Körper besaßen Ausdruckskraft – aber war sie wirklich begabt als Schauspielerin, hatte sie mehr zu geben als ihr Äußeres? Hatte sie diese Ausstrahlung, die notwendig war für ein wirkliches Leben auf der Bühne, hatte sie diese Durchbruchskraft, die sie zu großen Aufgaben hinaufziehen könnte? War es nicht irgendwo immer eine Qual, eine neue Rolle zu lernen, eine Qual, die sie nicht einmal dann losließ, wenn sie jedes Wort auswendig wußte, eine Qual, die bis zur Unerträglichkeit gesteigert werden konnte, wenn sie auf die Bühne hinauf sollte, eine Qual, die bewirkte, daß sie sich nach der Vorstellung ausgelaugt, zerstört fühlte. Sie träumte oft von der Situation auf der Bühne, sie machte ihr Entree, befand sich plötzlich in einer Dekoration, die sie nicht wiedererkannte, hörte die Repliken der Mitwirkenden, die ihr vollständig unverständlich waren; sie stand dort, bestrahlt vom Rampenlicht, vor sich den großen schwarzen Saal mit einem erwartungsvollen Publikum, und sie wußte nicht, was sie sagen sollte; der Souffleur war stumm oder verschwunden, das ganze Stück wartete auf ihren Einsatz, und sie fühlte nur, daß sie fehl am Platz war, ich bin im falschen Drama, auf der falschen Bühne; niemand half ihr, ihr Gesicht, ihre Hände waren schweißnaß, fieberhaft suchte sie das Rollenheft, jemand reichte ihr vielleicht ein Telefonbuch oder eine Zeitung, und unten im Salon begannen die Füße zu scharren, man begann zu husten, zu murmeln, zu lachen, es gab keine Rettung. War sie nicht im Grunde scheu, zurückgezogen, waren nicht alle ihre Bühnenversuche nur eine Anstrengung, eine elementare Schüchternheit zu überwinden, eine Anstrengung, aus ihrer Schale herauszukommen, sich mit der Welt zu konfrontieren? Aber was sollte sie sonst tun? Hier fand sie ihren Lebensunterhalt, eine Rolle hier und eine Rolle da, eine Rolle, kein Dasein, eine Spiegelung in einem Film, ein Zurschaustellen als Fotomodell. Was sollte sie tun, wenn sie alt wurde? Wenn man zu zweit war, konnte man einer so sterilen Frage sofort entgegenarbeiten. Ich bin doch jung, ich habe ein langes Leben vor mir; warum sich wegen etwas beunruhigen, das so unendlich abgelegen ist? Sie hatte oft Schauspieler voller Schrecken vom Alter sprechen hören, eine fast hysterische Furcht vor dieser Zeit, in der das Gesicht und der Körper erschlaffen, eine Furcht vor der Zeit, die davonrauscht, bevor man selbst es bis zur höchsten Stufe des Erfolges geschafft hat, eine Angst, in zweitklassigen Rollen zu vermodern, eine Furcht, ein Gnadenbrot als jämmerlicher Eckenfigurant zu empfangen. Was war das für eine Sorge, diese Unsicherheit, richtete sie sich eigentlich gegen das Altern, gegen die Angst, eines Tages ohne

Arbeit dazustehen? War es nicht etwas anderes, ein Mangel an Lebenswillen, eine schlappe Passivität? Das Alter war eine Abstraktion, es war nicht das Altern, das sie beunruhigte, sondern der gegenwärtige Tag, die nächste Zukunft; die Angst vor dem Altwerden war nichts anderes als ein Wiedererleben des bleischweren Gefühls der Leere und des erwarteten Unheils in der Kindheit. Es ist leichter, zu zweit zu sein. Sie streckte die Hand nach dem Telefon auf dem niedrigen Tisch neben dem Bett aus. Sie wählte Pauls Nummer, hörte das Tuten, das entlang der elektrischen Leitungen widerhallte, sie stellte sich das Telefon auf seinem Schreibtisch vor, das jetzt mit kurzen gellenden Signalen klingelte, aber es kam keine Antwort, das Telefon klingelte im leeren Zimmer in der Hütte, stand da wie ein böses kleines schwarzes Tier auf dem Tisch und schrie, aber niemand kam; dann legte sie wieder auf. Auf einmal erinnerte sie sich daran, was sie in der Nacht erlebt hatte, sie erinnerte sich an die Stärke, die sie bei der Gewißheit über die Selbständigkeit gespürt hatte. Sie blickte über ihr Zimmer; die reinen weißen Wände, das schräge Dach mit dem großen Fenster, die hohen Pfeiler. Einige Scheiben klirrten leicht – ein Lastwagen war unten auf der Straße zu hören. Ich vermisse ihn, aber das macht nichts, in meiner Sehnsucht spüre ich stärker mich selbst. Vom Hafenkai in der Tiefe drangen die prustenden Dampfstöße einer Rangierlok herauf; sie lächelte, sie sah die kraftvolle breitbrüstige schwarze Lok vor sich, wie ein junger Stier, der sich bereit macht, der schnaubend die Hörner senkt; und nun klirrte, klapperte und klopfte die Reihe von Güterwagen die Schienen entlang, weiter entfernt schlugen die Puffer zusammen, und die Stöße pflanzten sich von Wagen zu Wagen fort, in einer rhythmisch verklingenden Kette. Signalpfeifen ertönten und draußen an der Hafeneinfahrt grölte eine Bootssirene. Sie sprang aus dem Bett, ganz wach und frei von ihrer schlaftrunkenen Angst, öffnete die Luke im schrägen Fenster und beugte sich hinaus. Es hatte aufgehört zu regnen, die Sonne brach durch die zerfetzten Wolkenritzen. Unter dem graubraunen, weißgefurchten Himmel lag die Stadt mit ihren glitzernden Wasserläufen; der unruhig flackernde Scheinwerfer der Sonne hob hier und da eine helle Fassade in der rußigen, weitverzweigten Bebauung hervor, erleuchtete ein Kupferdach, ließ eine Goldspitze aufblitzen; rote Busse und hellblaue Straßenbahnen glitten wie Weberschiffchen hin und her und Menschen wimmelten wie schwarze Punkte in der glitzernden Feuchtigkeit der Straßen. Ein dampfender Schlepper war auf der Fahrt hinaus mit einem großen Lastboot; der Wind kam ihr mit kurzen, erregenden Stößen entgegen. Warum beunruhigte man sich, warum ging man mit seinen schwarzen Schleiern, wenn alles so offen sein konnte? Sollte man nicht einmal ein Leben erreichen können, in dem man sich nur am Dasein erfreute, an sich selbst, an seiner Arbeit? Die Sorge um die Zukunft und die schwere Sorge aus der Vergangenheit, sollte man nicht einmal diesen Ballast über Bord werfen können und ganz im Gegenwärtigen aufgehen?

Das Rollo ist heruntergezogen und die dicken, düster grünen Vorhänge verbergen das Fenster. Ich sitze am Tisch in meinem Pensionszimmer, die Lampe brennt, Berge von Manuskripten und Büchern liegen neben mir. In Viktors Zimmer ist es noch still, aber unten auf der Straße kocht der Verkehr. Auch auf dem Korridor ist es jetzt still; vor einer Weile ging das Zimmermädchen mit Staubsauger und Schlüsselbund, mit klappernden Frühstückstabletts in den Zimmern umher.

Die Zimmer liegen leer mit gemachten Betten da; die Gäste sind abgereist oder haben sich in die Stadt hinausbegeben. Nur Viktor schläft und ich sitze eingewickelt in meinen abgetragenen Morgenmantel, mit einem Bleistiftstummel kritzelnd. Was für ein sonderbares Dasein, welch eigenartige Beschäftigung, hier in Zurückgezogenheit zu sitzen, in einer Muschel, in einem Kokon, und Worte hervorzuspinnen und sie auf Papier zu fixieren, während draußen Menschen und Maschinen in einer gewaltsamen Aktivität brodeln. Maler, Bildhauer, Schriftsteller, Musiker in ihren Zimmern, überall, in allen Städten, eingeschlossen in ihr seltsames Bedürfnis, einige Gedanken und Gefühle anschaulich zu machen, webend, spinnend, hämmernd und polierend an Worten, Klängen, Farben, Formen, isoliert in ihrer eigenen inneren Welt, während um sie herum das Leben im Gange ist mit Börsennotierungen, schnurrenden Turbinen, Waffenfabrikationen, Landung von Fallschirmtruppen, Paraden, Volksaufständen, Bombardements von strategisch wichtigen Punkten, politischen Treffen, Lohnabsprachen, Radiovorträgen, Auktionen, Schlachtungen, Ausverkäufen, Häuserbau, Markthandel, Schlägereien, Predigten, Modenschauen, Hundeausstellungen, Geburten und was weiß ich. Wir, die aus dieser großen Ganzheit herausgeraten sind, wir Lauschenden, wir Beobachter, die versteckt sitzen mit unseren Peilungsinstrumenten und Reflektoren, wir unnützen Wesen im Produktionsapparat, die nichts besitzen als unsere Träume, unsere Sicht, unsere Fühler. Wir sind die Proletarier unserer Zeit. Wir mit unserem ständigen Seiltanz zwischen Leben und Tod, wir, die keine festen Werte besitzen, die immer vom Zweifel befallen werden, wir, die manchmal umhegt und gelobt, aber meistens verachtet werden, wir seltsamen Tiere, die gerne romantisiert werden, die aber immer in Einsamkeit verbleiben. Jeder Tag ist eine Wüstenwanderung für uns – werden wir eine Oase finden? Am Morgen kriechen wir mühsam aus dem Bett. (Am Morgen – da draußen ist es bald mitten am Tag.) Die anderen haben am Morgen eine bestimmte Arbeit, die sie erwartet; auch wenn die Arbeit ihnen Unlust bereitet, so enthält sie doch eine Sicherheit, man weiß, wo man hingehen soll, man weiß, daß man für seinen Einsatz bezahlt wird. Man klagt vielleicht über die Einförmigkeit, über den Zwang, zu einer bestimmten Zeit aufzustehen, aber das klar sichtbare Ziel erfüllt einen doch mit Sicherheit. Wenn der Wecker klingelt, ist das wie ein Startsignal auf einer Laufbahn, man ist sofort gesammelt, man hat keine Zeit, sich mit den Traumerfahrungen des Schlafes zu befassen. Man führt die morgendlichen Tätigkeiten in der Disziplin der Dressur aus; man stöhnt vielleicht und jammert, aber man behält den Weg im Blick, man sieht auf die Uhr, während man seine Tasse Tee trinkt, seine Tasse Kaffee, und in Gedanken stürzt man bereits zu seinem Büro, seinem Geschäft, seiner Werkstatt. Draußen auf der Straße, im Gedränge der Busse und Straßenbahnen, spürt man vielleicht Haß aufsteigen, Abscheu, Ekel angesichts all dieser Gesichter, Körper, Arme und Beine, aber trotzdem empfindet man eine seltsame Stärke, eine Zusammengehörigkeit, man gehört zu dieser hervorwallenden Gemeinschaft, man ist ein Glied in der großen Effektivitätskette. Wie anders ist es dagegen für uns. Für uns ist das Erwachen kein klarer Schritt von der Nacht zum Tag, wir erwachen langsam, oft qualvoll, wir finden unser Ich nicht als Ganzheit wieder nach dem Dasein in der diffusen Vielfalt von Impulsen und Phantasmagorien der Träume. Mühsam suchen wir nach unserer Identität, bauen uns selbst Stück für Stück auf, wir spüren, wie tief das Ich während der Nacht ausgeschaltet gewesen ist, wie tief wir in vegetativen und tierischen Bewegungen, in urzeitlichem Dämmerschlaf verloren waren. Wir haben nichts vor uns, nichts, nur diesen Wunsch, uns eine neue und eigene Welt aufzubauen; und oft dauert es lange, bis dieser Wunsch Gestalt angenommen hat; wir treiben herauf aus dem Meer der Nacht wie Schiffbrüchige, verwundert darüber, daß wir noch am Leben sind. Jene, die jetzt ohne Arbeit in der Stadt umhergehen, die träge geworden sind, die faulenzen, die sind wie wir, die sind potentielle Poeten, Maler, Musiker, ganz auf sich selbst angewiesen. Jene, die gerade ihre Kündigung erhalten haben, die dastehen mit geborstener Ankerkette, die sind wie wir, die spüren, wie es ist, wenn man in einem gestaltlosen Raum umhertappt, einem Raum, in dem es nichts gibt, an dem man sich festhalten könnte. Nein, das ist falsch. Es ist nur das Selbstmitleid, das sich einen Moment austoben durfte. Wir sind nicht so hilflos und verirrt. Wir glauben, daß wir es sind, am Morgen, bevor wir unser zerfetztes Ich zusammengefügt haben. Aber jetzt, wenn wir plötzlich den Stift in der Hand spüren, den Pinsel, den Meißel, das Notenpapier, jetzt akzeptieren wir uns, jetzt können wir uns kein anderes Dasein vorstellen als dieses selbstgewählte in einer verlassenen Gegend, die mit Wesen und Schöpfungen aus unserer eigenen Phantasie bevölkert werden wird.

Der Bote war mit der aufgespannten Leinwand gekommen. Er stellte die große quadratische perlweiße Fläche ab, dann richtete er sich auf, rieb sich mit dem Handrücken über die Stirn, sah sich im Atelier um. Leo bot ihm eine Zigarette an, folgte seinem Blick. Es war ein junger Mann in Lederjacke und Stiefeln, ohne Hut, mit viereckigem pfiffigem Gesicht, schmalen blinzelnden Augen. Das sind starke Sachen, sagte er geschäftig; ich komme in viele Ateliers hoch, aber solche Bilder habe ich noch nie gesehen. Ist das moderne Kunst, fragte er. Moderne Kunst, sagte Leo belästigt, alle Kunst, die heute gemacht wird, ist doch wohl modern, man malt nur auf unterschiedliche Weise. Es gibt vieles in der modernen Kunst, das man nicht versteht, sagte der Mann; hier kann man wenigstens sehen, was es darstellt, obwohl ich es trotzdem nicht verstehe – wie wird diese Malweise genannt? Eine Art Realismus, sagte Leo, mit kubistischen und surrealistischen Zügen. Realismus, sagte der Mann, das ist das, was wirklich ist, aber solche Figuren und Landschaften kommen doch nicht in der Wirklichkeit vor. Sie können trotzdem wirklich sein, sagte Leo, indem sie gemalt werden, werden sie wirklich. Der Mann kratzte sich in den Haaren und sein Gesicht bekam einen angestrengten Ausdruck. Ich kann sehen, daß das starke Sachen sind, sagte er, aber sie sind unheimlich, warum soll man so etwas malen? Warum, sagte Leo und bereute, daß er sich auf diese Diskussion eingelassen hatte; man malt das, was man als wesentlich ansieht; es gibt Maler, die menschliche Situationen schildern, es gibt Maler, die Äpfel malen, es gibt Maler, die hinausgehen und die Schleuse malen, es gibt Maler, die nur Farbflächen zusammenstellen, abstrakte Formen; aber eines haben sie alle gemeinsam, sie wollen eine Synthese erzielen, sie wollen ein Erlebnis im Konzentrat ausdrücken. Die Äpfel und das Schleusenkarussell werden zu einem Vorwand für ein Gedicht in Farben, Formen und Bewegungen. Ich habe ein Bild daheim, sagte der Mann, ein Bild, das einen See mit einem Steg und einem Boot zeigt, und es erinnert mich immer an die Sommerferien, deshalb mag ich es. Dann erfüllt dieses Bild eine Funktion für Sie, sagte Leo; aber man kann Luft, Wasser und Wärme auch auf andere Weise malen, in einem Farbenspiel, in einem Spiel von Linien, Flecken, Punkten, oder in verschiedenen Symbolen, die nicht naturalistisch sein müssen. Ja, sagte der Mann, ich habe solche Bilder gesehen, eine Schnecke, ein Tauende, eine merkwürdige Sonne. So wie Kinder malen, sagte Leo; wenn Kinder malen, dann sind sie bloß auf einen Ausdruck aus, sie geben einem Gefühl Ausdruck, sie malen nur, was sie gerade fühlen, ein Farbfleck ist eine Sonne für sie, ein anderer ein Haus, ein anderer Klecks, der vielleicht einer Spinne gleicht, ist ein Mensch, eine andere wirbelnde Masse ist ein Baum; sie selbst wissen, was es darstellt, und das ist die Hauptsache; das Bild ist aufgeladen mit Erlebnis. Aber dann will man doch wohl richtig malen, sagte der Mann, man will die Perspektive lernen, eine Sonne ist doch gelb und nicht blau, ein Haus hat mehrere Seiten, ein Baum hat grüne Blätter, ein Gesicht sitzt auf einem Hals – der Arm auf dem Bild dort hinten ist doch viel zu lang. Er ist so lang, weil er so größere Kraft erhält, sagte Leo; wenn man deformiert, hebt man den Charakter gewisser Teile hervor, man übertreibt, verschiebt oder verkürzt sie, um sie eindrucksvoller zu machen; die alten Meister malten manchmal wichtige Personen größer als die übrigen, ein Heiliger war wie ein Riese und ein betender Mann auf Knien war wie ein Zwerg. Aber diese Gesichter, sagte der Mann, diese Gesichter, die wie Fleischfetzen sind, mit einem Auge da oben und einem dort unten, diese Gesichter, die aussehen, als ob eine Dampfwalze über sie hinweggegangen ist? Das sind Gesichter, die man von allen Seiten gleichzeitig sieht, antwortete Leo, das mit der Dampfwalze ist richtig, es sind Gesichter, über die die Dampfwalze hinweggegangen ist, die Dampfwalze, das ist unsere Zeit. Das verstehe ich nicht, sagte der

Mann; ich habe ja jedenfalls noch mein Gesicht. Lachend drehte er sich um und Leo folgte ihm zur Tür. Er ging die Treppe hinunter, mit seinem Gesicht, seinem ganzen Körper, und gleichzeitig kam Strömberg hinauf, Strömberg, der den Handtuchverleih in der Nachbarwohnung hatte. Man konnte ihn unten auf der Treppe atmen hören, schwere Atemzüge, während er auf der Schulter einen Stapel Handtücher trug, er atmete im Takt mit seinen Schritten, und jedes Mal, wenn er ausatmete, gab er einen kurzen, ächzenden Halslaut von sich, zwei oder drei Töne, der eintönige Sklavengesang des Treppensteigens. Strömberg war ein kleiner sehniger Alter mit roter, feuchter Nase, eine dunkelblaue Kapitänsmütze auf dem schiefen Kopf. Seine Frau öffnete ihm die Tür, breit und kraftvoll stand sie da, mit ihrem aufgedunsenen Gesicht, ihrem graublonden Haar, immer lachend, ein klingendes, ursprüngliches Lachen; sie nahm den Handtuchstapel entgegen, hinter ihr war das geputzte Zimmer zu sehen mit der tickenden Pendeluhr, dem Blumentopf auf dem Tisch, Wandteppichen an den Wänden, gestrickten Kissen auf dem Sofa. Leo ging zurück ins Atelier, nachdem er einige Worte mit den Nachbarn gewechselt hatte; Frau Strömbergs Lachen schwang noch immer in der Luft. Nebenan hörte man Herrn Strömberg niesen, eine lange Reihe gewaltsamer Luftexplosionen; er hatte seine Prise genommen. Und hier stand nun die große blanke Leinwand, rein und leer wie der Weltraum vor dem Schöpfungsakt. Er hob die Leinwand auf die Staffelei und setzte sich auf einem Stuhl vor sie hin, zündete eine neue Zigarette an, versank in die Betrachtung seines weißen Raumes. Aber nach einer Weile merkte er, daß er noch immer an dem Gespräch mit dem Boten zu kauen hatte; vor allem seine Replik »hier sieht man wenigstens, was es darstellt« irritierte ihn. Was für ein Angeber! Was für eine Selbstzufriedenheit! Sollte ich jemals auf den Gedanken kommen, herabsetzend vom Handwerk eines anderen zu sprechen? Aber der Maler ist vogelfrei, jeder, der will, kann kommen und seine Arbeit ins Lächerliche ziehen oder brandmarken. Und da steht man und verteidigt sich, versucht, seine Absichten jemandem zu erklären, der sich nur über einen lustig macht. Wenn er, dessen künstlerische Empfänglichkeit sich auf Kitschniveau bewegt, sagt, daß er sehen kann, was meine Bilder darstellen, dann stimmt vielleicht etwas nicht mit ihnen; vielleicht bin ich letzten Endes nur ein Stümper, ein Naturalist, ein Möchtegern. Die Kritik hat meine Arbeit eklektisch, pathetisch, archaistisch genannt; ich sollte vielleicht ganz nonfigurativ werden, ganz abstrakt, ganz konkret. Die Formforderungen der Zeit üben einen unerhörten Druck aus. Vielleicht war ich am besten, am besten im eigentlichen Sinne, am meisten ich selbst, als ich ganz jung war, als ich stilistisch völlig uninteressiert war, als ich in einem unbeschwerten, selbstverständlichen Traumrealismus malte. Die Schwierigkeiten begannen, als ich oft genug gehört hatte, daß ich wie ein alter Meister malte, das beunruhigte mich; meine Malerei war zeitlos gewesen, jetzt wollte ich für meine Zeit malen. Wo stehe ich jetzt – soll ich auf noch verwegenere, radikalere Weise aus dem Alten ausbrechen oder soll ich zurückstreben? Und dann bekommen die Reaktionäre Beifall! Nein, vergiß diese Botschafter, vergiß sie! Daß es keinen Freund gibt, mit dem man diese Probleme besprechen kann, sachlich und kritisch, in langen Gesprächen, die das Für und Wider jeder Fragestellung ausloten. Man sitzt hier wie auf einer öden Insel. Man monologisiert sein Leben fort. Man starrt sich blind. Manchmal sehe ich alles in einem Dunst. Vielleicht sollte ich mich ungehemmt, wahnsinnig ausleben. Aber das würde meine Selbstkritik niemals zulassen. Ich bin irgendwo puritanisch. Ich kann das Besinnungslose bei anderen akzeptieren, aber in meiner eigenen Malerei ziehe ich die Beherrschung vor. Er stand auf, ging zum Tisch, durchblätterte die Skizzen, die er gemacht hatte, ein Dutzend Blätter – warum sagen sie mir plötzlich nichts mehr? Und eben noch war ich ganz erfüllt von ihnen. Habe ein paar Stunden daran gesessen, ohne Pause, ohne Zweifel, auf dem Weg, einer Vision Ausdruck zu geben. Und jetzt, mit einem Mal, ist alles, was so farbenreich, so sprechend wirkte, fahl und stumpf. Sein Blick glitt über die Bilder an den Wänden, sie wirkten stumm, kulissenhaft. Was sind das für Geschehnisse in einem, die plötzlich die Sicht verändern, die einen plötzlich mit Nüchternheit und Katerstimmung erfüllen? Wie kommt es, daß ich in einem Moment meine Bilder als Kraftansammlungen erleben kann und im nächsten Moment als Kotze? Es gibt keine festen Werturteile angesichts der eigenen Arbeit; angesichts eines Goya, eines Bosch, eines Ingres sehe ich immer das unveränderliche Werk, aber meine eigene Kunst verändert sich entsprechend meinen Gefühlen. Er breitete die Skizzen auf dem Boden aus, nahm den Kohlestift, um die Komposition auf die Leinwand zu zeichnen. Die Kohlenspitze kratzte über die feinkörnige Fläche. Er zwang sich zu der Handbewegung, mühsam formte er eine Figur, aber sie blieb schlaff, er radierte sie wieder aus. Er versuchte es wieder, mit Gewalt steuerte er die Hand, aber nach einer Weile gab er auf; die Linien blieben spannungslos. Er hörte eine wütende Stimme in sich, eine Stimme, die auf ihn schimpfte, eine Stimme, die ihn kommandierte und reizte, er kannte diesen Sklaventreiber in sich, den Sklaventreiber, der ihn zur Staffelei gepeitscht hatte, der in früheren Jahren manchmal eine solche Macht über ihn gehabt hatte, daß er sich selbst ins Gesicht schlug, wenn ihm etwas nicht gelang, daß er sich zu harten Strafarbeiten verurteilte, zum Hungern. Auf seltsame Weise hatte diese Selbstfeindlichkeit die Stimme der Mutter, es war die harte befehlende Stimme der Mutter, die ihm ins Blut gegangen war; die Mutter, die dicht neben ihm saß und seine Schulaufgaben abhörte; er sah ihr bitter verzogenes Gesicht, so wie er es heute Nacht im Traum gesehen hatte. Er erinnerte sich, wie er früher, als er noch im Elternhaus wohnte, die Mutter zu seinen fertigen Bildern gerufen hatte, wie er sie mit ihnen gewinnen wollte; sieh sie dir an, hatte er gesagt, und ihren Blick wie eine unermeßliche Befriedigung empfunden. Aber sie stand in weiter Entfernung an der Tür; du mußt näher an sie herangehen, um die Details sehen zu können. Aber sie antwortete nur, ich sehe hier ganz gut. Sie war widerstrebend gekommen, sie hatte niemals ein Lob geäußert; aber manchmal konnte sie sagen, ich verstehe nicht, warum du so düstere Sachen malst, kein Mensch will solche Bilder kaufen. Und doch hatte er sie wieder und wieder zu seinen Werken gerufen, geschleppt, gezwungen, in der Hoffnung, einmal ihren Widerstand zum Schmelzen bringen zu können. Es war erschreckend, wie tief die Malerei, sein Lebenswerk, mit seinem Innern verwachsen war; sie hatte fast organischen Charakter, sie war wie aus seinem Körper herausgerissen, blutig, mit den Wurzeln von Nervensträngen; deshalb war sie manchmal so unerträglich anzusehen. Für wen malte er eigentlich? Was wollte er mit seiner Malerei? Das Malen enthielt selten ein Lustgefühl, meist war es eine beharrliche Quälerei; in den besten Momenten konnte er sich selbst vergessen. Trotzdem gab es nichts anderes für ihn, es gab nur die Besessenheit der Malerei, er las niemals ein Buch, ging nie ins Theater, hörte keine Musik. Es hatte damit begonnen, daß er für die Mutter gemalt hatte, er wollte ihr seine Kraft, seinen Reichtum zeigen, und sie hatte ihn abgewiesen. Der Vater war tot, das, was Vater bedeutete, war nichts als Mangel. Er erinnerte sich an ihn – mild, weich, resigniert; untersetzt, plump wie er selbst; fast einen Kopf kleiner als die Mutter. Er war gestorben, lange bevor er zu malen begonnen hatte. Mein Vater – es ist unendlich lange her, daß er da war, aber ich erinnere mich an seine Hand, die meine Wange streichelte, erinnere mich, wie ich auf seinen Knien reiten durfte. Er ist verwest; irgendwo liegen seine Knochen in der Erde; er hat einmal gelebt, hat mir Leben gegeben. Ich erinnere mich an seine Hand, an sein freundliches Lachen. Wie sieht Christin mich, wie wird sie sich an mich erinnern? So tief sind wir verwebt in menschliche Beziehungen, so tief sind wir Teil voneinander, Spiegelbilder voneinander; eigentlich gibt es keine Einsamkeit. Meine Mutter ist in mir, mein Vater, meine Tochter. Da sind Agate, Fanny, Elena. Da ist der Bote, der Verkäufer in der Farbenhandlung, die Verkäuferin im Tabakladen; auch Strömberg ist da, ein kleiner Alter, der niest. Was will ich mit meinen Bildern? Ich male nicht mehr für die Mutter – bist du sicher – ist sie nicht noch immer irgendwo da – in einer anderen Form – in einer Sehnsucht nach Anerkennung, Lob? Elena und Agate, sie gleichen beide der Mutter – groß, unheilschwanger, tyrannisch. Ich weiß – ich suchte ihre Nähe, um mich selbst zu erniedrigen. In einer überdeutlichen Halluzination sah er sich in Elenas Zimmer, vor zwanzig Jahren, in der Akademiezeit; ein enges Boudoir, beherrscht vom Schminktisch, dem Baldachinbett und dem Vogelkäfig; die Tapeten übersät mit großen hellroten Rosen; die Lampe mit einem roten Seidentuch verhängt, Elena nackt im Bett, kurz nach dem Beischlaf, mit hängenden Brüsten, scharf hervortretenden Rippen und Schlüsselbeinen; das Gesicht noch in greller Theaterbemalung, die Haut faltig unter der dicken Schminke; und plötzlich ein Plumps, ein Piepen, der Wellensittich war im Schlaf von seiner Stange gefallen. Eigentlich hätte ich schon da das Lächerliche in meiner Situation verstehen müssen, hätte verstehen müssen, daß ich die Rolle eines Clowns spielte; aber noch heute ist es so, ich sitze in meinem Zirkus fest. Jetzt gärte die Unruhe in seinem Körper, er spürte die Zuckungen, die vom Herztrakt gegen die Magengrube und hinunter durch die Arme ausstrahlten, ein Netz aus Nerven erschauerte; der Gedanke an Fanny wurde nun bewußt, es war dieser Gedanke, der ihn so bleischwer gemacht hatte, der Gedanke an eine bevorstehende Veränderung, an die Möglichkeit einer Veränderung. Ich muß hinuntergehen und sie anrufen, ich muß mit ihr sprechen, muß sie sehen. Die Treppen hinunter. Die Steinwindungen mit gewölbten Nischen, Nischen für Wachtposten oder Skulpturen. Der Hof mit dem Kopfsteinpflaster. Vor hundert Jahren, als das Haus neugebaut war. Mitten im achtzehnten Jahrhundert. Die Pumpe im Hof, die Faßbinderwerkstatt, Handwerker in Lederhosen, Schirmmützen, weiten Blusen, im Torbogen ein paar Herren in Jackett und Zylinder, eine Frau in Krinoline; der Kutscher wartet draußen an der Droschke. Wie ruhig es gewesen sein muß, keine Automotoren, keine Busse und Straßenbahnen; ich laufe über die Straße. Der Tabakladen, das Telefonbuch, die Nummer der Pension, ich frage nach Fanny. Es dauert lange, erst muß man eine Treppe hinauf und durch den langen Korridor zu ihrem Zimmer, dann muß sie den Korridor entlang und eine Treppe hinunter gehen; das Telefon steht auf einem Spiegeltisch in der Halle, neben der geöffneten Schiebetür zum Speisesaal. Viele Menschen und Fahrzeuge passieren das Schaufenster während der Wartezeit, die Autofahrer sitzen zurückgelehnt in ihren tiefen Sitzen, die Hände ums Lenkrad, das Gesicht wie angespannte Observationszentren; ein Lastwagen kommt mit riesenhaften Steinen von der Sprengung an der Tunnelbaustelle, ein roter Bus gleitet langsam vorbei, eine blanke, hellrote Wand, und hinter den beschlagenen Fensterreihen verschlossene, unbeweglich starrende Gesichter. Jetzt ihre Stimme, schläfrig, schleppend. Ich dachte mir, daß du es bist. Du hast es dir gedacht? Ich habe darauf gewartet, daß du anrufst. Fanny, kannst du nicht herkommen? Warum? Ich muß mit dir reden. Willst du so mit mir reden wie gestern? Fanny, ich stehe hier in einem Tabakladen. Na und! Auf einem Schild an der Wand war ein Herr mit grauen Schläfen und rosigen Wangen zu sehen, der Zigarre rauchte. Fanny, komm her. Ich bin noch nicht einmal angezogen – das dauert. Laß es nicht zu lange dauern, ich erwarte Dich. Ich weiß nicht. Was weißt du nicht? Ich weiß nicht, ob ich kommen werde. Kannst du mir nicht verzeihen wegen gestern? Ich weiß nicht – ich werde vielleicht abreisen. Nein, sie durfte nicht fortgehen, jetzt, wo sie ihm vielleicht zu einer Veränderung verhelfen konnte. Du darfst nicht abreisen, ich muß erst mit dir reden. Stellst du Forderungen? Keine Forderungen, aber ich bitte dich. Die Verkäuferin sah ihn an, während sie einem Kunden eine Zeitung reichte. Hinter ihr erhob sich das Regal mit Zigarrenpaketen, Zigarrenkästen, Tabakdosen. Das gestern, das war nicht bindend. Ich weiß, ich habe keine Forderungen, ich will nur mit dir reden. Ich werde versuchen, später zu kommen. Wann kommst du? Das kann ich nicht sagen, ich will meinen Tag nicht im voraus aufteilen, ich komme später, bist du da, dann ist es gut, bist du nicht da, komme ich ein anderes Mal. Ich bin zu Hause, ich erwarte dich. Sie legte auf. Käufer gingen ein und aus, daß es so viele gibt, die Zeitungen und Zigaretten kaufen – ein unaufhörlicher Strom. Die Augen der Verkäuferin waren auf ihn gerichtet, er war in ihr; während er bezahlte, hatte sie ihn in sich, seinen ganzen untersetzten Körper, seine dumpfe Stimme. Nun mußte er nur noch wieder hinaufgehen und warten. Vielleicht konnte er jetzt, wo er wußte, daß sie kommen würde, arbeiten.

Dann wurde er wieder an einer Straßenkreuzung abgesetzt. Es war in einer kleinen Ortschaft, große kahle Bäume streckten ihre erstarrten, verstümmelten Arme über die Hecke, eingehüllt in einen flüsternden Sprühregen. Hinter einem abschüssigen Feld lag ein Bahnhofsschuppen an den Eisenbahngleisen, ein paar Menschen standen schlotternd mit heraufgezogenen Schultern auf dem Bahnsteig, das Signal war herabgelassen. Er fror an den Füßen, stampfte auf und ab. Er war in kurzen Etappen von einigen Autos weiterbefördert worden, er hatte mit den Fahrern über ungefähr dieselben Dinge gesprochen, Dinge, die ihn nichts angingen. Der Mund und die Wangenmuskeln schmerzten nach all dem angestrengten Gerede. Was ist das hier für eine Straßenkreuzung? Warum stehe ich hier? Was ist das für ein Fluch, der mich hierher getrieben hat? Seine Überlegungen gingen unter, als er den Zug in der Ferne grollen hörte. Er lief über das Feld, stolpernd in den tiefen lehmigen Furchen. Der Zug tauchte auf, rußig und bremsenquietschend, mit elektrischen Schlägen in der Lok. Er stieg ein und fand einen freien Platz im überhitzten Abteil, er saß eingeklemmt zwischen den Passagieren, ganz gedankenlos jetzt, da war nur das Gefühl, zu treiben. Er schaukelte hin und her im ruckigen, klopfenden Rhythmus des Zuges, er nahm keine Notiz vom Schaffner, der vorbeiging, und der Schaffner achtete auch nicht auf ihn. Er saß wie betäubt, den Blick auf den Katalog geheftet, in dem sein Nachbar blätterte, ein dicker Katalog, den eine Handelsfirma für Bestellungen aus ländlichen Orten verschickt hatte. Die Seiten waren voller kleiner Abbildungen von Rasenmähern, Gartenäxten, Eisenbänken mit Rückenstützen aus imitierten Zweigen, Tonzwergen, Wasserschläuchen, Schubkarren, Spaten, Markisen, Hundehütten, Angelruten mit Schwimmern, Kochtöpfen, Dampfdruckkochern, Reibeisen, Fleischwölfen, Schneebesen, Bratpfannen, Eimern, Aschenbechern mit Bären- und Rehfiguren, Spazierstöcken, Regenschirmen, Galoschen, Manschettenknöpfen, handbemalten Schlipsen mit Haremsdamen und Scheichs; wieder und wieder durchblätterte der Nachbar das Heft, und ständig fand man neue Dinge. Bis der Zug an einem größeren Bahnhof hielt, offenbar die Endstation der Bahn, da alle ausstiegen. Auch er stand auf, er sah das Schild am Bahnhofsgebäude – ach, hier sind wir. Hinter einer kläglichen Parkanlage war der Platz zu sehen, die Brücke und das Rathaus. Eine mittelgroße Stadt, nur ein paar Stunden Zugfahrt von daheim, nicht Bagdad, nicht Kaschmir, nicht Bangkok. Er strich den Bahnsteig entlang, sah sich die Schlagzeilen der Zeitungen an, BUDAPEST VÖLLIG GELÄHMT, DER STREIK GEHT WEITER IN BUDAPEST, BUDAPEST HUNGERT. Er setzte sich auf die Holzbank in der Wartehalle, streckte die Füße aus; an der Wand gegenüber hingen Plakate mit Bildern von Landschaften in Südfrankreich, Häfen in Spanien, Bauwerken in Italien, deutschen Kathedralen, Wolkenkratzern in New York. Die ganze Welt war dabei in diesem Moment. Der Verkehr brauste in London, Paris und

Kalkutta, Elefanten zogen durch den afrikanischen Busch, Känguruhs machten ihre großen Sprünge in den Steppen Australiens, Walfangboote verließen südamerikanische Häfen auf dem Weg zum Eismeer des Südpols, Ruinen rauchten in Port Said und Budapest, und er saß hier, die Hände in den Taschen, die Aktentasche unter dem Arm, und neben ihm saß ein älterer, schwammiger Mann mit kahlem Schädel und wühlte in einem Paket aus Zeitungspapier. Er wandte sich zu Knut und zeigte den Inhalt des Paketes – Erbsen mit Speck, sagte er schmatzend; willst du etwas haben? Ein Bahnhofswächter, der sie aus einigem Abstand beobachtet hatte, kam jetzt näher. Er postierte sich vor ihnen und sagte, ihr dürft hier nicht sitzen, wenn ihr keine Fahrkarte habt. Der Mann faltete sein Essenspaket zusammen und stand auf; Knut blieb sitzen. Kann ich die Fahrkarte sehen, sagte der Wächter. Ich habe keine Fahrkarte, ich werde sie später kaufen. Ihr dürft hier nicht ohne Fahrkarte sitzen, ich kenne Typen wie euch. Eine kochende Wut stieg in ihm auf, er zog die Hand hervor, ballte sie und war nahe daran, dem Wächter eine zu versetzen, aber der andere hielt ihn zurück; laß es bleiben, das lohnt sich nicht, sagte er. Wollt ihr Krach schlagen, schrie der Wächter, und einige Menschen hinten am Schalter, am Fahrplan und auf den anderen Bänken drehten sich um, mit halbgeöffneten Mündern, lüstern erwartungsvoll. Verschwindet sofort, sonst rufe ich die Polizei, sagte der Mann zwischen den Zähnen, mit uniformierter Autorität. Knut erhob sich und der Mann mit dem Paket führte ihn hinaus. Sie gingen den Parkweg entlang zur Stadt; Kinder spielten Hüpfen im aufgeweichten Sand. Wir gehen wohl heim zu mir, sagte der Mann, ich gebe das Essen aus – hast du Geld, daß wir uns einen Liter teilen können? Knut hatte ein ungewisses Gefühl, daß die Reise nun zu Ende war. Es galt nur, nicht aus der Betäubung zu erwachen.

Eine Hand berührte ihn an der Schulter. Er drehte sich um – da stand Ossian, in seiner verschlissenen Eleganz, gegen ein Metallgeländer an der Gehwegkante gelehnt, müßig, in sich selbst ruhend, als sei die breite, brodelnde Straße ein weiches Bett für ihn. Als Ossian ihm die Hand reichte, war es, als zöge er ihn in einen eigenen Raum hinein, den er sich hier geschaffen hatte, ein Raum mit stoßsicheren und schalldichten Wänden. Wie gehetzt du aussiehst! Ich habe die letzten Stunden in Amtsräumen mit Holzpaneelen und Aktenstücken zugebracht, zwischen Priestern, Advokaten und Amtsrichtern, ich muß in drei Wochen heiraten. Die Mitteilung wurde von Ossian wie eine Selbstverständlichkeit aufgenommen; heiraten, Kinder bekommen, Formulare ausfüllen, sich scheiden lassen, sterben, all dies schienen in seiner Lebenssicht Trivialitäten zu sein; ein geduldiges Lächeln lag auf seinem feingemeißelten, kränklich blassen Gesicht. Es war, als hätte er unendlich viel Zeit, er hatte sich hier niedergelassen, mitten im Zentrum der Stadt, er war wie eine Schnecke, die überall ihr Haus mit sich herumtrug, und seine Bewegungen waren träge wie die einer Schnecke. Sieh dir das Schauspiel an, sagte er, und Paul folgte seinem Blick; er sah die breite Kluft der Straße, die eine Seite hart abgegrenzt im Schatten, die andere grell bestrahlt von der hervorbrechenden Sonne; hier standen die Hauswände von einem graublauen Schleier verhängt, dort erhoben sich die Fassaden mit brennenden Fenstern, glühenden Schilden; wie dunkle Mönche zogen die Menschen auf der Schattenseite vorbei, und wie eine Karnevalsprozession marschierten die in der Sonnenrinne. Die vergangenen Stunden versanken, er wurde von Ossians meditativer Ruhe angesteckt, er blieb am Geländer stehen, die Hand um den Ampelpfahl, und während Menschen in einem unversiegbaren Strom vorbeigingen, nahm er an Ossians mikroskopischen Beobachtungen teil, die dieser mit kurzen Andeutungen und Fingerzeigen vermittelte. Sie richteten ihre Aufmerksamkeit auf die Kleider der Passanten; sie sahen einen Mantelaufschlag, an der Kante abgeschabt, mit ausgefranstem Knopflochsaum; das Hemd mit kleinen strahlenförmigen Knitterfalten, die Krawatte aus roter Seide mit braunen Punkten, der Kragen um den Hals spannend. Eine Bluse unter einem offenen Mantel, blau und grünlich oszillierend wie Schmetterlingsflügel, mit den undeutlichen, rosafarbenen Untertönen der Unterwäsche, eine Reihe weißer Perlmuttknöpfe, die trikotgeformte Büste buchtete den Stoff aus. Eine daunige Jacke, ein Taschentuchdreieck aus einer Brusttasche hervorsehend, das Initial sichtbar mit einem runden, melodiösen L, wie Spuren auf dem Eis vom Kunstlauf eines Schlittschuhs. Eine Lederjacke wie ein Stück rohe und ungezähmte Natur, eine lehmige Landschaft mit Pflugspuren und Spuren von Karren und Pferden. Ein Rock wie ein Zelt, das vom Wind hochgerissen und davongetrieben wurde; Hände und Beine wirkten unzugehörig. Hier und da auftauchende Abzeichen mit Reliefs kleiner Helme, Schlangen, Sonnen; Knöpfe, die mit Blumenblättern geschmückt waren, mit Kronen, Ornamenten, einem kleinen Totenkopf, mit einer starrenden Pupille. Auch die Gesichter wirkten fremd in dieser Welt aus Kleidern, bis sie ihre Menschlichkeit in einem plötzlichen und heftigen Eindruck wiedererlangten – ein schwarzes Insekt auf der Wange eines Mannes. So deutlich erscheint plötzlich das Schicksal eines Vorbeigehenden, sagte Ossian; in einem blitzartigen Augenblick erfaßt man das Leben eines anderen Menschen. Ein Mensch, der vorbeigeht, ein Mensch, der wie du funktioniert, der einmal sterben wird. Und ich selbst – ich frage mich manchmal, wie ich denen erscheine, die nebenan wohnen. Da steht vielleicht jemand und hört mich mit dem Papier rascheln, husten, vor mich hinmurmeln, hört, wie ich schraube und feile und kratze, hört meine Schritte, hört das Bett unter mir und Sun knarren. Manchmal wissen sie mehr über mich als ich selbst. Als ich heute Morgen aufwachte, saß die Nachbarsfrau an meiner Bettkante. Das Zimmer war verwüstet wie nach einem Orkan, auf meiner Stirn lag ein kalter Umschlag, ich fühlte mich wie gerädert, wußte aber nicht, was passiert war. Die Frau war in der Nacht von Gebrüll und Poltern in meinem Zimmer geweckt worden, sie war aufgestanden und hatte gesehen, daß meine Wohnungstür offen stand. Sie erzählte, daß ich auf dem Boden lag wie im Ringkampf mit jemandem. Aber außer mir war niemand zu sehen, Sun war fort, wir hatten uns am Abend gestritten. Die Nachbarin brachte mich ins Bett und saugte die Glasscherben weg, die auf dem Boden verstreut lagen. Ich versuchte, sie mit der Erklärung zu beruhigen, daß ich manchmal vom Teufel aufgesucht werde. Paul konnte Ossians Zimmer vor sich sehen, das Zimmer, das voll war mit Details, mit Skizzen zum großen *»Gesamtkunstwerk«*, an dem er in der Werkstatt auf dem Hof baute; das Bett, ein schmales Bett mit Lattenrost, ohne Matratze, nur mit ein paar Wolldecken gebettet, verschwand unter Glas- und Metallscheiben, Preßluftaggregaten, Mikroskopen, Thermometern, Retorten, Lötkolben, Vergrößerungsapparaten, Elektrizitätsmaschinen, Radiobatterien, Transformatoren, Flaschen mit leuchtenden Metallfarben, Bergen zerschnittener Bücher; und über diesem Gerümpel erstreckte sich das breite Panoramafenster und vermittelte ein Gefühl der Freiheit; draußen waren keine Dächer zu sehen, nur ein paar Antennenmasten wiegten sich vor dem offenen Himmel, man scheint sich an einer Küste zum Meer zu befinden, der Himmel ist alleinherrschend wie ein Meereshimmel. Ich habe eine neue Region installiert, sagte Ossian; Paul wußte, daß von seinem großen Werk die Rede war. Ich nenne die Region »Politische Spekulationen«, sämtliche bedeutenderen Staatsmänner sind dabei, und alle ihre Vorhaben; in der Mikrofilmprojektion erscheinen sie in ihren intimsten Situationen bis hin zu ihren feierlichen Konferenzen; auch ihre Zusammenarbeit mit der Wissenschaft ist verewigt, da gibt es die neuesten Ergebnisse in der Atomforschung, der Roboterherstellung und der Bombenproduktion. Paul erinnerte sich, wie Ossian zum ersten Mal von seiner Konstruktion erzählt hatte, es war auf einem Spaziergang kurz nach dem Kriegsausbruch gewesen, er hatte gerade die Schule abgeschlossen und zögerte, ob er Maler, Schriftsteller oder Regisseur werden sollte; Ossians phantastischer Plan hatte ihm plötzlich ganz neue Perspektiven eröffnet; hier gab es ja alle künstlerischen Ausdrucksmittel auf einer Ebene vereint, hier gab es das Bild, die Bewegung, den Ton, hier gab es unendlich viele Kombinationen von realistischen und phantastischen Formen, von Worten und Klangwirkungen, von statischen und veränderlichen Geschehnissen. Er erinnerte sich an Ossians ersten Versuch, als er noch reliefartig arbeitete, mit beweglichen, automatisch betriebenen Kompositionsteilen, mit freistehenden kleinen Bildflächen für ablaufende Filmsequenzen; dann war er zur endgültigen Ausführung gekommen, der riesenhaften transparenten Fläche, auf die das Gesamtbild in all seinen Variationen von hinten projiziert wurde. Fünfzehn Jahre hat er bereits an seinem Werk gearbeitet, er hat es der Öffentlichkeit noch nicht gezeigt, nur einige wenige Freunde wissen von seiner Existenz. Was für ein Durchhaltevermögen! Ich selbst werde ungeduldig, wenn nicht nach einigen Stunden und Tagen Resultate zu sehen sind, aber Ossian hat Zeit, er arbeitet an einem Lebenswerk. Jetzt verließen sie seinen Ruheplatz im Flußbett der Straße, sie schwammen mit im Strom, auf dem Weg zu Ossians Werkstatt. Auf der kurzen Strecke sahen sie wieder Streiflichter aus dem Leben anderer Menschen; hier stand ein alter Mann am Straßenrand und fütterte ein Pferd mit Zuckerstücken; er hielt die eine Hand ausgestreckt unter das Maul des Pferdes, und mit der anderen klopfte er den Hals des Pferdes, dessen dunkler Blick auf ihn gerichtet war, das Weiße der Augen blitzte auf. Er lächelte, die grauen Bartstoppeln glänzten in seinem rotbraunen faltigen Gesicht, er redete mit dem Pferd, und die Augen des Pferdes bewegten sich ausgelassen. Die Lippen des Pferdes nahmen die Zuckerstücke vorsichtig und vibrierend auf, mit einem fröhlichen, dem Lachen ähnlichen Ausdruck; die Beziehung zwischen Pferd und Mann war geprägt von einer zärtlichen Brüderlichkeit. Ein Stück weiter sahen sie den Besitzer eines Herrenkonfektionsgeschäftes in der Ladentür stehen; der Laden lag in einer Seitengasse, es gab keine Kunden, obwohl die Schaufenster billige Ausverkaufswaren anpriesen. Im Vorbeigehen erfaßten sie seine Gestalt; sie füllte fast den Türrahmen aus, teigig und porös, mit kurzen, unbeholfen nach außen stehenden Armen, in einem Anzug, der selbst für seine ballonartige Figur zu groß war; und sein Gesicht weiß wie Schmierkäse, mit kleinen von Fettlagern zusammengedrückten Augen, einem kleinen Nasenklumpen, einem kleinen Anusmund; man konnte die verzweifelte Langeweile seines

Lebens spüren, ertränkt in Alkohol; und gleichzeitig war er nur ein Junge, ein aufgedunsenes Schuljüngelchen, ein verweintes kleines Kind. Hinter einem großen Schaufenster sahen sie eine Angestellte zwischen weißen Kühlschränken und Tiefkühlgeräten, auch hier war der Laden leer, sie starrte verloren hinaus auf die Straße, sie war wohlgekleidet, wohlfrisiert, das Gesicht hart geschminkt, mit schwarzgetuschten Augenbrauen und einem violettroten Mund. Wie sie dort stand zwischen den blinkenden, vernickelten und verchromten Apparaten, wirkte sie wie eine Schaufensterpuppe, unter Eisblöcken eingefroren; und doch lebte sie, ihre Augen folgten ihnen abwesend, als sie vorbeigingen. Dann erreichten sie den Hof, auf dessen einer Seite Ossians Werkstatt in einer Garage eingerichtet war. Er schloß die breite Doppeltür auf und schaltete die Lichtröhre ein. Mitten in der Garage, parallel zur Längswand, erhob sich die mattweiße Bildfläche, acht Meter lang und zweieinhalb Meter hoch, einem dünnen Schleier gleichend, auf einen Metallrahmen aufgespannt, auf einem breiten Fundament ruhend. Hinter der Fläche schimmerte die unvollendete Apparatur, wo die Bildimpulse in einer komplizierten Tiefe von durchsichtigen und milchigen Platten hervorgebracht wurden, von Spiegeln, Prismen und Linsen, von Walzen, Trichtern, Rohren, Kassetten, von unzähligen Schrauben, Steuerrädern, Rädchen und Kontakten. Der Gang hinter der Maschinerie, eine Art Kommandobrücke, wurde von einer Wand begrenzt, an der Tausende elektrischer Leitungen in verschiedenfarbigem Isolierband ein System von Adern und Nerven ausbreiteten. Das ganze Bauwerk auf dem Fundament bildete einen schmalen und länglichen, freistehenden Raum; Eisenstäbe ragten entlang des ganzen Sockels hervor, Vorrichtungen, die eines Tages, wenn das Werk abgeschlossen war, seine Versetzung ermöglichen sollten. Um sich mit der Bildfläche zu konfrontieren, mußte Paul sich einen Weg durch die Ansammlung von Metallteilen, Werkzeugen, Drechselbänken, Hobelbänken, Papier- und Drahtrollen bahnen; Ossian löschte das Deckenlicht und setzte seine zuletzt fertiggestellte Region in Gang. Ein matter Lichtschimmer breitete sich auf einem kleinen Bereich auf der linken Seite der Leinwand aus; dann öffnete sich plötzlich an einer Stelle eine Tiefenperspektive, in der sich eine dunkle Masse in dreidimensionaler Wirkung bewegte. Ein dumpfes Brausen war zu hören, dann konnte man Rufe, einzelne Stimmen unterscheiden; die Masse wurde deutlicher, es war ein Meer von Körpern, von Gesichtern, und dann und wann wurden sie zu abstrakten Kraftlinien, zu wirbelnden Punkten und Kugeln, während das Geräusch überging in Ticken, Tuten und elektronische Pfiffe. Dann entstanden neue Formen, manche kristallklar wie Vergrößerungen auf einer Mikroskopscheibe, andere verschwommen wallend wie Rauch. Diese Formen entwickelten sich hier und dort zu völlig realistischen Gesichtern; Staatsmänner, wie aus einer Wochenschau ausgeschnitten, aber seltsam verwandelt, durchleuchtet von aufblitzenden metallischen Farben, von Röntgenstrahlen; man hörte Teile ihrer Rede, ein Wechselgesang, eine Mischoper aus Reden, aber man war sich dieser Reden nicht sicher, plötzlich konnten sie wie verständliche Monologe klingen, man vernahm triviale Gedankengänge, es wurde nicht mehr über große, politische Probleme gesprochen, sondern über Schnürsenkel, über eine Nagelschere, über eine abgebrochene Bleistiftspitze. Ein Abschnitt wurde jetzt von einem Spiel aus Drähten und elektrischen Schwingungen in Anspruch genommen. Telegrafenapparate in Betrieb, Radarschirme rotierten, auf einer tief dunkelblauen Grundfarbe bewegten sich Spiralen, Keile, Wellen mit seltener Leuchtkraft, und wieder waren zuweilen in tieferer Schicht kleine Szenerien zu sehen; Männer an Verhandlungstischen, Männer in Pissoirs, Menschen auf der Straße, Menschen am Essenstisch, eine Frau gebar ein Kind, eine große Wurst wurde aus einem Hinterteil gepreßt, Zeitungsdruckmaschinen, Soldaten in einer Kaserne, Handschläge, Hände, die Protokolle unterzeichneten, eine Volksmasse, die ein Gebäude stürmte, eine Kinderleiche, ein Schwarm Raubfische; und alles getaucht in dieses Spiel aus beweglichen Formen, die immer bedrohlicher wurden, bis sie, nach einem Einblick in stahlblitzende Laboratoriumseinrichtungen, ein flimmerndes Feuerwerk bildeten, mit Streiflichtern von blutigen Wunden, verzerrten tränenüberströmten Gesichtern, stürzenden Steinmassen, Erdbeben und Flammen, begleitet von einem Geräuschorkan aus Schreien, Jammern, Stöhnen und Weinen. Geschöpfe, die Mäuler sein konnten, Helme, Masken, drängten sich gegeneinander, hieben aufeinander ein, wurden zu aggressiven Keilen, Zangen, Scheren; Gesichter und Hände wurden zerschnitten; und ständig wallten neue Massen zur Pulverisierung hervor. Das Bildfeld war jetzt noch größer geworden; rund um dieses politische Zentrum waren andere Lebensbereiche zu sehen: auch sie sowohl in beweglichen Formen, Hieroglyphen, Linien, Vibrationen dargestellt, als auch in realistischen Details; und alles schwebte bald auf der äußersten Fläche, bald aufgeteilt in verschiedene Schichten mit schwindelnder Tiefenwirkung. Es war wie der Blick in ein Welttheater, in ein Grollen der Gleichzeitigkeit, unüberschaubar in seiner Gesamtheit. Da gab es die Regionen der Liebe, des Hasses, der Eifersucht, der Gier, sie konnten miteinander verschmelzen und in gewissen Konstellationen einen gemeinsamen Hexensabbath bilden. Körper, Glieder und plastische Formen bewegten sich umeinander, strebten zueinander, ineinander hinein, lösten sich wieder voneinander; Zärtlichkeiten, Beischlafmomente waren in grellen Nahaufnahmen zu sehen; weiche sinnliche Bewegungen gingen Seite an Seite vor sich oder in der Tiefe gemischt mit geisterhaften monströsen Duellen. Die Geräusche der Liebe waren zu hören und die Stimmen des Hasses und in einiger Entfernung lag der Chor der Maschinen, der Volksmassen, der Explosionen, der Wälder, des Meeres und der Tiere. Ein großes Gebiet war der Bildkunst gewidmet; hier durchliefen alle denkbaren Formen ihre sukzessive Veränderung, naturalistische Elemente wurden abstrahiert, das Nonfigurative wurde Schritt für Schritt zu erkennbarer Realität, Flächenkompositionen wurden räumlich, Gestalten und Gegenstände wurden zu Farbnebeln, Farbspritzern aufgelöst; plastische Figuren wuchsen aus Formationen hervor, die Lava glichen, Steinmassen, Unterholz; Flekken, Linien, Strukturen, Texturen, variierende Farbflächen, minutiöse Gesichtsteile, Insekten, Amöben, Kristalle und undefinierbare Dinge verschoben sich umeinander wie in einem Kaleidoskop. Mehr als die Hälfte der großen Bildfläche war bedeckt mit seinem glänzenden Spiel, erfüllt von seinen akustischen Phänomenen. Dann verblich plötzlich die Weltvision und das Licht an der Decke wurde eingeschaltet; die Fläche lag glatt und mattweiß da wie zuvor; Ossian tauchte hinter seinem Zauberschrank auf, er schien gealtert zu sein, sein Gesicht hatte einen verlebten und besessenen Ausdruck. Paul, der zuvor nur kleine Details der Komposition in Betrieb gesehen hatte, fühlte sich benommen; hast du deine Seele dem Teufel verkauft, fragte er, um sein eigenes seltsames Entsetzen zu brechen: wie ein neuer Dr. Faust stand Ossian dort neben seinem Werk. Ossian lachte, und mit einem Mal verloren die Augen ihren fanatischen Glanz, er wirkte nur müde, abgearbeitet; leise sagte er, ich rechne damit, daß es noch acht, zehn Jahre dauert, bis der Apparat fertig ist; dann muß ich mit dem Buch anfangen; ich arbeite dort oben an den Vorbereitungen für ein Buch. Sie verließen die Werkstatt, Ossian verschloß sorgfältig die Tür, dann gingen sie hinauf in seine Wohnung. Sun saß mit gekreuzten Beinen im Bett und sah von einem Buch auf, in dem sie gelesen hatte. Sie hatte das dreieckige Gesicht einer Katze, mit großen hellgrünen Augen und einem schmalen, breiten, rosafarbenen Mund. Unbeweglich blieb sie sitzen und folgte aufmerksam allen ihren Bewegungen. Ossian führte ihn zu einem großen Schrank, der wie eine Klippe aus einer Brandung von Papier aufstieg. Er öffnete die Türen und zeigte die vielen Fächer und Schubladen, randvoll mit Mappen. Hier liegt das Material für das Buch, sagte er. Alles ist bereits geschrieben, es gibt nichts Neues, es gilt nur, die Teile meinen eigenen Absichten entsprechend zusammenzusetzen. Ich werde die endgültige Form erreichen, die alle anderen Bücher überflüssig macht. Ich fing an, als ich acht Jahre alt war. Ich begann, Sätze, Stücke, ganze Seiten aus Büchern, Zeitungen, Zeitschriften auszuschneiden; dann arbeitete ich systematischer, richtete meine Kartothek ein. Er zeigte auf einen anderen Schrank, hinter einem Herbarium, wo gepreßte Blätter tropischer Pflanzen blaugrün und goldfleckig auf schwarzem Papier glänzten; da hinten liegt das schon ausgearbeitete Material – hier im Schrank befinden sich nur rohe Stücke. Er zog aufs Geratewohl eine dicke Mappe hervor. Auf dem Umschlag stand DRINNEN Teil I (Raumbeschreibungen). Zahllose Papierstücke aus Buchseiten, Zeitungen und anderen Schriften waren zu sehen, manchmal mit der Schere ausgeschnitten, manchmal flüchtig herausgerissen, in allen Stilarten, in unterschiedlichen Sprachen; Paul blätterte in den Papierstücken, sah flüchtig Bilder von Palästen vor sich, von Fabrikhallen, Armenhäusern, Kinderkrippen, Leichenhallen, Hotelhallen, Bordellen, Hafenkneipen, Clublokalen, Schwimmhallen, Wohnzimmern, Küchen, Ateliers, Korridoren, Treppenhäusern; dann zeigte ihm Ossian Teil II; hier findest du alles über unterschiedliche Ereignisse drinnen. Und Paul las die flimmernden Drucksätze, in denen beschrieben wurde, wie Leute durch Türen hinein und hinaus gingen, Treppen hinauf und hinunter gingen, wie sie sich zwischen Möbeln bewegten, wie sie miteinander sprachen, sich unterschiedliche Sachen reichten, Sachen voneinander entgegennahmen, sich schlugen, sich liebkosten; er las von Tieren, Kindern, Nähmaschinen, Gasherden und Dampfdruckkochern in unterschiedlichen Räumen, bis Ossian auf ein neues Heft zeigte – IM BETT. Hier konnte man teilhaben an allem, was der Mensch im Bett trieb, liegend, sitzend, stehend, allein oder in Gesellschaft, samt Beschreibungen der unterschiedlichen Formen der Schlafstelle. Andere Mappen enthielten unterschiedliche Abschnitte, die unter Titeln zusammengeführt waren wie AUF DER STRASSE, IN DER MARKTHALLE, DER BAHNHOF, AUF REISEN, EHESTREIT, SCHWANGERSCHAFT, TOD, WOLKENFORMATIONEN, STEINE UND KRISTALLE, WASSER, AUSRUFE, ESSEN, KÖRPERFORMEN, KÖRPERTEILE IN BEWEGUNG – er blätterte in den Papierstücken, deren Text mit Sätzen begann wie »sie hob den Arm«, »langsam wird der Zeigefinger gekrümmt«, »der linke Fuß wurde nach vorn geschleudert«, »blitzschnell wandte er das Gesicht«, »er bog das Knie«, »sie legte ihre Arme«, und so weiter. Mit einem wachsenden Schwindelgefühl las er immer mehr und mehr Titel; GERÜCHE, ARBEITSMETHODEN (2 Teile) GELD, HARLEKINS, MORDARTEN, PERVERSIONEN, GESICHTER, SPAZIERGÄNGE – »sie ging den Parkweg entlang und«, »als er durch die schmale Gasse zum Hafenkai ging«, »sie standen nun auf einer Anhöhe, von wo sie sehen konnten«, »es herrschte eine warme sommerliche Stille zwischen den Bäumen«, »der Professor ging den Bach entlang« und so weiter. FRAGEN – »was hast du gemacht mit meinem«, »ist das Essen fertig«, »wo ist unser lieber Vater«, »wie sollte sie herbeischaffen können«, »wann ist endlich diese lange«; er konnte nichts mehr aufnehmen. Schwindelig sah er Ossian an, dessen Gesicht wieder diesen manischen Ausdruck angenommen hatte. Er stand da mit einem überquellenden dicken Wälzer, der GEGENSTÄNDE hieß, er suchte Teile heraus, las Beschreibungen vor, bis Sun ihn unterbrach mit dem Ruf Du hast mich vergessen, ich bin auch ein Gegenstand, der gepreßt und unter den anderen abgelegt werden sollte! Verwundert drehte er sich nach ihr um, sah sie an, als wollte er sagen, wer bist du – habe ich dich schon einmal gesehen? Dann nahm er eine neue Mappe hervor, GEBRAUCHSANWEISUNGEN FÜR GEGENSTÄNDE; man muß doch wissen, wozu die Dinge verwendet werden. Paul hörte ihn eine lange Beschreibung von der Aufgabe eines Briefbeschwerers vorlesen, eines Briefbeschwerers in Form eines Bronzepferdes; Sun starrte ihn an mit einem Gesicht, das vom Haß gehämmert schien – irgendwann wird sie das Buch oder einen anderen Gegenstand nach ihm werfen. Sun fühlte sich eiskalt vor Wut. Diese beiden aufgeblasenen Männchen, die glauben, daß ihnen die Welt gehört, nur weil sie Vorrichtungen und Automaten konstruieren; in zehn Minuten könnte ich diese Höllenmaschine vollständig zerstören, deren Bau ihn fünfzehn Jahre gekostet hat. Ich bin wie eine Vase für ihn. Paß auf, daß ich nicht vom Sockel hüpfe und zerbreche. Seine haarigen Hände, die er auf mich legt, wenn es ihm paßt. Ich bin eine Hure, er hat mich gekauft. Ich weiß, wie sie über mich reden, wenn sie allein sind; sie ziehen mich aus, sie beschreiben meinen Körper mit obszönen Worten. Er würde wohl wollen, daß der andere mit mir schliefe, und er würde zusehen, und das Schreckliche ist, daß ich mitmachen würde, daß ich es genießen würde; ich bin eine Hure, er hat mich mit seinem Geld gekauft, das er mit all diesen elektronischen Zählwerken oder was er da baut, verdient. Ich werde mich ausziehen und ihm nackt folgen, festgeschirrt an ihn, wenn er vormittags zu seiner Arbeit geht. Ich werde ihm folgen wie eine Hündin, ich werde nackt unter seinem Stuhl liegen, seine Füße auf mir. Ossians Worte wallten wieder auf. Da wurde der Briefbeschwerer von seinem festen Platz auf dem Schreibtisch gehoben und plötzlich, nachdem er so lange ein statisches und dekoratives Dasein geführt hatte, in eine furchtbare Waffe verwandelt; die Briefe, jetzt ihrer Schwere beraubt, flogen im starken Durchzug auf, während die Bronzestatue, von der Hand geschleudert, mit gewaltsamer Kraft den Kopf des Eindringlings traf. Ich sollte gehen, ich lasse mich einspinnen, dachte Paul; etwas stimmt nicht mit seinem System, es ist zu gut berechnet; es ist nicht wahr, daß schon alles geschrieben worden ist, du kannst ständig neue Arten ausdenken, den Briefbeschwerer zu verwenden, deine Ausschneidetechnik hält dich im Mechanischen fest, sie verschließt deine Phantasie; wie kannst du all diese Bruchstücke zu einem lebenden Ganzen verbinden? Es kommt darauf an, was du unter einem Ganzen verstehst, antwortete Ossian und winkte ihn mit sich zum Schrank, in dem er das durchgearbeitete Material verwahrte. Er zog einen umfangreichen gehefteten Band hervor, auf dessen Seiten einzelne Wörter, Sätze und Abschnitte aneinandergereiht aufgeklebt waren, ohne Aufteilungen in neue Abschnitte, ohne Abbrüche in den Zeilen, in einer einzigen blockartigen Kompaktheit; nur die Schrifttypen waren unterschiedlich, der Quelle entsprechend, der sie entnommen waren. Meine Aufgabe ist es nicht, Worte für eine Geschichte zu schaffen, die ich mir ausgedacht habe, sagte Ossian, sondern die Wörter ihre eigene Geschichte erzählen zu lassen. Ich fange an mit einer Ankunft. Eine Ankunft ist immer ein Anfang. Aus der Mappe ANKUNFT habe ich einen Abschnitt genommen, der beschreibt, wie ein Zug in einem Bahnhof den Bahnsteig erreicht. Hier habe ich einen Auftakt, die Worte sind dick, stabil, rauchgeschwärzt. Nach ein paar Sätzen, gerade als die langgestreckte schwarze Kraft in ihre linear abgesteckte Bahn gleitet, mache ich eine Folge Überblendungen zu ähnlichen Prozessen, anderen Beschreibungen entnommen; es sind nicht immer Züge, um die es sich dreht, es können Schiffe, Flugzeuge, Raketen sein; das Wesentliche ist, daß der verwandte Rhythmus, das verwandte Formenspiel beibehalten werden. Auf mehreren Seiten wird das Schauspiel von Präzision und beherrschter Stärke entwickelt; ich habe von Eisensteins Montagen gelernt. In diesem ganzen Anfang stelle ich nur Bestandteile zusammen, die ausdrücken, daß eine große, von Menschen gebaute und von Menschen erfüllte Kraft sich nähert und langsam abgebremst wird. Parallel laufen eingehende Beschreibungen der Ankunftshalle, der Konstruktion ringsum, die das Gefühl betonen, daß es sich hier um ein bestimmtes Ziel handelt. Dann wird das menschliche Element in den Vordergrund gerückt. Die Passagiere beginnen, das Fahrzeug zu verlassen. Ich habe mich an kleine wimmelnde Buchstaben gehalten. All das, was Menschen berührt, die nach einer langen Fahrt an Land gehen, könnte ein ganzes gewöhnliches Buch füllen, wie du siehst; auf diesem imaginären Bahnsteig kommen Eingeborene vor, die ihre zweikieligen Boote auf einen der Strände der Fidschi-Inseln ziehen, da gibt es Eskimos, Wikinger, Gefangenentransporte, die Sibirien erreicht haben, Truppenbewegungen in unterschiedlichen Kriegen, bis an einer Stelle plötzlich eine bestimmte Figur ihr Entree hat, ein Mann, der alle Männer in sich hat; die Personenbeschreibung ist wieder aus Details aus den unterschiedlichsten literarischen oder reportagehaften Erzeugnissen zusammengefügt. Eine distinkte Erzählerstimme kommt niemals zur Sprache. Die Schriftsteller haben nur Wörter geschaffen, Sätze, und diese Wörter, Sätze, die ich aus ihrer Produktion ausgeschnitten habe, führen nun ein selbständiges Leben, sie sind nicht mehr an das persönliche Seelenleben des Verfassers, an die persönlichen Direktiven des Verfassers gebunden – sie finden sich jetzt nur zu verwandten Rhythmen und Tönen zusammen. Hier zum Beispiel steht »er setzte seinen Fuß auf den Bahnsteig«. Wäre ich nun im Originaltext fortgefahren, so hätte der Leser alle möglichen subjektiven Ergüsse ertragen müssen. Jetzt steht da nur »er setzte seinen Fuß auf den Bahnsteig«. Das ist ein konkretes Stück, ein konkreter Text, so wie eine Sekunde Sägegeräusch oder tropfendes Wasser eine konkrete, eigenständige Wirklichkeit ohne Milieugefasel ausmachen. Der Text ist aus seinem ursprünglichen Zusammenhang gerissen, er wird nicht mit unnötigen Assoziationen belastet. Aus den Mappen KÖRPERFORMEN und CHARAKTERE lasse ich nun das Bild des angekommenen Mannes hervorwachsen, ich nehme Worte, Satzfragmente, die in der Beschreibung von Kleidung, Gesichtern und Händen zusammenpassen, ich lasse mich nicht auf ein einziges bestimmtes Kleidungsstück ein, der Mann hat doch alles an, was überhaupt denkbar ist, und manchmal ist er vollständig nackt, und sein Aussehen wechselt von neugeboren bis mumifiziert; bis der Fuß an einer Stelle auftaucht, der Fuß, der nun einer eingehenderen Studie gewürdigt wird; die Form seines schwarzen Schnürstiefels (der bis dahin eine Sandale, ein Gymnastikschuh, ein Reitstiefel und alles mögliche andere war) leitet wieder über zur Lok; es ist klar, daß ich jetzt Spielraum lasse für eine Reihe technischer und ästhetischer Überlegungen über die Erscheinung der Lok, bis das Wort »Dampfstöße« eine Gehörempfindung hervorruft, die mit dem Ohr unseres männlichen Helden verbunden wird, woraufhin der Geräuscheindruck seine reichste Differenzierung mit Material aus der Mappe AKUSTISCHE PHÄNOMENE erhält. Dieser ganze erste Band befaßt sich nur mit Geschehnissen auf dem Ankunftsbahnsteig. Auf diesem Bahnsteig findet sich der Ausgangsstoff für die Charakterzeichnung des Mannes und der später auftauchenden Frau. Die Frau, deren Gesicht in einem heruntergezogenen Fenster über ihm sichtbar wird, wurde aus seiner Rippe geschaffen, sie ist Backfisch, reife Frau und Alte, sie ist Albino und Negerin, Daphne und Meerjungfrau. Durch ihn und sie kommen später alle denkbaren Städte, Arbeitsplätze, Reisen, Völker, Ideologien und Verhaltensmuster zur Sprache, aber immer als freistehende Fakten, nie als individualistisches Tiefschürfen. Meine Kombinationsarbeit ist sowohl episch als auch lyrisch. Du siehst es hier, bei der großen Schilderung der Lok oder der

Zugkraft; eine fließende Terminologie, deren Treffsicherheit und Dynamik kein Poet übertreffen kann; sie ist ganz und gar aus Lehrbüchern für Lokomotivbauer, aus physikalischen Werken, Ingenieurskompendien, technischen Katalogen und anderen Fachzeitschriften entnommen. An einen bestimmten Punkt, an dem die Triebkolben erwähnt werden, schließen sich folgerichtig Termini aus der Schiffskonstruktion an und beim Wort Propeller ergibt sich der Übergang zum Flugzeugmotor. Was ich mit meiner Arbeitsweise erreichen will, ist die vollkommene Objektivität. Ich selbst bin absolut uninteressant, interessant sind nur die Forderungen der Worte; nur ihnen folge ich. Paul war wieder vom Schwindel ergriffen worden, er stützte sich an der Tischkante ab, er sah sich im Raum um, traf Suns harten, zusammengezogenen Katzenblick, sah durch das Fenster den graublauen Meereshimmel, den Himmel, der wie ein Bogen über der Wirklichkeit und über der Zeit lag. Die Zeit, die verrinnt, tropft, sickert; die Stimme der Zeitansage, die unaufhörlich fortfährt, Tag und Nacht; in drei Wochen gehe ich mit ihr die Treppe zum Rathausportal hinauf, durch einen breiten, langen Steinkorridor, eine andere Treppe hinauf, in ein Zimmer mit Holzpaneelen, in drei Wochen stehe ich vor einem Tisch, wo ich meine Hand auf ein Gesetzesbuch legen muß, wo mir Versprechen abgefordert werden, die ich niemals einhalten werde; und der Amtmann wird die ganze Zeit, während er den feierlichen Akt durchführt, fasziniert auf den dicken Bauch der Frau starren, und hinter uns stehen zwei Wachmänner als Trauzeugen, jeder mit einem Fünfer entlohnt; und in dem dicken Bauch liegt ein Kind, das seinen Lebensfunken aus meinem eigenen Körper erhalten hat, ein Kind, das nur einige Wochen später geboren werden wird, das einen Namen erhalten wird, das mit einem gierigen Appetit wachsen wird, das sein eigenes Schicksal erhalten wird. Und da ist Thel. Sie ist jetzt im Theater, sie fragt sich, warum ich nicht komme; da sitzen sie alle auf der Bühne, wie ein Haufen Schiffbrüchiger; wir haben eine Bühne, und es geschieht nichts auf unserer Bühne; und wie sollte etwas geschehen können, wenn wir so ohne Linie, so ohne Durchblick sind? Er hörte Ossians Stimme nicht mehr, die seine Erklärung in hektischem Tempo fortsetzte; ich muß mein Leben ändern, ich muß einen Weg hinaus finden, ich muß den Zugang zu einer Kraft finden. Die Kraft ist da, ich muß lernen, sie anzuwenden. Und jetzt kam es wieder – das Gefühl, daß etwas in ihm geschah, daß etwas begann, Form anzunehmen. Aber es ist vielleicht nur der Schnupfen, der in meinem Kopf gärt und schwitzt.

Sie ging durch die Theaterhalle, vorbei am schmalen Garderobenraum und der Treppe, die zur Bühne hinunterführte. Sie schob die Vorhänge zur Umkleideloge zur Seite und sah sich um. Niemand war im Raum, nur ihr Abbild in einem der Spiegel über dem langen Schminktisch. Sie kam aus dem dunkelbraunen Tuch hervor, der Samt fiel zurück und umrahmte sie. Durch den Schacht der Wendeltreppe war Stimmengewirr von der Bühne zu hören. Sie stand still und lauschte. Proben sie? Nein, es klingt eher wie ein ausgelassenes Gespräch. Der kleine Raum roch nach Schminke, Staub, schweißdurchmischtem Parfum. Gewänder hingen von der Decke herunter und auf Bügeln ringsum an den Wänden. Masken, Rollenhefte, Sandalen, Trikots lagen verstreut. Sie stand still und lauschte; wie beruhigend das klingt. Sie stand still und lauschte, werde ich schreiben. Das ist ein Ruhepunkt. Sie ging durch die Theaterhalle, werde ich schreiben. Der dunkelbraune Samtvorhang fiel zurück und umrahmte sie. Sie stand in der Umkleideloge und lauschte dem Stimmengewirr, das durch die Schneckenwindung der Wendeltreppe heraufdrang. Das ist eine Ruhepause, ein Augenblick der Ruhe, gemischt mit einer fernen Erwartung. Der Tag hat seinen Höhepunkt überschritten, er befindet sich jetzt in einem langsamen Sinken gegen den Abend. Ich stehe in der Schminkloge und lausche. Ich bin ein Dieb, der sich in das Leben anderer Menschen schleicht. Während sie dastand und lauschte, werde ich schreiben, während sie dastand und lauschte, genoß sie den Gedanken, daß sie diesen Moment aus einer Zeit gestohlen hatte, die Leo zu besitzen glaubte. Er sitzt in seiner Bildkathedrale und wartet auf mich, während ich dabei bin, ihn zu vergessen. Wie leicht es ist, zu vergessen. Vor einigen Stunden noch erschien es mir, als sei es äußerst wichtig, mich mit ihm zu konfrontieren; ich dachte, ich muß hierbleiben, muß ihn treffen, um etwas durchzugehen, ich bildete mir ein, daß er eine Gegenkraft sei, mit der ich mich messen muß. Es ist möglich, daß es stimmt, es ist möglich, daß ich bleiben werde, aber gerade jetzt bedeutet es nichts. Gerade jetzt befinde ich mich in der Loge des Theaters und in einigen Augenblicken werde ich zwischen den anderen auf der Bühne stehen. Dann ist er ganz vergessen. Er geht auf und ab zwischen seinen Bildern, vielleicht malt er in seinem enervierten Zustand, und ich habe ihn vergessen. Sie ging die Wendeltreppe hinab. Thel sah sie und sprang auf. Sie umarmte sie. Diese Freude, die ich immer spüre, wenn ich Fanny sehe; ich würde sie gern in Paris besuchen, allein, würde gern einige Zeit mit ihr zusammenleben. Vielleicht würde ich ihr einmal ebenbürtig werden; schon jetzt fühle ich mich weniger unsicher, weniger grau in ihrer Nähe als gestern abend. Paul, der gerade durch die Loge ging, hörte Thels und Fannys Stimmen und ein Gewirr anderer Stimmen, unter denen er den harten Akzent Jeans heraushörte. Er ging die Treppenwindung hinunter; wie ein heimliches Treffen in einer unterirdischen Bewegung, mit Fanny und Jean als Anführer des Stoßtrupps. Zwei seltene Gäste. Jean ist ein Jahr fort gewesen, in seinen geheimen Aufträgen. Er schüttelte Jeans Hand. Man weiß nie bei ihm – wenn man ihn trifft, entsteht sofort diese herzliche Beziehung, wir sind sofort in einem Gespräch, das seit langem anzudauern scheint, wir verstehen einander unmittelbar, und dann ist er wieder lange Zeit verschwunden, man hört nichts von ihm, bis er wieder genauso unvermutet im Zimmer steht. Jean, mit seinem kurzgeschnittenen, strähnigen schwarzen Haar, seinem verbeulten Gesicht, seiner gebrochenen, platten Nase und dem messerscharfen Mund. Alle haben sich hier wie durch Radarsignale versammelt. Was steht auf der Tagesordnung? Eigentlich sollten wir heute unsere neuen Spielpläne diskutieren, sagte Paul, aber wir könnten vielleicht die Frage über Leben und Tod unseres Theaters aufnehmen. Ihr saßt hier wie eine Reihe alter Eulen, als ich herunterkam, sagte Jean, fühlt ihr euch so? Alte, abgelegte Marionetten, sagte Ka der dicht neben Be auf einem Ball saß, und führte eine kleine Pantomime auf mit hängenden, schleifenden Armen und Beinen, mit hüpfenden Schultern, als zöge jemand zerstreut an den Fäden. So fühlen wir uns, sagte er; sein grimassierendes Gesicht, sein weißblonder Haarschopf leuchteten im Scheinwerferlicht vor dem schwarzen Hintergrund. Puppen ohne Aufgabe. Be, mit ihrem langen, hellen offenen Haar, die Arme um Kas Mitte geschlungen (ein Harlekinpaar, dachte Jean), sagte, es fehlt etwas, warum fühlt man sich immer so unbefriedigt, wenn das Spiel vorbei ist, wenn das Publikum gegangen ist, wenn der Saal leer liegt, man weiß nichts, man weiß nicht, ob man ihnen etwas gegeben hat, ob man sie aufgerüttelt hat. Das sollte man aber wissen, sagte Jean; wenn man an das Spiel glaubt, das man aufführt – was habt ihr gespielt? Paul nannte die Titel einiger klassischer und moderner Dramen. Salonstücke, rief Jean. Wir glaubten, daß wir damit wenigstens ein Publikum gewinnen könnten, erklärte Paul, aber selbst das schlug fehl. Als wir vor einiger Zeit ein Stück mit einer Art Grand Guignol wagten, blieb das Publikum ganz weg; wir arbeiteten da mit starken Effekten, mit einer Reihe zugespitzter Augenblicksbilder, Clownereien, Songs; aber die Kritik zerfetzte die Vorstellung Stück für Stück; sie paßte nicht in ihr Anschauungsmuster. Der Fehler war wohl, sagte Ka, daß es weder Zirkus noch Drama war, wir haben uns nicht auf eine Spielform einigen können, es wurde eine Mischung aus Commedia dell'arte, Revue und Agitationstheater, mit Splittern von Romantik. Agitationstheater – Jean nahm das Wort auf; da habt ihr doch eine Ausdrucksform, die zu eurer Bühne paßt. Ihr fragt euch, wie das Publikum reagiert, jeder Schauspieler fragt sich das, und man spielt eine abgerundete Sache oben auf der Bühne, spielt auf für das Publikum, spielt etwas, das in sich geschlossen ist; man macht sich zu Bestandteilen in einem Kunstwerk, das Publikum sitzt dort unten und sieht zu; was weiß das Kunstwerk vom Zuschauer? Das Kunstwerk käut wieder, das Kunstwerk schwelgt in seinem eigenen Glanz! Ist es die Guckkastenform, die falsch ist, fragte Be. Es sind die Schauspieler, die mit ihrer Spielweise die Bühne zu einem Guckkasten machen, antwortete Jean. Die Bühne als ein erhöhtes Podium vor den Zuschauern muß kein Guckkasten sein, sie kann genauso aktiv wie eine Arena sein oder wie ein langer Steg, der in den Saal hinaus verläuft. Brechts erhöhte Bühne ist kein Guckkasten, weil das Spiel aktiv ist, das Spiel wendet sich nach außen ans Publikum, spricht es direkt an, kommt mit einem Problem, zu dem das Publikum Stellung nehmen muß. Will unser Publikum überhaupt Stellung nehmen, fragte Paul; ist es nicht das Fehlen einer lebendigen, suchenden Zuschauergruppe, das unsere Vorstellungen so steril macht. Das Publikum will unterhalten, amüsiert werden, nichts anderes. Und darum werden die Vorstellungen überall mehr und mehr zu Vorführungen von Technik und Artistentum. Ist es wirklich die Schuld des Publikums, fragte Jean; man kann sich immer in dieses Argument retten, und es wirkt immer wahr, aber sollte es nicht Mittel geben, um die Sattheit und Zufriedenheit des Publikums zu erschüttern, sollte man nicht den Finger in seine wunden Punkte legen können, auf seinen Nerven spielen, es aus dem Schlummer wecken? Dann sind sie nur verärgert, beleidigt, antwortete Paul, dann kommen sie nicht, sie haben in all ihrer Geborgenheit eine sichere Nase für das, was brenzlig riecht. Sie wollen das Frisierte und Geglättete, das Theatererlebnis soll für sie ein passives Erlebnis sein, keine Diskussion. Sie mögen das Diskutieren nicht. Ihr müßt zu harten Mitteln greifen, sagte Fanny, ihr müßt eure nächste Vorstellung mit einer gewaltigen Explosion im Dunkeln beginnen lassen, so daß wirklich alle aufgeschreckt werden, so daß sie buchstäblich von ihren Sitzen auffliegen. Und dann sollte jemand vortreten und sagen, ihr abgestumpften Langweiler, ihr selbstzufriedenen Sicherheitsgurtschwimmer, benutzt ein Mal eure Gehirne und Gefühle, antwortet auf unsere Fragen, seht kritisch auf euer Leben, das wir euch vorspielen! Warum sollen sie aufgeschreckt werden, fragte eine rundliche, ölige Figur im Hintergrund, die zwischen einigen anderen

Figuranten im Schatten saß. Warum sollen sie aufgeschreckt werden, wenn es ihnen gut geht, oder wenn sie sich einbilden, daß es ihnen gut ginge. Ist nicht alles in Ordnung, wenn es für sie keine Probleme gibt, wenn sie festen Boden unter den Füßen haben? Warum ihre Sicherheit erschüttern? Man sagt, daß man sich der Situation in der Welt bewußt sein soll, der Kriege und der Hungersnöte und des Elends, aber ist es nicht ein natürlicherer Zustand, daß es einem gut geht, daß man für sein Heim, für seine Arbeit lebt. Wir sind nicht kriegerisch, warum sollen wir uns da Untergangskatastrophen vorstellen? Wenn es so gut wäre, wie du sagst, würde ich dir recht geben, sagte Paul. Aber wirf einen Blick auf ihre Heime, ihre Arbeitsplätze, ihre Freizeitbeschäftigungen. Da gibt es keine Idylle. Nur dieselbe Unzufriedenheit, die wir spüren. Oder bilde ich es mir nur ein, ist es nur Pubertätsgerede, Umstürzlergerede. Sieh dir die Gesichter an, draußen auf der Straße, in den Cafés. Diese Grauheit, Traurigkeit. Sieht man so aus, wenn man erfüllt lebt? Was sollen wir hier unten spielen, sollen wir davon ausgehen, daß wir in einer konfliktlosen, vollendeten Gesellschaft leben, wo es unsere Aufgabe ist, eine Art Vortänzer zu sein, die nur Augenweide schaffen, oder sollen wir davon ausgehen, daß es irgendwo eine Gärung gibt, eine Offenheit, an die wir uns wenden können? Wir müssen uns für eine Linie entscheiden, sonst können wir ebensogut aufhören. Es wurde still. Fanny sah diese kleine Bühne, deren Mitte von einem Scheinwerferkegel erleuchtet wurde und wo die Figuren still saßen und standen; unten im schmalen Saal schimmerten schwach die Stuhllehnen; ein leichter Schimmelgeruch lag in der Luft. Wieder hatte sie die Vision von der Arbeit des Künstlers, über die sie am Morgen im Tagebuch geschrieben hatte, diese beharrliche Arbeit, sich Gehör zu verschaffen, sein Bild vom Dasein zu verwirklichen. Es ist leichter für einen Maler, einen Schriftsteller; Paul braucht eine ganze Gruppe Gleichgesinnter, er muß mit einem Kollektiv arbeiten, um seine Absichten auszudrücken. Kann ein solches Kollektiv geschaffen werden, wenn die meisten hier auf Entlohnung, oder wenigstens auf besser entlohnte Engagements aus sind? Sie erinnerte sich an eine englische Theatertruppe, in der alle von einer gemeinsamen radikalen Idee zusammengeschweißt wirkten. Thel ist dabei, dachte Paul, und möglicherweise Ka und Be; die anderen machen vielleicht mit, wenn es mir gelingt, ihnen eine neue, spielbare Sache zu präsentieren. Die kleine Bühne, der kleine Saal sind wie geschaffen für ein intimes Gesprächstheater, sagte Jean; es ist verrückt, hier klassische Dramen zu spielen. Ihr müßt euch einen eigenen Spielstil schaffen, einen Stil mit begrenzten Gesten und direkten Appellen, und dann gilt es nur noch, auf derselben Linie fortzufahren, bis ihr umfallt. Ist nicht die Hauptsache, daß wir gutes Theater spielen, fragte die träge Stimme im Hintergrund. Jean sagte, das sagen die Maler auch, die Hauptsache ist, daß man eine gute Malerei macht, und dann malen sie ihre Sardinen, die Hauptsache ist, daß sie gut gemalt sind; aber was sollen wir mit Sardinen? Ka sagte, es ist klar, daß wir versuchen, so gut wie möglich zu spielen, aber wir sind keine meisterhaften Schauspieler, wir sind Anfänger, und das ist unsere Stärke, wir sind noch nicht festgefahren in einer Virtuosität, wir können das spielen, was uns wichtig ist. Er wandte sich an Paul. Wie geht es mit deinem neuen Drama, wann wird es fertig? Bald, sagte Paul. Jetzt kann ich arbeiten, dachte er, jetzt weiß ich, wie ich die Szenen ausformen kann. Es wird ein Manifest, ein Querschnitt durch unsere Lage, sagte er. Und er dachte, mißglückt das, dann versage ich ganz. Mirjam trat aus dem Schatten hervor und sagte, daß wir keine Linie haben, liegt das daran, daß wir keinen Glauben haben? Was denn für einen Glauben, rief Ka. Glauben – vielleicht ist es besser, Ansicht zu sagen, schlug Jean vor. Eine Überzeugung meine ich, sagte Mirjam. Dunkel und schmal, mit verschränkten Händen, vornübergebeugt stand sie im Scheinwerferlicht. Das Ganze ist bereits wie eine Art Bühnenspiel, dachte Fanny; ich bin in diesem Spiel dabei, auf dieser Bühne, was ist meine Aufgabe? Glaube ist ein furchtbar korrumpiertes Wort, sagte Jean, es riecht nach Gott. Was ist so falsch daran, fragte Mirjam; ich spreche nicht von einem kirchlichen Glauben, sondern von einem religiösen Zug, der in vielen Kunstwerken hervortritt. Der Glaube an das Mystische, sagte Jean hart und kritisch. Ja, vielleicht Mystik, antwortete Mirjam. Sie fragte Paul, meintest du nicht etwas Ähnliches mit dem, was du in deinem letzten Stück Magie nanntest? Nein, ich verstehe jetzt, daß all dieses Magische und Dunkle nur Unklarheit und Ungewißheit war, antwortete er; vor allem, was unausgereift war, floh ich in das Magische; im Grunde schilderte ich nur meine eigene Verwirrtheit. Und du, fragte sie Jean, was weißt du denn, mit deinen sicheren Ansichten? Ich weiß, daß ich vorhanden bin, sagte Jean, und ich weiß einen Teil von dem, was wir mit unserer Intelligenz erfassen können. Aber es gibt doch so viel anderes, was wir nicht fassen können, sagte Mirjam. Dafür gibt es sicher auch eine logische Erklärung, antwortete Jean, es ist nur so, daß wir noch nicht ausreichend entwickelt sind; die Menschen glaubten einmal, die Erde sei platt, und der Gedanke, daß sie rund ist, war Ketzerei; Gott, das wissen wir, ist unser Gefühl der Kleinheit, unser infantiles Gefühl des Unerreichbaren; einmal müssen wir es hinter uns lassen und uns statt dessen mit dem befassen, was naheliegt, was greifbar ist. Er ist auf andere Weise von der Realität geschult, dachte Fanny; er war in der Widerstandsbewegung, er hat für seine Existenz gekämpft. Die anderen hier haben ein beschütztes Dasein gelebt, sie hatten zuviel Zeit für ihren Seelenkummer, sie konnten ihre Einsamkeit, ihre Lebensangst züchten. Eine äußere Geborgenheit, und drinnen Angst und Einsamkeit; es herrscht ein tödliches Klima in diesem Land, eine Enge, die alles Schaffen erstickt. Ich sollte meine Taschen packen und abreisen. Jean sagte, als setzte er ihre Gedanken fort, das hier ist ein Land für Magier und Romantiker; wer mit harten Wahrheiten kommt, wird in die Flucht getrieben; ihr lebt zu isoliert, ihr werdet nur Erlebnissen aus zweiter Hand ausgesetzt. Während der vierziger Jahre waren wir offen für die Geschehnisse in der Welt, sagte Paul, dann ist alles in die alte Genügsamkeit zurückgeglitten. In einen natürlichen Zustand, sagte die Stimme im Hintergrund gemächlich. Weil das Natürliche Frieden und Wohlstand sind. Oder meint ihr, daß dieses Chaos von Invasionen und Völkermorden, das jetzt wieder beginnt, der natürliche Zustand ist? Es passiert in unserer Welt, und wir müssen dazu Stellung nehmen, sagte Paul; ich habe in letzter Zeit nicht arbeiten können, jede künstlerische Arbeit erschien mir sinnlos in dieser Atmosphäre der Kriegsbedrohung. Du kannst ja doch nichts gegen den Krieg tun, sagte der Figurant; Fanny sah den Redner an – ein rundes, kindliches Gesicht, große hellblaue Augen, feminin langes seidenblondes Haar. Ich für meinen Teil denke, daß es ebenso heldenhaft ist, schöne Bilder und Gedichte zu schaffen, wie sich als Partisan zu schlagen. Er hat recht, er hat so recht, daß er plötzlich wächst und aus seiner Hintergrundstellung in das volle Scheinwerferlicht hervortritt. Paul sagte, für mich ist es jetzt so, daß alles, was nicht versucht, unsere Stellung zu verdeutlichen, hohl erscheint. Es gibt so viele verschiedene Wahrheiten, sagte Thel; es ist richtig, daß man Stellung nehmen soll, aber es ist auch richtig, daß man sich vom Weltgeschehen abwendet – für manche ist es das einzig Richtige – warum soll man sich mit Dingen befassen, die einem völlig wahnsinnig erscheinen? Warum soll ich an Auseinandersetzungen um politische Ideen teilnehmen, die ich nicht verstehe, an blutigen Kriegen und Grenzverschiebungen? Dieser ganze Heroismus, diese Politik sind mir fremd, ich müßte heucheln, wenn ich mich mit ihnen identifizieren wollte. Ich kann und will zu diesen Gewalthandlungen nicht Stellung nehmen, ich sehe in ihnen nur den Ausdruck einer furchtbaren Krankheit, warum soll ich an dieser Krankheit teilhaben? Ich versuche nur, nicht angesteckt zu werden. Wenn es Krieg gäbe, würde ich mich verstecken, ich hätte solche Angst, daß ich ganz gelähmt wäre, ich würde nicht gegen Feinde vorstürmen und Bomben werfen, ich würde mich nur verkriechen, so tief in die Erde wie möglich. Wenn ich diese Bilder in der Zeitung sehe, Leute, die sich vor Panzer werfen und sich überfahren lassen, Leute, die auf einen Mast klettern und eine blutige Fahne schwenken, Leute die vor Regierungsgebäuden demonstrieren und etwas rufen, Soldaten, die tot und verletzt auf einem Schlachtfeld liegen, wenn ich diese Bilder sehe, verstehe ich nichts, es ist nur ein Alptraum, und ich will nicht dabei sein. Es ist verrückt, und ich will nicht freiwillig in eine Irrenanstalt. Aber soll nicht die Krankheit behandelt werden, fragte Jean; soll sie nicht sehr genau geschildert und analysiert werden, so daß man vielleicht einmal ein Mittel dagegen findet? Es sollte selbstverständlich sein, daß alles, was auf der Erde geschieht, uns alle angeht. Das gilt für die, die von ihrer sozialen Aktivität überzeugt sind, sagte Thel; für sie ist es eine Wahrheit. Ich frage mich, ob du wirklich fliehen würdest, wenn es darauf ankäme, sagte Jean, wenn die Gewalthandlungen plötzlich eine unmittelbare Aktualität für dich bekämen; ich frage mich, ob du dich da verkriechen würdest, ob du dich da nicht wehren würdest, ohne zu überlegen, ob du da nicht den Angegriffenen helfen würdest? Das ist möglich, sagte Thel; aber dann wäre ich bereits in die Krankheit hineingezogen, dann wäre ich bereits von der Pest angesteckt und Hyäne geworden; möglich ist es. Was sollen wir also spielen, fragte Be. Wir werden Dramen spielen, die unsere Lage zeigen, sagte Ka, unsere Verwirrung und Unsicherheit, unser Schwanken zwischen Flucht und Engagement. Wieder das Erlebnis der Bühne, des dramatisierten Augenblicks. Das Dasein ist wie ein Drama für mich, dachte Fanny. Ich stehe auf einer Bühne, ich bin umgeben von Spielfiguren. Diese Beziehungslinien von Figur zu Figur. Thel, sie wirkt durchsichtig heute, leicht, erwartungsvoll, was geschieht in ihr? Sie wendet sich Paul zu, aber er sieht sie nicht. Seine Augen fangen nichts ein, er wirkt verschlossen, versperrt. Thels Blick gleitet zwischen Paul und Jean hin und her. Sie scheint zwischen ihnen zu wählen. Paul ist eine alte Last, ein altes Joch für sie, sie ist an ihn gebunden, aber sie ist auf dem Wege, sich zu befreien. Jean ist wie ein Bote, ist er es, der dabei ist, sie loszureißen? Die Vorgänge sind ineinander verkapselt. So muß ich schreiben, so, Schicht für Schicht bloßlegen, bloßlegen, wie der eine Zug den anderen hervorbringt. Es ist phantastisch, hier auf dieser Bühne kurz vor dem Fall des Vorhangs; Vorgänge, die nur in Blicken ausgedrückt werden; ein Blick zwischen Ka und Be, der in eine gemeinsame Armbewegung mündet, sie legen sich gegenseitig den

Arm um die Schultern, zwei mittelalterliche Komödianten, fahrende Spielleute, sie geht auf dem Seil, er schlägt Purzelbäume, hält sich Affen, dressierte Hunde; Ka, einer wie Simplizissimus, er zieht durch pestbeherrschte Gegenden, neben ihm Be wie ein Engel, ein Engel, der die Soldaten und Knechte verzaubert, die sie auf dem Weg treffen. Die Blicke zwischen Jean und Thel; Jean hat die Überlegenheit des zufälligen Besuchers, er hat den Abstand, er kommt und geht, wie es ihm paßt; Thel wittert diese Freiheit bei ihm, da ist eine Frage in ihren Augen, vielleicht fast ein Flehen. Und Paul, wie ein Kapitän Ahab. Vor einer Weile glaubte ich, daß das Schiff am Sinken sei, sagte er, aber jetzt kann es sich vielleicht noch eine Weile über Wasser halten, mit leichter Schlagseite. Das war die Schlußreplik. Jetzt kommt der Vorhang für mich, dachte Fanny, ich muß hinauf in einen neuen Akt.

Wie kurz und grau diese Nachmittage sind. Bald kann ich die Farben nicht mehr unterscheiden. Er ging einige Schritte zurück und betrachtete die große Komposition. Er hatte sich durch Anspannung und Unruhe hindurch gemalt, er hatte sich durch eine dicke, watteartige Barriere gemalt, die Fanny hieß. All dies befand sich mit im Bild, in der grellen phosphoreszierenden Farbskala, im Gefühl eines gewaltsamen Schreis, der im Leerraum zwischen den Figuren widerzuhallen schien. Obgleich die Figuren keine menschlichen Züge hatten, wirkten sie menschlich, wie Ansammlungen menschlicher Kräfte, mit Strahlen wie Greifarmen, die nacheinander tasteten. Er befand sich noch immer unter Hochspannung, jedoch unter einer Hochspannung ohne Nervosität, einer Hochspannung der Stärke. Er spürte seinen Körper, er spürte die Anstrengung der Muskeln und die vitale Betriebsamkeit, die zwischen

Gehirn und Augen vor sich ging. Er zog einen Stuhl vor die Staffelei und setzte sich, warf den seit langem im Mundwinkel erloschenen Zigarettenstummel fort, zündete eine neue Zigarette an. Von weit unten im Treppenhaus her waren schwache rhythmische Vibrationen zu hören, die sich langsam zum Geräusch von gegen den Stein reibenden Schuhsohlen formierten, die Schritte wurden deutlicher, kamen näher, hörten aber plötzlich auf; eine Tür fiel ins Schloß. Da kam die Unruhe zurück. Während er dasaß und das Bild betrachtete, horchte er auf Zeichen neuer Schritte, das Haus wurde immer gläserner, die Wände wurden dünner und durchlässig für Geräuschwellen vom Hof und von der Straße. Er bemerkte die langsamen Veränderungen der Geräusche, bemerkte, wie die Farben immer stummer wurden; ich merke, wie die Erde sich langsam von der Sonne abwendet. Dann war wieder ein leichtes Geriesel von Schritten zu hören, unregelmäßig auf dem buckligen Steinpflaster des Hofes, taktfester, als sie sich die Treppe hinauf wandten. Sie standen eine Weile still, setzten sich dann wieder in Bewegung, langsam, als zweifelten sie. Immer höher arbeiteten sie sich herauf, jetzt war die Drehung der Absätze, der Sohlen zu hören, als sie im Gang ein Stockwerk tiefer die Kurve zur letzten Treppe nahmen, unendlich langsam nun, mit einer Pause nach jeder Treppenstufe; sie ist noch immer nicht oben angekommen, sie steht einige Stufen unterhalb des Treppenabsatzes vor meiner Tür. Er stand leise auf und schlich sich in den Korridor hinaus. Vorsichtig ging er an der Tür in die Hocke und hob den Deckel des Briefschlitzes. Durch den schmalen Spalt konnte er Fanny im Schatten sehen, in eine der tiefen Treppennischen gelehnt. Ihr Gesicht war abgewandt, sie hatte die Mütze abgenommen, sie atmete heftig und strich sich mit der Hand über die Stirn.

Langsam ließ er den Deckel zurücksinken. Er erhob sich, das Ohr dicht am Türschlitz. Noch immer konnte er sie atmen hören. Der Verschluß ihrer Handtasche wurde aufgeknöpft. Einige leicht klirrende, prasselnde Geräusche von Schlüsseln, Puderdose, Taschentuch. Dann wurde es ganz still. Hat sie sich zurückgeschlichen? Er öffnete die Tür. Sie stand noch immer in der Treppenwindung, wandte das Gesicht hoch zu ihm. Sie standen einen Moment und sahen sich an, dann kam sie zu ihm heran, wuchs zu ihm herauf. Ich muß mich beherrschen, muß ruhig sein, ich darf nicht zeigen, wie ungeduldig ich sie erwartet habe. Er half ihr aus dem Mantel, heute zieht sie ihren Mantel aus, sie ist ohne Mütze. Er führte sie ins Atelier, er schaltete das Licht nicht ein, ihre Hand suchte den Lichtschalter, er legte seine Hand auf ihren Arm, mach es nicht an, sagte er. Aber ich will sehen, was du gemacht hast, sagte sie, mit einem Blick auf die Staffelei. Das ist gerade erst angefangen, sagte er. Er hielt ihren Arm fest, nur nicht das Licht einschalten, nur nicht sprechen, ich will sie hier in der Stille haben. Aber sie wehrte sich. Warum konnte sie nicht fühlen wie er, warum brauchte es Kampf, Überredung, warum konnte sie nicht zum Sofa hinüber gehen und ihr Kleid öffnen. Aber jetzt schaltete sie das Licht ein, der Raum flammte in blauweißer Schattenlosigkeit auf und der Tag versank in einem violetten Schleier. Er ließ die Hand von ihrem Arm sinken, fühlte sich verletzt, beleidigt. Sie lachte. Was für starke weiße Zähne sie hat. Sie lachte über seine mürrische Miene, sie konnte sich plötzlich vorstellen, wie es wäre, mit ihm zu leben, sie lächelte bei dem Gedanken; sicher kann er wochenlang herumgehen und über eine Bagatelle sauer sein, er kann wochenlang herumgehen und kein Wort sagen. Aber neben ihm auf der Staffelei erhob sich wieder sein Machtzeichen, das

Bild wie eine aufgerichtete Standarte, er stand da wie ein Feldherr; wie die Kunst der Männer immer zu einer Waffe wird, zum Symbol für ihre ersehnte Stärke; bei uns ist die Kunst weniger aufdringlich, mehr ein Bestandteil unseres organischen Lebens, wir treten nicht mit unserer Kunst hervor, wir ruhen in ihr. Was versucht er hier abzubilden – einen verzweifelten Kampf zwischen zwei menschlichen Kräften. Ein Kampf in einer Eiswelt. Ein Kampf zwischen Ungetümen aus der Vorzeit, zwischen Menschensauriern. Vielleicht hatte sie es laut gesagt; er antwortete, das hier sind doch nur Formen, es handelt sich nur um ein Formproblem. Jetzt verschanzt du dich wieder, du verschanzt dich hinter deinen Formproblemen. Dieses Bild ist ein Übergang, sagte er. Ich werde noch mehr abstrahieren, ich werde abstrahieren, bis alles Außenwerk eliminiert ist, bis nur Farbflächen bleiben. Seine Stimme war wieder undeutlich geworden, er wollte sie vom Bild wegführen, er griff wieder nach ihrem Arm. Sie entzog sich. Ich will mit dir reden, Leo, ich will mehr von dir wissen. Ich kann jetzt nicht reden, sagte er angestrengt. Er warf sich zum Lichtschalter und schaltete das Licht aus; die graue Dämmerung wuchs wieder vor dem Fenster auf, während die Farben im Raum erblindeten. Ich kann jetzt nicht reden, ich habe nur ein Bedürfnis, deinen Körper, deine Umarmung zu spüren. Er warf sich vor ihr nieder und schlug die Arme um ihre Hüften; ich habe nur einen Gedanken, dich nackt zu sehen, deine Haut zu fühlen. Er drückte das Gesicht in ihren Schoß, seine Hände drängten unter den Rock, hoben den Rock, den Unterrock, sein Mund grub sich hinein. Dann komm, sagte sie und zog sich zurück; es war eher eine gewisse Unruhe darüber, daß ihre Unterwäsche vielleicht nach Pisse roch, als daß sie erregt war. Seitwärts, wie siamesische Zwillinge, schoben sie sich zum Sofa, er knöpfte ihr Kleid mit ruckartigen Bewegungen auf, er tastete nach der Öse im BH-Band, seine Hände waren ungeschickt, er bekam das Band nicht auf. Ich helfe dir. Sie zog das Kleid aus, beugte die Arme zurück, knüpfte das Band auf, ließ mit einer Schulterbewegung den Büstenhalter herabgleiten. Er drängte sich an sie, warm, feucht, schnaufend; die Bettkante drückte sich in ihre Kniekehlen. Sein Mund saugte und leckte an ihrer Brust, seine Finger rieben und kneteten die Brustwarzen; nicht so hart, du tust mir weh. Sie versuchte, die Beine wegzuziehen, sein Körper beugte sich wie ein Block aus Teer über sie, sein Knie stieß zwischen ihre Schenkel; laß mich aufs Bett. Er hob sie hoch, warf sich wieder über sie, sein warmer Mund glitt über ihren Hals, ihr Gesicht; jetzt versucht er, den Rock hochzuzerren, der Reißverschluß sitzt fest, laß mich machen, ich werde mich ausziehen. Sie hörte das Klirren seiner Gürtelschnalle, es klang als ob ein Krieger sich zum Kampf bereit machte, er zog die Hosen aus; ihr Rock fiel hinunter, den Hüfthalter und die Strümpfe behielt sie an. Sie kroch auf das Bett hinauf. Sein Körper, ins Hemd gehüllt, war wie ein großer rechteckiger Schatten. Sie schob die Hände unter das Hemd, spürte den strähnigen, verschwitzten Haarwuchs, ich bin in der Löwengrube. Mein Hals ist naß, seine Stirn ist naß, mein Bauch ist naß, wir baden, wir schwimmen, ich liege auf einem Strand an einem Meer, ich will nicht denken; seine Hand, nicht so hart, warte, nicht so schnell, was berührt mich, Finger oder Geschlecht, warte, laß mich höher hinaufkommen, etwas dringt in mich ein, ist das der Finger oder ist das, denk nicht; es gleitet auf und ab, es schwillt, er ist in mir, er bewegt sich in mir; während einer Sekunde erinnerte sie sich an ein Kindheitsereignis, es war draußen im Garten, in dem schmalen Raum zwischen dem Geräteschuppen und dem Zaun, sie spielte dort mit dem Nachbarsjungen, sie nannten das Spiel »hinter dem Schuppen«; das Spiel enthielt, daß sie den Rock hob und ihn ihr Geschlechtsteil sehen ließ, dann wollte sie seines sehen, und etwas winkte aus dem Hosenschlitz hervor, nicht sicher, ob es der Schwanz oder der Finger war – dieselbe Unbestimmtheit wie jetzt; ein fremder Körper drängt sich in mich, meine Füße hängen aus dem Bett, nicht so schnell, nicht so schnell, sei vorsichtig. Sie tastete mit der Hand hinunter, sie fühlte den Muskel, der in ihrem Körper festgesteckt saß, sie fühlte den Ring des Kondoms um die Wurzel. Komm höher herauf, ich hänge draußen. Er schob die Hände unter ihren Rücken und zog sie mit sich, er legte sich auf die Seite, sie lagen einander gegenüber, verbunden durch den Keil, eines ihrer Beine über seine Hüfte hochgezogen. Ihre Brustwarzen schwarz in der milchigen Körpermasse, ihr Mund geöffnet, Zunge rührte an Zunge. Wie sich das Gesicht verändert, wenn man es von Nahem sieht, ein ganz fremdes Gesicht, ich erkenne ihn nicht wieder, es ist sein inneres Gesicht, das jetzt hervortritt, ein Gesicht ohne Züge, ein gestaltloser Teig. Leg dich wieder auf mich, komm hoch, nicht so schnell, jetzt kann ich dich spüren, warte; aber er hörte sie nicht, stöhnend warf er sich auf ihr vor und zurück, seine Hände schlossen sich hart um ihre Brüste, er bohrte sich in den weichen Körper, er wollte in dem weichen warmen nassen Körper ertrinken, ihr Gesicht, ihr Name verschwanden, da war nur dieser weiche fließende Körper, diese weichen weißschimmernden Brüste; die Berührung mit ihren Brustwarzen, die sich unter seinen Zärtlichkeiten aufrichteten und hart wurden, steigerten seine Wollust bis zum Höhepunkt; mit immer schnelleren Würfen gab er sich der Ekstase hin;

er kommt schon, er rast fort von mir, ich bleibe hier liegen, ich bin nicht bei ihm, er ist wie ein pumpender Blasebalg, einen Moment lang spürte ich ihn, einen Moment lang war ich bei ihm, sei vorsichtig; sie tastete wieder mit der Hand hinunter, um zu fühlen, ob der Schutz noch festsaß; sein Geschlecht war geschrumpft, weich geworden, seltsam, daß es so groß werden kann, die Gummihülle hing dünn, klebrig, schlaff, sie zog sich zurück. Er hielt das Kondom mit der Hand fest, während er sich aus ihr herauszog, er stand auf und ging hinaus auf die Toilette, nahm den gefüllten Gummibehälter ab, der von seinem Geschlecht hinunterbaumelte. Sie hörte, wie das Wasser spülte; sie hörte ihn zur Küche gehen und sich waschen. Dann kam er zurück, er war nackt, er legte sich neben sie, streichelte sie, seine Bewegungen waren jetzt ruhig, befreit; war es schön für dich, fühlst du dich erleichtert? Er küßte sie; bin ich zu schnell gekommen? Ich konnte mich nicht mehr zurückhalten. Bist du enttäuscht? Das macht nichts, sagte sie, wir kennen uns ja so wenig. Wir müssen uns kennenlernen, antwortete er, du mußt bei mir bleiben. Sie strich ihm über den krausen Pelz auf der Brust, es fühlte sich schön an, tierisch, aber auch leicht abstoßend. Am Anfang ist es immer schwer, sagte er. Das sagten alle Männer. Alle Männer sagten, das es am Anfang schwer war, alle waren sie irgendwie ängstlich, unsicher. Das macht nichts, es macht nichts, daß es schwer ist. Ja, streichle mich. Nun glitten seine Finger ruhig und weich auf ihr hin und her; sie legte sich zurecht; die Finger drangen zwischen die Lippen, glitten hinauf zum Hügel, der sich jetzt elektrisch, vibrierend anfühlte; sie legte seine andere Hand auf ihre Brust, seine Finger zogen und kneteten an den Brustwarzen, nicht so hart; von der Brust hinunter zum Geschlecht wurde der Körper von warmen, saugenden

Wogen durcheilt, er sah ihren Körper in Wellenbewegungen rotieren, sie bekam jetzt ein Gesicht, ein fahl schimmerndes Gesicht mit geschlossenen Augen und einem großen schwarzen halbgeöffneten Mund, ein zeitloses weißes Gesicht, das einen unbändigen Schmerz ausdrückte, und nun war es, als könnte er alles für dieses Gesicht opfern, ich werde Agate und Christin aufgeben, ich werde alles für sie verlassen. Was ist das für eine Zauberkraft in diesem geöffneten schmerzerfüllten Mund, in dieser Berührung mit einer harten Brustwarze, mit den feuchten weichen Lippen des Geschlechts? Mit drei Fingern drang er tief ein, hielt sie, trug sie mit diesem Griff, und sie wand sich um ihn, sie atmete heftig, im Bruchteil einer Sekunde sah er sie vor sich, so wie er sie durch den Briefschlitz gesehen hatte, es war, als könnte er in ihr Herz hineinsehen, und dann spürte er, wie es in seinem Geschlecht zuckte, es schwoll wieder an, richtete sich auf, wollte sich wieder in sie hineinbohren. Ihre Fingerspitzen näherten sich, glitten leicht um ihn herum; es war eine Angst, ein Widerstreben in ihren Bewegungen, sie zwang sich zu ihnen; ich will ihn in mir spüren – aber da war keine Überzeugung in ihrem Gedanken, sie mochte nur die Zärtlichkeiten seiner Hand; die Zukkungen in seinem Phallus wirkten bedrohlich, er drängte sich jetzt in sie, es ist unausweichlich, ich muß mich daran gewöhnen, nimm die Hand nicht fort, ja, hebe mich hoch mit der Hand; er ist nicht geschützt, ein nackter Pfahl aus Fleisch in meinem Körper, warum kann ich das nicht als eine Wollust empfinden; sie sah nackte Frauen vor sich, die sich erregt dem Mann entgegenstreckten, da war Amanda, daheim war sie Haushaltshilfe gewesen, sie war dick, die Haut ihrer Arme war rot, kichernd hatte sie davon gesprochen, wie es war, mit einem Mann zu schlafen, hatte mit dem Unterleib herausfordernde Bewegungen angedeutet; da war die Frau in dem Hotelzimmer in Florenz, die sie durch die halbgeöffnete Tür gesehen hatte, sie saß breitbeinig auf der Bettkante, hielt die Lippen des Geschlechts auseinander, so daß der Mann, der vor ihr kniete, eindringen konnte; wenn er sich nur nicht so schnell bewegte, wenn er nur nicht so gewaltsam in ihr wühlte; schnaufend und schaukelnd arbeitete er dicht über ihr, sie schloß die Augen, sie versuchte, das warme, saugende Gefühl wiederzuerlangen, lieg still, warte, streichle mich, aber er hörte sie nicht, es war, als raste er einen Abhang hinunter, immer schneller, du darfst nicht in mir kommen, sie spürte, wie er sich zur Entladung steigerte, sie zuckte zurück, mit einem stöhnenden Schrei warf er sich über sie, verspritzte sein Sperma über ihren Bauch, ihre Brust. Sie hielt noch immer seine Hand, sie führte die Bewegungen der Hand, und da kamen die saugenden Wellen zurück, und endlich kam das Vergessen, das Vergessen tief unten auf dem Grund der Erschöpfung, es gab nur noch vibrierende Nervenlinien, sie war wie ein Bogen, der gespannt wurde, rote Wellen umsurrten sie, bis es zerbarst, sie hörte ihren eigenen Schrei, sie schleuderte sich hinauf zu ihm. Dann verebbten die Meereswellen langsam und sie lag still auf dem Strand.

Plötzlich breitete sich Ernüchterung in ihm aus; es war, als teilte sich der Nebel, und er sah den Kellerraum, eine Bude mit einer Strohmatratze auf dem Boden, einer Kiste als Tisch, mit einem Haufen rostigem Gerümpel, leeren Flaschen und Zeitungsstößen in der Ecke. Die leere Branntweinflasche war vom Tisch gerollt und auf dem Steinboden in Scherben zersprungen, die Kerze flackerte, große Klumpen Stearin wuchsen um sie herauf. Hoch oben in der Wand lag das Fenster, mit einem Gitter versehen, draußen lag ein Reisighaufen im bläulichen Zwielicht. Der kahle Kopf des Mannes glänzte. Er saß stammelnd auf der Matratze und begann, sich auszuziehen. Neben ihm auf einem Petroleumkocher stand der Topf mit einem Rest Erbsensuppe. Wir kommen am besten ohne Frauen zurecht, was, sagte der Mann und ergriff Knuts Bein. Unter dem offenen Hemd war sein bleicher Bauch zu sehen, mit Fettfalten und ein paar roten Pickeln. Bis jetzt war alles in einem plätschernden Betäubungsrausch vor sich gegangen, er hatte den Branntwein hinuntergegossen – die Flaschenmündung noch warm und naß vom Speichel des Kumpanen –, er hatte die brennende Flüssigkeit in sich gefüllt, es dröhnte in seinem Blut, machte ihn schwindlig und lähmte seine Bewegungen, wenn er den Kopf drehte, wurde das ganze Zimmer fortgeschleudert, wenn er versuchte, aufzustehen, versank das Zimmer unter ihm; trotzdem sah er klar, er schmeckte die Fäulnis seines Lebens. Die Hand des Mannes tastete sich hinauf zum Hosenschlitz, wir können doch ein bißchen Spaß miteinander haben, was, wir sitzen ja im gleichen Boot. Knut zog sich zurück und glitt von seiner zusammengerollten Lederjacke, die er als Kissen verwendet hatte, er verlor die Balance und fiel der Länge nach zu Boden. Wir sitzen im gleichen Boot, es ist harter Seegang, der Kumpan steht auf und beugt sich über mich, seine Hosen fallen herab, er steht breitbeinig, schwankt hin und her, um die stampfenden Bewegungen des Bootes auszugleichen, er hält sein Geschlecht, spannt die Haut zurück, die Spitze schwillt und wird dunkelrot. Jetzt geht er in die Knie, ich erinnere mich an Fragmente aus seiner Erzählung, er ist Heizer gewesen, er hat sich durch die Kohlenbunker gewühlt, er ist in Valparaiso gewesen, in Rio, Buenos Aires, er hat den Panamakanal passiert und hat Kap Horn umsegelt, er hat Delphine und fliegende Fische gesehen, er hat die Eingeborenen auf Madagaskar und in Neuseeland singen hören, er ist in Bordellen in Amsterdam, Algier, Neapel, Bombay und Hongkong gewesen, und jetzt sitzt er hier mit mir in seinem Loch, ein Speichelfaden rinnt aus seinem Mundwinkel, seine blutgesprenkelten Augen quellen hervor, dunkelblaue Adern zeichnen sich auf seinen Schläfen ab, Schweißperlen stehen auf seiner Stirn. Wir sitzen im selben Boot. Hör mal, murmelte der andere, sein rotes aufgerichtetes Glied in der Hand; man hat mit Frauen geschlafen, aber das ist jetzt vorbei, das taugt nicht mehr, man ist zu tief gesunken. Knut richtete sich auf und stützte sich auf die Ellenbogen, der Mann knöpfte seine Hose auf, griff nach ihm. Warum nicht, es ist möglich, auch das hier ist möglich, ich habe das früher schon gemacht, die Möglichkeit ist in mir vorhanden, wir können gegeneinanderstoßen, uns auf dem schmutzigen Boden wälzen, kleine Schottersteinchen drücken sich in die Körper, aber ist es das, was ich will, bin ich dafür aufgebrochen, wofür bin ich aufgebrochen? Nein, du, ich will das nicht, das war es nicht, was ich wollte, was zum Teufel wollte ich, warum bin ich hier? Er versuchte, aufzustehen, er stützte sich auf die Kiste, der Boden schaukelte unter ihm. Verdammt, du willst doch jetzt nicht gehen, was? Doch, ich gehe. Bleib hier, du, ich werde mehr Schnaps besorgen. Nein, ich will keinen mehr haben, dafür bin ich nicht aufgebrochen, wollte irgendwo hinkommen. Bleib hier, ich besorge mehr bei einem Kumpel. Nein, ich muß jetzt gehen, das alles ist falsch, es ist falsch! Was ist falsch daran, zu saufen und ein bißchen Spaß zu haben, es ist doch das einzige, was einem geblieben ist. Aber das Zimmer war jetzt zu einem dunklen Gefängnisloch geworden, ich muß herauskommen, nein, halt mich nicht fest, ich will raus, ich muß raus. Der Mann klammerte sich an seine Arme, er versuchte, ihn abzuschütteln, wankend begannen sie sich zu prügeln, das Gefühl, eingeschlossen zu sein, machte ihn rasend, er schlug und trat um sich, bis der andere wie ein Lehmklumpen auf der Matratze zusammensank. Verdammt, ich wollte mich nicht prügeln, brummte er, während er die Lederjacke und die Aktentasche aufnahm, so war das nicht gemeint, aber ich sehe rot, wenn mich jemand anpackt. Der Andere saß breitbeinig, mit gesenktem Kopf, die Hände lagen kraftlos an seinen Seiten, die Handflächen nach oben gedreht. Als Knut die Tür öffnete, hob er das Gesicht, Tränen liefen aus seinen Augen und bildeten weiße Rinnen in den staubigen Wangen. Verdammt, du tust mir leid, es ist zu verteufelt, aber ich muß gehen, ich kann nicht hierbleiben, du mußt dich auf deine Weise zum Teufel scheren, ich auf meine. Als er zum Hof hinaufging, merkte er, daß seine Hand blutete, eine tiefe Kerbe hatte sich in die Innenseite seines Daumens geschnitten. Er wickelte das Taschentuch um die Hand und wankte in die kalte, herbe Dämmerung hinaus. Irgendwo läuteten Kirchenglocken. Was ist heute für ein Tag – ist Samstag. Samstagabend, der Zeitpunkt für die Rückkehr des verlorenen Sohnes. Die Familie sitzt im Heim versammelt, die längste Nacht der Woche, den Sonntagsfrieden vor sich. Es ist dieser Hof – es ist etwas mit diesem Hof – es gibt eine Zeichnung von Dürer, der verlorene Sohn auf dem Hof, das ist Dürers Hof, ein Stall, ein Holzschuppen, einige hohe steile Dächer, ein Lattenzaun, einige Schweine an den Trögen, der Hof, der wie ein ganzes Leben ist, zusammengedrängt, eingeengt, stinkend; aber noch etwas – er erinnert auch an eine Schilderung bei Swedenborg, sein Bild von der Hölle, der Hölle als einem engen

Hinterhof, mit Misthaufen, mit Schweinen, die im Schlamm wühlen, mit einem Schuppen als Scheißhaus; ein eingeschlossener, tiefliegender Bereich unter einem bleigrauen Himmel. Ein Brechreiz stieg vom Bauch her auf und strömte sauer hinauf in den Hals, er zog sich zusammen und erbrach sich, hustend und spukkend entledigte er sich der Erbsensuppe, die zu einem Schleim mit stechend scharfem Geschmack geworden war. Mit tränenden Augen sah er das grünliche Erbrochene in den nassen Sand hinunterklatschen, trübe in die Pfützen hinausrinnen. Dann fühlte er sich erleichtert, obwohl die Gallensäure noch immer im Rachen und in der Nase brannte. Die Heimkehr des verlorenen Sohnes. Odysseus kehrt heim nach seinem Besuch beim Zyklopen; habe ich noch genug für eine Zugfahrkarte? In der Dämmerung ging er zum Bahnhof, in der Dämmerung ging Odysseus zum Bahnhof, die Kinder im Park waren von ihren Müttern heimgerufen worden. Der ausgehöhlte Odysseus, der torkelnde Odysseus, der torkelnde Samstagnachmittag-Odysseus, der kein Aufsehen erweckt, der Seefahrer Odysseus, der trotz des Wachses in seinen Ohren nicht vermeiden konnte, einen Hauch des Sirenengesangs zu hören. Odysseus am Fahrkartenschalter, ja, das Geld reicht, aber morgen bin ich blank. Er kauerte sich auf die Bank, die Fahrkarte sichtbar in der Hand; umgeben von den Bergen, Meeren und Kathedralen der Welt erwartete er den Zug, der ihn zurück zum Ausgangspunkt führen sollte.

Du mußt erst bezahlen, sagte der Fahrer zu dem Mann, der aus dem Bus steigen wollte. Den schweren motorischen Störungen des Rausches ausgesetzt, tastete der Mann nach seinem Portemonnaie, die Hände fanden keinen Halt, sie griffen ins Leere, er schaukelte zwischen dem Geländer und der Haltestange hin und her; der Bus setzte sich wieder in Bewegung. Ich wollte doch raus, murmelte er; ich bemerkte, daß seine Hände und sein Gesicht fein, empfindlich waren, gar nicht mit dieser hochgradigen Trunkenheit zusammenpaßten. Die Passagiere beobachteten ihn halb gleichgültig, halb verurteilend; der Fahrer, ein junger, kräftig gebauter, hellhaariger Mann, bekam einen autoritären Zug, als er die Hand nach der geforderten Gebühr ausstreckte. Schließlich – der Bus hielt an der nächsten Haltestelle – bekam der Berauschte eine Ecke des Portemonnaies zu fassen, zog es heraus und reichte es, indem er seinen ganzen Körper herumschleuderte, dem Fahrer; das Portemonnaie öffnete sich und auch ein Reisepaß war zu sehen. Der Fahrer drückte ihm den Paß und das Portemonnaie in die Hände zurück; hol das Geld selbst heraus, sagte er. Einige Passagiere stiegen ein und der Bus fuhr weiter, obgleich der Mann von neuem versuchte, zu erklären, daß er aussteigen wollte. Mit seinen ungelenken Händen gelang es ihm, einen Hunderter hervorzuziehen; einige kleinere Scheine sahen aus dem Portemonnaiefach hervor. Du hast es doch kleiner, sagte der Fahrer und nahm einen Fünfer heraus, gab ihm das Wechselgeld und die Fahrkarte zurück. Der Betrunkene stand nun vollständig verwirrt mit dem Geld und dem Portemonnaie, schwankte hin und her, hatte offensichtlich nichts von der Transaktion begriffen. In ein Säuglingsstadium versetzt, konnte er die unterschiedlichen Gegenstände nicht unterscheiden, er konnte sich nicht um einen von ihnen kümmern, ohne das Risiko, andere zu verlieren. Da waren der zusammengeknüllte Hunderter und das Wechselgeld in der einen Hand, und das Portemonnaie, der Paß und die Fahrkarte in der anderen Hand. Verstärkt durch das Schütteln des Busses fuhren seine

Armbewegungen herum, er verlor die Fahrkarte; das Geld und das Portemonnaie wurden indessen, nach verschiedenen Schlägen in die Luft, durch das Schlingern des Busses in eine Tasche befördert, in der auch die Hand steckenblieb. Aber für ihn war dies keine Lösung, er erlebte es nur als ein Verschwinden; ich müßte doch Geld zurückbekommen, sagte er zum Fahrer. Sein Gesicht war bleich und herausfordernd. Wieder fiel mir auf, wie wenig dieses Gesicht zu einem Unruhestifter paßte. Der Bus hatte ein paar weitere Haltestellen zurückgelegt, aber das Aussteigen schien jetzt für den Mann seine Aktualität verloren zu haben, das Problem des verlorenen Geldes überschattete alles andere. Der Fahrer fuhr auf, seine Würde stand auf dem Spiel; ich habe dir das Geld zurückgegeben, dafür gibt es Zeugen. Der Mann stand wie festgenagelt am Geländer, er starrte den Fahrer mit einem Ausdruck an, der zeigte, daß er sich in einer Welt befand, in der ihm der Fahrer wie ein furchtbares Monstrum erschien. Sein Blick war bald gespannt, um den Gegner zu durchbohren, zu brandmarken, bald hilflos umhergleitend wie ein Scheinwerfer, der sein Ziel verloren hat. Der Rausch hatte bei ihm eine Art Paranoia hervorgerufen; zwischen den Zähnen zischte er, ja, ich verstehe, jetzt verstehe ich! Er stand völlig isoliert da, ich fragte mich, was er zu verstehen glaubte. Es muß der große Betrug, die große Verschwörung gewesen sein. Der Fahrer dagegen fühlte sich als Vorkämpfer für Recht und Ordnung, er war beleidigt worden, er war es den Passagieren, deren Augen auf ihn gerichtet waren, schuldig zu zeigen, daß er die Lage beherrschte. Als nun der Mann an der nächsten Haltestelle eine unbestimmte Bewegung zur Tür hin machte, sagte er, du kommst bis zur Endhaltestelle mit, dann kann sich ein Polizist um dich kümmern. Hätte ich nicht eingreifen sollen? Dieser Gedanke will mich jetzt nicht loslassen. Ich stand daneben und habe zugesehen, so wie alle anderen zugesehen haben. Wir waren Zeugen eines Dramas, einer kleinen Tragödie, und niemand machte Anstalten, zu vermitteln, Partei zu ergreifen. Er ist doch kein Unruhestifter, lassen Sie ihn gehen, er weiß ja nicht, was er sagt, hätte ich dem Fahrer sagen sollen; er hat ja Geld, wir können ihn in ein Taxi setzen und ihn nach Hause fahren lassen. Aber ich sagte es nicht, ich stand nur da und sah fasziniert auf dieses Schauspiel von Mißverständnissen, Fehlinterpretationen. Der Fahrer erhielt durch das Geschehen eine stramme Würde, er streckte sich, allein seine Art, den Berauschten zu duzen, zeigte seine Überlegenheit; seine Wangen bekamen eine Farbe, die sein Aussehen noch kerniger machte, er hatte überhaupt kein Verständnis für die Unschlüssigkeit des anderen, er war nur in seinem Berufsstolz gekränkt. Das Opfer muß seine Lage wie durch Traumschichten erlebt haben, er verstand noch immer nicht, was geschehen war, er war sich nur sicher, daß man ihn bestohlen hatte. Die an jeder Haltestelle wiederholte Drohung, daß er der Polizei übergeben werden sollte, drang nicht ganz in sein Bewußtsein; ich erwartete, daß er plötzlich, wenn er den Inhalt erfaßte, beginnen würde, zu schreien und um sich zu schlagen. Aber er stand gelähmt und schaukelnd am Geländer, haßerfüllt auf seinen Gegner starrend, in seinem Alptraum befangen. So stand er noch immer, als ich den Bus verließ; und die ganze Zeit, als ich den Ofen öffnete und Feuer in der Hütte machte, und noch jetzt, wo ich am Schreibtisch sitze, um mich meinem Drama zu widmen, werde ich ihn nicht los. In Gedanken (das Zu-spät-Erlebis aller Schwachen) führe ich Rettungsaktionen zu seinen Gunsten aus, ich helfe ihm aus dem Bus, frage ihn, wo er wohnt, setze ihn in ein Taxi. Aber ich kann nicht von seiner Wirklichkeit loskommen, dieser seltsam verschobenen Wirklichkeit, in der er sich plötzlich von bösen Mächten umringt sieht, in der er aufgrund unverständlicher Anklagen verhaftet wird, in der er Vergehen beschuldigt wird, die er nie begangen hat. Ein bescheidenes, gequältes, verirrtes Gesicht. Warum halte ich mich mit diesem Ereignis auf, was geht mich der Mann an, was geht es mich an, daß er jetzt seinen Samstagsrausch in einer Polizeizelle ausschläft? Sind all dies wieder Ablenkungsmanöver, Bewegungen, die mich vom Wesentlichen fernhalten? Natürlich identifiziere ich mich mit ihm, letzten Endes bin ich selbst den ganzen Tag in diesem gelähmten unwirklichen Zustand umhergegangen und habe wie ein Säugling versucht, Dinge zu ertasten, zu drehen und zu wenden, die ich doch niemals greifen kann. Das Ereignis zeigt mir meine eigene Lage. Und auf gewisse Weise zeigt es die Lage der Zeit. Wo stehe ich, was will ich, was habe ich für Möglichkeiten?

Warum ist er verschwunden, ich dachte, ihr lebt zusammen? Leben und leben, sagte sie ausweichend. Vermisse ich ihn, fragte sie sich; gestern bin ich denselben Weg mit ihm gegangen, den ich jetzt mit Jean gehe, ich hatte meine Hand in seiner Tasche, wir sind Hand in Hand gegangen, aber bedeutete es etwas, drückte es etwas aus, war es nur eine alte Gewohnheit? Wie geht es ihm gerade, fragte er wieder; er ist wie Woyzeck – Woyzeck, Woyzeck, Er sieht immer so gehetzt aus, ein guter Mensch tut das nicht, ein guter Mensch, der sein gutes Gewissen hat, Er macht mich ganz schwindlig, Woyzeck, Er denkt zuviel, das zehrt! Im Moment weiß ich gar nichts von ihm, sagte sie, wir haben ein Stadium erreicht, in dem man nichts mehr voneinander weiß.

Weiß man das jemals, fragte er. Man kann die Nähe spüren, sagte sie, man kann das Bedürfnis nach der gegenseitigen Nähe spüren. Ist das Bedürfnis verschwunden, fragte er. Seine Frage ging ihr zu nahe, sie war zu schmerzhaft und fordernd, sie konnte nicht darauf antworten. Er sah sie an, sie waren auf dem Weg hinauf zur Klippenhöhe, ihr Profil zeichnete sich rein vor dem dunkelnden Himmel ab; ich habe ein Bedürfnis nach deiner Nähe, sagte er und legte die Hand unter ihren Arm. Sie spürte eine flüchtige Reaktion der Enttäuschung; das war billig, dachte sie, will er mich verführen? Sie zog ihren Arm zurück. Aber gleichzeitig merkte sie, daß sie selbst an diese Möglichkeit gedacht hatte; ich bin frei, ich stehe für mich selbst, ich gehe meinen eigenen Weg. Jean drängte sich wieder auf; seid ihr einander treu? Da sind wir wieder. Die alte Frage. Ich weiß nicht, wie das Problem zu lösen ist. Wir haben oft darüber theoretisiert. Ich selbst kann nicht von der Eifersucht loskommen, wenn ich merke, daß er in eine andere Richtung interessiert ist, auch wenn er behauptet, daß es von keiner Bedeutung für unsere Beziehung ist. Ich denke mich in die andere Frau hinein. Sie verliebt sich vielleicht in ihn. Wenn ich mit einem Mann ins Bett gehe, will ich mehr als nur eine oberflächliche Episode. Ich will mich ganz geben, das enthält, daß ich mich binde; Männer sind vielleicht kälter. Er hatte wieder ihren Arm genommen, dieses Mal sträubte sie sich nicht. Wie lebst du denn selbst, fragte sie. Glaubst du an die sexuelle Freiheit? Bis zu einem gewissen Grade, sagte er. Ich bin auch zu keiner Lösung gekommen; wenn es ernst wird, fühle ich Eifersucht, Unsicherheit und diese ganze Kette alter Bedürfnisse und Forderungen, die einem ins Blut gegangen sind. Aber ich wünsche mir, daß ich einmal eine Liebesbeziehung erreichen kann, die sowohl engagiert als auch frei vom Terror der Gebundenheit ist. Sie lachte. Das klingt so einfach. Aber ich glaube, das geht nur, solange da eine Gefühlskälte ist. Wenn ich einen Mann liebe, dann will ich keinen anderen; und wenn ich mich nach anderen umsähe, würde ich das zerstören, was da ist; ich will mich nicht nur mit einem kleinen Stück eines Mannes begnügen; das Wesentliche ist gerade das Alltägliche, die selbstverständliche gemeinsame Nähe. Und wenn es diese Nähe nicht gibt, ist Schluß, sagte er herausfordernd. Ich habe wohl die Nähe überschätzt, sagte sie und rührte wieder an das Erlebnis der letzten Nacht; ich habe zuviel auf dieses Bedürfnis nach Nähe gesetzt, es gibt im Moment keine Nähe zwischen Paul und mir, ich weiß nicht, ob wir einander wiederfinden oder ob es vorbei ist. Was macht das, sagte Jean. Willst du dasitzen und auf ihn warten? Heftig zog sie ihren Arm zurück. Ich habe zwei Jahre mit einer Frau zusammengelebt, sagte Jean, ich war an sie gebunden, ich war eifersüchtig, und eigentlich war alles nur ein einziger verzweifelter Versuch, wieder voneinander loszukommen, weißt du, was als einziges geblieben war, als wir uns endlich trennten – ein Besen. Sie schlug sich um einen Besen; als wir den Haushalt aufteilten und sie auszog, nahm sie den Besen mit, sie behauptete, daß sie ihn gekauft hätte. Meine letzten Worte zu ihr waren, dann nimm doch den Besen und flieg mit ihm weg. Das war das Ende der Liebe. Was willst du damit sagen, fragte Thel. Willst du sagen, daß man nicht einmal gemeinsam einen Besen haben kann? Vielleicht, sagte Jean. Du siehst es ja jetzt mit Paul; ihr habt lange zusammengehalten, du hast dir eingebildet, daß es eine Nähe gab, aber plötzlich wißt ihr nichts mehr voneinander, ihr habt einander nichts zu sagen, die ganze sogenannte Gemeinsamkeit hat sich in Luft aufgelöst wie ein Furz. Das ist gelogen, rief sie, du willst mich verführen; wir sind nur in einer Sache gescheitert, wir haben einander nicht genug gegeben, wir waren nicht offen genug füreinander. Er wollte sie wieder angreifen, aber sie unterbrach ihn. Gestern nacht, sagte sie, als wir in verschiedene Richtungen gingen, als ich allein zu Hause war, verstand ich, was falsch war in unserer Beziehung. Es hatte zuviel angestrengtes Festklammern gegeben, zuviel alte Unruhe; ich entdeckte, daß es schön war, allein zu sein, obwohl ich ihn vermißte. Ich war dabei, ein wenig von meiner Kindlichkeit zu verlieren. Aber gleichzeitig wurden meine Forderungen an ihn stärker. Es war nicht so, daß ich jetzt ohne ihn sein wollte. Es war eher, daß ich verstand, wie unreif er im Grunde war mit seiner düstren Ungelöstheit, seinen ständigen Ausflüchten. Ich wollte ihn nackter haben. Ich wollte, daß er es wagte, mehr von sich selbst zu zeigen. Wenn wir in letzter Zeit zusammen waren, konnte er neben mir liegen wie ein toter Hering, und ich tat nichts, fühlte mich nur verletzt und verlassen, in meiner Weiblichkeit beleidigt. Wir haben beide unsere Schwäche, unser Unvermögen ausgelebt. Aber plötzlich merkte ich, daß all dies nur die alte kindliche Feigheit war, sein wahres Gesicht zu zeigen. Ich will mich mit ihm schlagen, ihn schütteln, von ihm aufgerüttelt werden. Das ist es, was ich will. Nicht dieser Weg des Gehenlassens, diese laue Bereitwilligkeit, sich in alle Richtungen mitziehen zu lassen. Das meine ich auch nicht, sagte Jean; ich glaube nur nicht an das, was du selbstverständliche Gemeinsamkeit nennst. Ich kann in eine Frau verliebt sein und mich dennoch auch zu einer anderen hingezogen fühlen, warum soll ich das denn leugnen? Aus Angst, das zu verlieren, was ich habe, verzichte ich auf andere Bedürfnisse, ich habe Angst, Risiken einzugehen. Ich nenne meine Feigheit Rücksichtnahme. Sollte es nicht möglich sein, von dieser Mogelei wegzukommen? Das Ganze ist eine Frage des Selbstvertrauens. Du sagst, man soll sich einander nackt, vorbehaltlos zeigen. Ist in dieser Rücksichtslosigkeit nicht enthalten, daß man zu seiner polygamen Veranlagung steht? Ich setze voraus, daß auch die Frau, die mir gerade am nächsten steht, sich plötzlich zu einem anderen Mann hingezogen fühlen kann, und ich setze voraus, daß sie dann dieser Neigung nachgibt. Das tut weh, das will ich nicht leugnen, und man kann Angst haben, sie zu verlieren. Aber es geht darum, durch diese Angst hindurchzukommen. Hat man das geschafft, kann man sich, glaube ich, auf ganz neue Weise begegnen. Aber du hast immer den dritten und vierten Part, mit dem du rechnen mußt; und wie reagieren die – sind sie ebenso vorbehaltlos, ebenso großzügig? Kommt es nicht immer zu Schwierigkeiten? Es hängt ganz von dir selbst ab, sagte Jean. Das einzige, was zählt, ist, daß du selbst mit offenen Karten spielst, daß du niemals etwas vorspiegelst, für das du nicht einstehen kannst. Dann ist es die Sache des Partners, zu wählen. Geht der Partner nicht auf deine Bedingungen ein, will der Partner bluffen und sich mit Vorspiegelungen von absoluten Rechten bluffen lassen, dann soll es so sein. Aber wir sind doch keine Maschinen, rief Thel, die körperliche Liebe ist doch nicht einfach eine sachliche Operation, sie ist immer voller Widersprüche, sie setzt immer eine Masse von Gefühlen in Bewegung. Ich weiß nicht, ob deine sogenannte Freiheit nicht nur eine Finte ist. Du bist nirgendwo seßhaft. Heute bist du hier, morgen bist du vielleicht auf dem Weg in eine andere Stadt, in ein anderes Land; du hast mich zufällig getroffen und willst heute Nacht mit mir zusammensein. Du hast den Rücken frei, du hast leicht reden vom Verzichten auf Ansprüche. Da kommst du wieder mit der ganzen toten Last alter

Werte, sagte Jean. Macht es einen Unterschied, daß ich nicht hier wohne und du ein Zimmer dort oben auf dem Hügel hast? So wenig ich mich auf einseitigen Umgang beschränken will, so wenig will ich auf eine einzige Stadt festgelegt sein. Ich habe meine Filmzeitschrift in New York, aber ich wohne im Wagen, ich bin in Paris, London, Rom und wo du willst zu Hause, und es steht dir frei, mitzukommen. Ich habe mein Leben nach meinen Ansprüchen eingerichtet. Plötzlich fühlte sich Thel wieder grau, provinziell, so wie gestern beim Treffen mit Fanny. Ich muß zugeben, daß er recht hat, seine Lebensweise ist weiter, reicher, vielleicht mutiger. Aber sollte ich so leben können? Ich bin kein Abenteurer, sagte sie. Ich brauche mein festes Zimmer. Ich habe meine Arbeit hier. Ich bin an eine Sprache gebunden. Ich könnte die Wurzellosigkeit eines umherstreifenden Lebens nicht aushalten. Du hast es nie versucht, du hast es nie gewagt, sagte Jean. Gewiß hatte er auch jetzt recht, aber das war eine einseitige und begrenzte Sicht. Es gibt so viele Möglichkeiten, zu leben, sagte sie. Manchmal, wenn man eine Ansicht ausgesprochen hat, hört man selbst, wie falsch sie klingt. Es gibt eine Antithese. Man muß auch die Antithese aussprechen, muß sich in sie einleben, um allmählich vielleicht zu einem Resultat zu kommen, das einem paßt. Darin liegt wohl der Sinn, daß man miteinander spricht; man äußert Gedanken, und wenn jemand anders zuhört, begreift man sie selbst deutlicher, man sagt alle möglichen Sachen, manche klingen gut, andere halten nicht stand. Jean hatte wieder ihren Arm genommen. Die Straßenlaternen flammten auf. Sie näherten sich der Haustür. Unter ihnen lag die Stadt mit glitzernden Lichtpunkten in der sich verdichtenden Dämmerung. Die Nacht hatte ihre große dunkle Decke hoch über den Himmel gezogen.

Nacht

Im Theater habe ich die Notwendigkeit erwähnt, Stellung zum Zeitgeschehen zu beziehen. War das nicht nur eine leere Phrase? Was habe ich selbst geleistet, das mich zu einer solchen Äußerung berechtigte? Jean sagte etwas von Erlebnissen aus zweiter Hand. Paßt das nicht gut auf mich, ist nicht mein Leben symptomatisch für diese Neutralität? Worin besteht meine Stellungnahme? Höchstens in einer Lähmung, in einem Gefühl der Machtlosigkeit. Ich bin Zuschauer. Mein Beitrag zur Weltgeschichte ist mein persönlicher Ekel. Es begann mit dem Spanienkrieg. Ich war zu jung, um auf den Gedanken zu kommen, mich freiwillig zu melden. Aber selbst wenn ich einige Jahre älter gewesen wäre, hätte ich mit der gleichen Passivität zugesehen. Ich habe kaum auf die Zeitungsartikel geachtet. Ich war ein verwöhnter Bürgersohn, daheim wurde niemals ein Wort über die großen sozialen Konflikte verloren. Ich hatte keinen Begriff davon, was in Deutschland geschah, welche Werte auf dem Spiel standen. Eher imponierte mir, wie so vielen anderen, die nationalistische Kraftentwicklung. Ich erinnere mich, wie ich dem hohlen Prunk um die Olympiade in Berlin verfiel. Ich war politisch ungeschult, radikale Ideen waren für mich nicht aktuell. Ich bekam Geld von daheim, lebte eine Art Pensionärsdasein. Der Kriegsausbruch bedeutete für mich vor allem die Enttäuschung, nun nicht mehr ins Ausland reisen zu können. Ich hatte Freunde, die auf beiden Seiten am Kampf teilnahmen; es war unvorstellbar, wie sie es in dieser Alptraumwelt aushalten konnten, deren Streiflichter ich in den Wochenschauen sah. Erst nach der

Invasion in Dänemark und Norwegen begann ich, aufzuwachen, begann, ein Gefühl für die Realität der Ereignisse zu entwickeln. Ich sagte, daß wir während der vierziger Jahre offen waren. Worin bestand diese Offenheit? Ich hatte begonnen zu schreiben, Regie zu führen, zu filmen. Meine Arbeit war hektisch, aufgewühlt. Ich arbeitete mit einer flimmernden, dissonanten Bildsprache. Ich lebte mich ein in die Welt der Konzentrationslager, der Bombardierungen, des Untergangs und der Flucht; aber war nicht alles wie durch ein umgedrehtes Fernglas gesehen? Gab es nicht überall den weiten Abstand, die kühle Unberührtheit? Es war leicht, die Brutalität des Krieges zu verurteilen, ständig neue Bilder um ein Inferno zu spinnen. Nicht einmal, als es um den Wehrdienst ging, war ich zu einer pazifistischen Handlung in der Lage. Ich ging Schleichwege, ich verwandte all meine Verschlagenheit darauf, vom Militärdienst loszukommen; ich ließ mich nicht für meine Überzeugung einlochen, sondern es gelang mir, mich als nervliches Wrack zu drücken, wurde für untauglich erklärt aufgrund psychischer Labilität. Ich war mit meinen künstlerischen Spielereien beschäftigt, unterstützt durch das Geld meines Vaters, ich verzettelte mich in unzähligen Liebesbeziehungen, in denen ich weder etwas gab noch die Fähigkeit hatte, entgegenzunehmen. Als der Krieg zu Ende war, bildete ich mir ein, daß ich einer Tätigkeit nachging mit meinem Dokumentarfilm über die zerbombten Städte; ich reiste herum mit meinem Presseausweis, hatte ein Eisenbahnabteil zu meiner Verfügung, während die Bevölkerung zusammengepfercht in Güterwagen saß, wohnte in den Hotels der Alliierten, während die Menschen gleich Lumpenbündeln in den Ruinen lagen; ich machte eindrucksvolle Bilder von diesem großen Zusammenbruch, aber ich war der Fremdling mit einer Sicherheit im Rücken, der Fremdling, der sich nie beschmutzte, der Fremdling, der Zugang hatte zu Zigaretten und zu einem Bad. Nach außen hin zeigte ich Indignation, aber innen war ich noch immer der verwöhnte Sohn. Ich war von daheim losgekommen, ich litt unter dem mittelmäßigen, ignoranten Dasein meiner Eltern, konnte aber, wenn es erforderlich war, an ihren ökonomischen Mitteln teilhaben. Als ich in den Jahren nach dem Krieg meinen persönlichen Bankrott immer mehr spürte, schimpfte ich auf sie, ich warf ihnen ihre erstickende Erziehung vor, ich zerlegte meine Kindheit, die nun in einem Schreckenslicht erschien. Ich begann einzusehen, daß meine Hadeswanderungen in der Kriegszeit nichts anderes waren als das Wiedererleben der schlimmen Kindheitsträume, ich war noch immer nicht aus mir selbst herausgekommen; es war nicht das kollektive Unglück der Länder und Menschen, das mich anging, sondern meine eigene Misere. Es gab für mich keine großen Zusammenhänge, keine allgemeinmenschliche Perspektive, nur die Gebundenheit an mein Ich. Ich kam zur Psychoanalyse, um Abhilfe gegen meine Lethargie, mein Unvermögen, meine Qual zu finden. Während mehrerer Jahre landete alles, was ich verdiente, auf dem Bankkonto des Analytikers. Ich glaubte an die Analyse als Wissenschaft. Aber konnte sie als Therapie von Nutzen sein? Die Analyse enthielt für mich keine großen Neuentdeckungen, ich erreichte nie diese leuchtenden Augenblicke, in denen man plötzlich seine Vergangenheit zu verstehen glaubt. Alles, von dem ich sprach, war mir vorher bekannt, trotzdem erlebte ich manchmal eine seltene Erleichterung, eine Erleichterung, die nur eine gefühlsmäßige Erfahrung war, die sich nicht erklären ließ, die hinter meinen ständigen Intellektualisierungen lag. Es war wohltuend, nach einer Depression vertrauensvoll mit dem Analytiker sprechen zu können; mein eigener Vater war mir immer wie die Stummheit und Blindheit selbst erschienen. Ich weiß nicht, was sich in mir aufgrund der Analyse oder aufgrund meiner eigenen Entwicklung verändert hat. Aber ich kann wohl kaum zwischen Analyse und Entwicklung unterscheiden, die Analyse war ein Glied in meiner Entwicklung, ich hatte vorher analysiert, überlegt, gegrübelt; in der Analyse fuhr ich nur mit intensivierten Übungsstunden fort. Oft nahm ich indessen das Artifizielle und Absurde in diesem Vorgehen wahr; der einstündige Weg zum Analytiker (der außerhalb der Stadt wohnte – wie es alle Analytiker zu tun scheinen), und dann der Weg zurück; fast ein halber Tag ging drauf für die seelische Operation. Und ich wurde in meiner Arbeit passiver denn je, als ich in die Gewohnheit verfiel, alles Material für die Dreiviertelstunde auf dem Sofa aufzusparen. Es wurde nicht weniger absurd, als der Analytiker sagte, daß all diese Zeit, alle diese Ausgaben ihre Mission erfüllten; mit diesen großen Opfern zeigte ich mir selbst, für wie notwendig ich die Verbesserung meiner psychischen Gesundheit hielt. Es wurde niemals klar, wohin ich mit der Analyse kommen wollte. Wollte ich mich den allgemeinen Normen anpassen, »lebenstauglicher« werden? Oder wollte ich meine Eigenart entdecken, das, was mir Kraft gab, »anders« zu sein? Ich bin jetzt nicht der Gleiche wie vor der Analyse, oder habe ich jetzt mehr Verteidigungsmöglichkeiten gegen die langen Perioden der Niedergeschlagenheit? Haben die Wunden sich weiter geschlossen, bin ich »erwachsener« geworden? Ich kann mich manchmal nach den Momenten sehnen, in denen ich eine kindliche Hilflosigkeit ganz akzeptieren und mich völlig dem Weinen hingeben konnte. Ich habe mich den Lebensbedingungen besser angepaßt, ich habe eine gewisse Beständigkeit in meiner pädagogischen Arbeit in der Kunstschule gewonnen; aber in meinen eigenen künstlerischen Leistungen bin ich noch immer ein Suchender. Der künstlerische Ausdruck und das menschliche Dasein bilden eine Einheit. Was in meiner Kunst fehlt, kann ich auch wie ein Loch in meinen menschlichen Beziehungen sehen. Die Konfrontation mit Hanna heute. Da trat, wie in einem Zerrspiegel, meine ganze Haltlosigkeit hervor; eine Frau, die ich vergessen habe, die mir nichts bedeutet, steht plötzlich da und ist Mutter meines Kindes, während ich mit Thel alle Vorsichtsmaßnahmen ergreife. In meinem Schuldgefühl werfe ich mich in eine Scheinehe, niemand wird davon wissen, in drei Wochen werde ich eine Stunde am Vormittag abzweigen und mich dem geheimen Ritual unterwerfen; das Ganze ist nichts anderes als eine selbstauferlegte Strafe – auch wenn ich mir mit meinem Handeln einen gewissen Edelmut vorspiegeln will. Aber das, was mit Hanna geschehen ist, könnte wieder geschehen. Gestern habe ich mit Margot geschlafen. Und heute Abend würde ich einer neuen Verlockung nachgeben. Die Analyse hat nichts an dieser Unruhe ändern können, die mich überkommen kann. Da ist nichts von einer Gemeinschaft, nicht eine Spur von Verliebtheit, nur diese Besessenheit von dem Gedanken, den zeitweiligen Partner ins Bett zu bekommen. Alle Worte klingen falsch, ich kann mich vor mir selbst ekeln, vor meinen Anstrengungen, ich spiele auf einem künstlichen Sensualismus, aber wenn die Frau dann, betäubt von meinen Zärtlichkeiten, vom Wein und der Hitze des Kaminfeuers, nachgibt, sind da mehr Widerstand und Schwierigkeiten als wirkliche Befreiung. Nach einem unendlich hinausgezogenen Spiel kommen die Erschöpfung und das Bedürfnis, wieder allein zu sein. Hinterher immer diese Reue, so wie der Alkoholiker seinen Rausch bereut, hinterher immer diese Leere; da ist nichts mehr, ich wünsche mir nur, daß sie geht. Jedesmal beweise ich meine Armut, und doch kann ich es nicht lassen, denselben Mechanismus wieder in Gang zu setzen. Spreche ich von mir? Wie fremd es klingt, wenn man versucht, sich selbst zu beschreiben. In all dem befindet sich nur ein Bruchteil von Wahrheit. Je weiter ich mich in das Vergangene zurückdenke, desto schwerer ist es, eine Zusammengehörigkeit mit meinem alten Ich herzustellen. So, wie ich jetzt am Fenster vor dunklen feuchten Tannen in einer nebligen Gartenlandschaft sitze, so habe ich an anderen Fenstern, in anderen Häusern gesessen, das Spiegelbild der Lampe, meines verschwommenen Gesichts in der Scheibe gesehen. Ich kann keine Einheit mit dieser Figur herstellen, die am Schreibtisch im Kinderzimmer sitzt, ich erinnere mich an seine Gedanken, seine Erlebnisse, aber ich kann nicht verstehen, daß ich es selbst war. Ich frage mich, wie es ist, ganz zu sein, sich selbst wie eine ungebrochene Kontinuität vom Ursprung bis zur Gegenwart zu spüren.

Erzähle von dir selbst, ich kenne nur deine Bilder und deinen Körper, deinen Körper habe ich jetzt kennengelernt, aber ich weiß nichts von dir, wie lebst du? Wie ich lebe, sagte er fragend, und die Schwere kam wieder über ihn. Ich lebe hier, zwischen meinen Bildern, das hier ist meine Welt, alles andere erscheint unwirklich. Aber deine Frau und dein Kind? Die befinden sich in einem anderen Leben, und gerade jetzt habe ich sie ganz verloren. Du mußt nicht meinetwegen mit ihnen brechen, sagte sie. Willst du nicht bei mir bleiben, fragte er, willst du nicht mit mir leben? Ich weiß nicht, Leo, ich weiß nicht, ob ich kann. Er hatte die Hemdsärmel hochgekrempelt und seine Hand glitt mit einem

Palettenmesser auf dem kurzen, kräftigen Arm auf und ab. Sie hörte die Klinge im Haarwuchs schaben. Er starrte auf seinen Arm hinunter, das Gesicht im Schatten. Weit entfernt auf dem Tisch am Fenster brannte eine kleine Lampe. Die Bilder ragten in einer erstarrten, geladenen Stille auf. Erzähle von dir selbst, sagte sie noch einmal; was hast du für eine Kindheit gehabt? Kindheit, fragte er. Es war als wolle er jedesmal eine Antwort aufschieben, als kosteten ihn die Worte eine unüberwindbare Anstrengung. Mein Vater starb, als ich jung war, sagte er mühsam. Meine Mutter hatte eine Plätterei. Und wenn ich keine Prügel bekam, war ich festgebunden an ihrem Tisch. Sie pflegte mich am Tischbein festzubinden, wie einen Hund. Mein Vater war schwach. Als ich klein war, sah ich oft, wie sie ihn quälte, er bat immer um Verzeihung, er machte sich immer zum Schuldigen, er kroch immer vor ihr, er war einen Kopf kleiner als sie, und wenn sie ihre Anfälle von Raserei bekam, weinte er, ich höre noch immer seine flehende Stimme, und dann schlug sie ihn, er wurde immer gelber im Gesicht, sie war es, die ihm das Leben nahm. Ich hatte Angst vor ihr, ich haßte sie, und doch kroch ich immer um sie herum, suchte ihre Gunst. Als mein Vater starb, als sie ihn zu Tode gequält hatte mit ihrem Gejammer, machte sie sich zur aufopfernden Mutter, ich wuchs unter ihren ständigen Vorhaltungen auf, daß sie die Nächte durcharbeiten mußte, um genug für Essen und Kleider für mich zusammenzubekommen, aber nach der Schule mühte ich mich hart als ihr Laufbursche. Wie kam es, daß du zu malen anfingst, fragte Fanny. Das habe ich mich auch gefragt, sagte er. Wie kommt es, daß man sich plötzlich etwas widmet, das unendlich abgelegen ist von allem, was zum eigenen gewohnten Umfeld gehört. Zu Hause wurde nie über Kunst gesprochen, es gab nur ein paar

Kitschbilder in der Küche, es gab nicht ein einziges Buch. Ich weiß nicht, ob mein Vater in seiner Milde einige unentwickelte künstlerische Anlagen in sich trug; zur Sprache kamen sie nie. Aber ich saß und kritzelte in den Nächten, ich hatte nicht einmal ein eigenes Zimmer, ich lag auf einem Sofa im Laden zwischen Wäschebergen. Ich hatte auch keinen Freund, der mir half, die Kunst zu entdecken. Ich habe nie einen Freund gehabt. Ich saß nur da und zeichnete Grimassen, Karikaturen, Phantasiegesichter; es geschah oft, daß meine Mutter meine Zeichnungen verbrannte, wenn sie sie fand. Es war wohl ein Versuch, aus der furchtbaren Enge auszubrechen, der mich zur Malerei trieb. Ich war damals noch nie in einem Museum gewesen, hatte kaum ein Kunstbuch gesehen; das Zeichnen war nur ein Ventil für meine Alpträume. Dann fand ich eines Tages ein Werk mit Reproduktionen von Bruegel. Es wurde wie eine Bibel für mich. Ich lebte vollständig in der Atmosphäre des Buches. Ich beschaffte mir Farben, begann, auf Kartondeckeln zu malen, ganz in Bruegels Stil, Totentänze, Weltuntergänge, Gespensterkarneval, ich ging so weit, daß ich mir einbildete, im Mittelalter zu leben; ich verkehrte mit geträumten Rittern, Jägern, Burgfräuleins. Und deine Mutter, wie verhielt sie sich, als du ernsthaft zu malen anfingst, fragte Fanny. Sie saß zusammengekauert auf dem Sofa, den Mantel um die nackten Schultern. Meine Mutter, sagte er zögernd; meine Mutter – ich versuchte, sie mit meinen Bildern zu gewinnen, was ich malte, war der einzige Wert, den ich im Leben hatte, ich wollte, daß sie mein Werk anerkannte. Als ich mit der Schule fertig war, half ich im Laden, ich arbeitete an der Dampfpresse, hatte für mich selbst nur nachts und an Sonntagen Zeit. Als ich sagte, daß ich ausziehen wollte, begann sie zu jammern, sie tat mir leid, ich konnte sie nicht verlassen. Aber ich wollte in die Akademie aufgenommen werden, ich arbeitete hart, um eine Reihe Sachen zusammenzubekommen, die ich vorzeigen konnte. Sie wollte mich bei sich behalten, und gleichzeitig beklagte sie sich darüber, daß die Bilder überall herumstanden und die Kunden verschreckten. Dann, eines Abends, als ich heimkam, waren alle Bilder fort, was hast du mit den Bildern gemacht, fragte ich. Ich konnte sie nicht länger ertragen, schrie sie, und da sah ich verkohlte Stücke der Keilrahmen und Leinwände am Küchenofen, sie hatte alles verbrannt. Damals bin ich von zu Hause fortgegangen, ich war nahe daran, sie totzuschlagen. Wie konnte sie, sagte Fanny; sie merkte, daß sie zitterte. Wie konnte sie – das ist doch wie ein Mord. Ich habe noch einige Fotografien, sagte er und stand auf. Er schaltete das grelle Deckenlicht ein und ging zum Arbeitstisch, räumte in den Papieren herum, kam zurück mit einer kleinen Pappschachtel. Sie betrachtete die Fotografien. Das eine Bild in langgestrecktem Format zeigte eine Kreuzigung; ein Krieger bohrte den Speer in Christus Seite, rechts vom Kreuz standen eine nackte Frau und ein Mann mit einem Strick um den Hals, links stand ein Harlekin und unter ihm war ein alter Mann in einer Hundehütte zu sehen. Ein anderes Bild zeigte ein verzerrtes Gesicht, offensichtlich ein Selbstporträt, mit Dornenkrone auf dem Kopf. Dann sah sie einen Tanz auf dem Galgenhügel, mit dem Tod, dem Bettler, dem König, dem Maler und dem Kind; ein ertrunkenes Mädchen, mit Tang im Haar; eine voranstürzende Horde von Dämonen; Gesichter in Ritterhelmen; Landschaften mit Feuersbrünsten und fliehenden Menschen. Sie hatte Angst vor ihnen, sagte er. Ich verstehe sie jetzt; sie konnte nur glauben, daß ich verrückt geworden war, sie verstand nicht, wie man solche Bilder malen konnte. Lebt sie noch, fragte Fanny. Ja, sie lebt noch. Siehst du sie manchmal – hast du jemals mit ihr darüber gesprochen? Ich habe es einmal versucht, sie hatte es vergessen, sie gab nur zu, daß sie einige Zeichnungen verbrannt hätte, die im Papierkorb lagen. Es ist gleichgültig, ich werfe ihr nichts mehr vor, sie begriff nie, was sie tat, sie war ganz geblendet, ihr Leben war zu schwer, sie ging umher wie in einer ständigen Seekrankheit. Hast du Geschwister, fragte Fanny. Wieder zögerte er mit der Antwort. Er sammelte die Bilder auf und trug sie zurück zum Tisch, steckte die Schachtel unter die Papiere. Ich habe einen Bruder, einen jüngeren Bruder, sagte er mit undeutlicher Stimme, den Rücken zu ihr gewandt. Er wohnt hier in der Stadt, aber wir sehen uns nie. Jetzt schwieg er, stand vor der Staffelei, zündete eine Zigarette an. Sie wollte nicht weiter fragen. Der Klang seiner Worte hatte genug gesagt. Sie konnte die Tragödie der tiefen Spaltung in seiner Familie spüren, sie konnte das Endgültige und Versteinerte in seinem Leben spüren.

Nein, das deckt nichts ab. Was ich geschrieben habe, war von Selbstfeindlichkeit diktiert, von Selbstvorwürfen. Ich versuche es mit einer neuen Version. Es ist vor allem meine Sicht der Psychoanalyse, die ich wiederaufnehmen muß. Ich beendete die Analyse aufgrund äußerst komplizierter Motive. Mit meiner abnehmenden Arbeitsfähigkeit gingen auch die notwendigen Gelder zu Ende, und ich konnte mich nicht mit dem Vorschlag des Analytikers gemein machen, jede beliebige Arbeit anzunehmen, um die Behandlung fortzusetzen. Diese Idee richtete sich gegen alles, wonach ich gestrebt hatte, es war in meinen Augen ein Weg zurück zu den alten väterlichen Prinzipien. Mit der These, daß die Hauptsache ein sicheres Auskommen ist, hatte ich gebrochen, es galt für mich, auf einem schmalen Grat balancierend meine eigenen Werte zu finden. Der Analytiker machte sich zum Fürsprecher der gesellschaftlichen Normen, er ließ sogar durchscheinen, daß meine künstlerischen Absichten von untergeordneter Bedeutung wären und daß ich mit einer Arbeit, die größere Sicherheit enthielte, glücklicher würde. Wir waren dahin gekommen, daß das meiste, was ich bis dahin geschaffen hatte, Ausdruck einer infantilen Haltung war, daß alles aus alten Traumata entstanden war. Aber sollte damit alles künstlerische Schaffen überflüssig sein? Sich auszudrücken, das war eine Lebensbedingung geworden. Die Welt war nicht so viel anders als in der Zeit, in der ich ihr mit meinen infantilen Reaktionen begegnete. Die Mischung aus Schreckenslähmung und Revolte war noch immer aktuell. Ich hatte mich vom regelmäßigen Leben abgewandt, ich hatte kein Bedürfnis, mir ein Heim, Besitztümer, sichere Verdienste anzuschaffen. Ich war der Ansicht, daß es eine natürliche Kraft in mir gab, die sich gegen all das aufgelehnt hatte. Das einzige, was ich brauchte, war ein Glaube an mich selbst. Der Analytiker konnte mir nicht weiterhelfen. Ich bemerkte ein seltsames Phänomen; ich zeigte mich ihm schwächer, als ich eigentlich war, ich unterstrich meine Nichtigkeit, meine Verirrtheit, ich spielte wieder den Sohn vor einem verständnislosen Vater. Er gab selbst zu, daß er mir nicht mehr helfen könne; was ich nun gebraucht hätte, war ein Analytiker, der meinen Anarchismus ganz akzeptieren konnte. Damals endete die Analyse unabgeschlossen. Trotzdem erscheint es mir jetzt, als sei an diesem Punkt eine Lösung eingetreten. Ich traf damals eine Wahl. Und um diese Wahl treffen zu können, um mich von der neuen Vaterinstanz lösen zu können, mußte ich eine gewisse Stärke und Selbstvertrauen besitzen. Nach langen Monaten der Unentschlossenheit begann ich wieder zu arbeiten; und auch wenn ich keine vollwertigen Resultate erzielt habe, kann ich jetzt klarere Linien unterscheiden als vor der Analyse. Während der Lebensperiode der Analyse war ich mit einem immerwährenden Mahlen und Wiederkäuen der Konflikte der Kindheit beschäftigt. Es war notwendig und wesentlich. Unaufhörlich trieb ich die inneren Prozesse an, gleichzeitig hielt ich mich im Vergangenen fest. Jetzt, wo ich mich in höherem Grade nach außen wende, wirkt es, als hätten die Wunden sich geschlossen. Aber sie sind noch vorhanden. Nur meine Einstellung ihnen gegenüber hat sich verändert. Eben zeichnete ich ein hartes und kränkliches Bild von mir selbst. Das widersprach meiner Einstellung. Es war von moralischen Idealvorstellungen diktiert. Es war mein Über-Ich, das sprach, und deshalb erschien ich mir selbst so fremd. Jetzt kann ich diese Feierlichkeit durchschauen. Das konnte ich vor einigen Jahren noch nicht. Vor der Analyse gab es nur das Gefühl von bodenlosem Verfall; ich lag tief unten in meinem Unglück und das Über-Ich sah verurteilend aus weitem Abstand zu, abgespalten von der entstellten Gefühlswelt. Der Selbsthaß wurde gezüchtet, während ich mich in totalem Unvermögen quälte. Eben war ich wieder auf dem Weg dorthin. Aber jetzt kann ich mich auf eine andere Weise sehen. Was soll all dieses feierliche Gerede von modernder Bürgerlichkeit, von fehlendem Engagement im Zeitgeschehen, von verfehltem Liebesleben? All dieses Gerede von der Unmöglichkeit des Zugangs zu alten Stadien meines Ich? Es ist klar, daß es schwer ist, mich in die Situation am Kinderzimmertisch einzufühlen, es ist sogar schwer, mich zu sehen, wie ich vor einigen Stunden unten auf der Theaterbühne stand; ich bin ja nicht mehr da. Die alten Gefühle haben sich verwandelt, auch viele der alten Bildeindrücke sind verwandelt, ich sehe sie auf unterschiedliche Weise, je nach der augenblicklichen Lage. Jedesmal, wenn ich ein Kindheitserlebnis beschreiben will, erscheint es in einem neuen Licht. Aber alles befindet sich in mir. Im Traum wird es zusammengewebt, im Traum gibt es diese ersehnte Kontinuität von der Geburt bis zur Sekunde des Atemholens. Was will ich mehr. Ich besitze ja alles. Sowohl das Dunkle als auch das Helle. Bürgersohn. Ich werde dieses Wort nie wieder in herabsetzender Bedeutung verwenden. Ich könnte ebensogut als Landarbeitersohn, als Sohn eines Grubenarbeiters geboren worden sein. Das ist es nicht, worauf es ankommt, es kommt nur auf den Weg an, den ich selbst gewählt habe. Ich kann von dem Bedrückenden in einer gutsituierten Umgebung sprechen, wo alles nach seinem Kaufpreis beurteilt wird, wo nur mit dem Maßstab des Erfolgs gemessen wird. Ich kann von dem Bedrückenden in der Armut sprechen, von einer durch Essensdunst getrübten Sicht. Ich kann von dem Bedrückenden in einem Zuhause sprechen, das von der Trunkenheit des Vaters regiert wird, vom ständigen Jammern der Mutter. Ich kann von dem Bedrückenden sprechen in frühen Erlebnissen politischer Agitation und Werbung. Ich kann von der Verlorenheit in prunkvollen Sälen sprechen und von der Dürftigkeit in einer Notunterkunft. Es gibt immer etwas, von dem man sich befreien muß; Reichtum oder Armut, allzu große Sicherheit und Gebundenheit oder Unsicherheit und Ausgestoßensein. Was ich von daheim mitbekommen habe, ist nichts. Nur das, was ich selbst zustande gebracht habe, zählt. Jetzt wirkt es lächerlich, daß ich mein Leben als zerfetzt und zersplittert habe wahrnehmen können. Auch wenn es unübersichtlich ist, gibt es einen Zusammenhang in allen meinen Versuchen. In meinen frühen Spielen waren dieselbe Phantasie und derselbe Bilderreichtum vorhanden wie später in meiner Arbeit; ich war von Anfang an offen für eine besondere Art Musik, erinnere mich, wie ich verschiedene Schlaginstrumente erfand, die ich rhythmisch behandelte, erinnere mich, wie heimisch ich war in der exotischen und orientalischen Musik, ohne eine Führung dorthin erhalten zu haben; in meiner Bücherwahl folgte ich bestimmten Gesetzen, gewisse Kunstwerke sprachen mich an, Kunstwerke, die mich in einer sicheren Vorbereitung zu meiner jetzigen Einstellung führten. Ich war immer derselbe. Meine Forderung nach Wachheit, Offenheit. Ich warf mir vor, daß ich nur meine eigenen Interessen verfolgte. Kann das je anders sein? Ist nicht alles von den eigenen Erfahrungen diktiert? Als Kind war ich auf der Seite der Schwachen, ich litt mit denen, die Unrecht erfuhren, weil ich selbst schwach und Verfolgungen ausgesetzt war. Ich konnte auch den Triumph des Starken fühlen, wenn irgendein Anführer mich einen Moment gnädig aufnahm, war ich einer der Grausamsten in seiner Gruppe; ich hatte auch diese Möglichkeit in mir. Unter anderen Umständen hätte ich stark und grausam werden können. Ich hätte Mitläufer werden können, Krieger. Jetzt wurde ich zum Zuschauer. Aber ich war kein passiver Zuschauer, ich bearbeitete die Eindrücke. Das ist eine Funktion für mich geworden. Hinter meinem Schrecken vor Krieg und Gewalthandlungen liegt mein Schrecken auf dem Schulhof, auf dem Schulweg, wo Feinde hinter den Bäumen lauern konnten. Ich habe keine Erfahrung mit Bombardierungen, aber ich habe die Erfahrung, auf einem Hinterhof gesteinigt zu werden, auf einem überschwemmten Grundstück mit Lehmklumpen überhäuft zu werden. Ich habe nicht die Erfahrung der Gefangenschaft in einem Konzentrationslager, aber ich weiß, wie es ist, zusammen mit einem großen Hund in eine Erdhöhle gesperrt zu sein. Auch wenn diese Erlebnisse gering sind im Verhältnis zu den Wirklichkeiten des Krieges, tragen sie dazu bei, meine Vorstellungskraft zu öffnen. Ich habe mir meine Feigheit bei der Flucht vor dem Militärdienst vorgeworfen. Ich kann diese Verschlagenheit, wenn es gilt, eine Lüge, eine Sklaverei zu umgehen, ebensogut akzeptieren. Die Institution der Armee sitzt so unerschütterlich fest in ihrer Selbstzufriedenheit, daß ich mich nur mit zynischer Heuchelei aus ihrem Netz winden kann; ich hätte nichts gewonnen, wenn ich mich als Märtyrer hätte einlochen lassen. Nein, es gibt nichts Heroisches bei mir, ebensowenig wie bei den meisten, die durch die Umstände aufs Schlachtfeld und in Guerillakämpfe gezogen werden. Vielleicht ist es bald vorbei mit aller Schreiberei, aller Malerei, allem Theaterspiel. Und gegen seinen Willen muß man Leichen aus Ruinen hervorziehen, Verbände anlegen, benzingefüllte Pilsenerflaschen gegen Panzer werfen, sich seine Arme und Beine abreißen lassen. Bis dahin kann ich nur fortfahren mit dem, was Zeitbewußtsein genannt wird und was bedeutet, daß ich eine spontane Solidarität mit den Unterdrückten und Terrorisierten der Erde fühle. Diese Solidarität vermag nichts gegen Rassenverfolgungen, Deportierungen und Bürgerkriege; aber sie hilft mir selbst. Sie macht, daß ich hinter meiner eigenen Schürfarbeit größere Perspektiven spüre. Ich weiß nicht, ob ich je auf eine breitere, eingreifendere Weise Stellung beziehen kann; für den Moment kann ich mich nur innerhalb meiner begrenzten Skala bewegen, mich an meine Erfahrungen halten, versuchen, in den am nächsten liegenden Konflikten ein wenig Ordnung zu schaffen.

Und du selbst? Er setzte sich neben sie auf die Kante. Das Licht spiegelte sich auf seiner Stirn. Über ihm war der große barbarische Lampenschmuck zu sehen, ein Totemkopf in Schwarz und Weiß, mit breiten spitzen Hörnern und hängenden Strohflechten. Ich bin gefangen im Palast des Minotaurus. Er hatte wieder das Palettenmesser aufgenommen, ließ es auf dem Arm hin und her schaben. Ich selbst? Ich fühle mich verirrt. Du bist so heftig, du läßt mir keine Zeit. Hauptsache, du bleibst bei mir, sagte er, Hauptsache, du bleibst. Ich hatte Angst, dich zu verlieren, deshalb warf ich mich über dich. Er zog ihren Mantel herunter, strich ihr über die Schultern und die Brust. Der verwirklichte Traum; sie sitzt nackt vor mir. Ich weiß nichts von deinem Leben, ich weiß nur, daß ich dich brauche. Wie kannst du das wissen, wenn du mich nicht kennst? Plötzlich erstarrten sie – die Klingel schnitt sich grell in den Raum. Sie griff nach ihren Kleidern. Er saß unbeweglich da, das Gesicht horchend zur Tür gewandt. Hastig schlüpfte sie in das Kleid, ohne es zuzuknöpfen, warf sich den Mantel über, suchte nach den Schuhen, stopfte den Büstenhalter in die Handtasche. Es klingelte wieder. Dann war das prasselnde Geräusch des Briefschlitzes zu hören, der hochgehoben wurde und eine Kinderstimme rief durch die Luke, Papa! Vor der Tür rief Agate, mach auf, Leo, ich weiß, daß du da bist, ich habe das Licht im Atelier gesehen! Fanny stieß ihn an, reichte ihm die Jacke, sie hatte ihre Schuhe gefunden, zog sie an, setzte die Mütze auf, schlug den Mantelkragen hoch. Er stand auf, stapfte langsam hinaus, klumpig, in sich zusammengesunken. Sie ging zur Staffelei, während er die Tür öffnete, sie zündete eine Zigarette an, ihre Hände zitterten. Christin kam hereingelaufen, klammerte sich an Leo. Die große dunkle Frau stand in der Tür und starrte sie an.

Das ist Viktors Tochter, hörte sie ihn sagen. Sie wohnt in Paris und ist für einige Tage hier, sie ist gerade hochgekommen, um meine Bilder anzusehen. Agate kam herein und begrüßte Fanny mit einem spitzen, schiefen Lächeln, betrachtete prüfend ihre Kleidung. Sie hätte den Mantel aufreißen, das ungeknöpfte Kleid, die nackten Brüste zeigen wollen. Was würde dann geschehen? Mit einem einzigen Wurf könnte ich diese Ehe sprengen, mit einem einzigen Wurf könnte ich mich zur Herrscherin machen, der anderen einen verzweifelten Schrei entlocken. Es war deutlich, daß die andere seit langem nicht in diesem Raum gewesen war, sie sah sich um wie eine Fremde; plötzlich fühlte sie Mitleid mit ihr, sie sah die Müdigkeit und die Bitterkeit in dem mageren gealterten Gesicht. Sie machte einige ausweichende konventionelle Bemerkungen über Leos Bilder. Agate betrachtete die Bilder, wie man gleichgültige Hausfassaden betrachtet, sie sagten ihr nichts, sie waren nur Anhäufungen diffuser Farben und Formen. Sie war beunruhigt durch Fannys Anwesenheit, forschend betrachtete sie sie und Leo, Leo wirkte verwirrt, verängstigt, er fingerte an seinem Gürtel, seine Hosen waren faltig; auch Fanny wirkte atemlos, eine starke Röte lag auf ihren Wangen – aber das kommt vielleicht von der Kälte, sie ist vielleicht eben erst heraufgekommen und sie ist vielleicht immer nachlässig gekleidet. Aber zur Sicherheit behielt sie ihr Lächeln; wenn sie Anlaß zu einem schlechtem Gewissen haben, sollen sie wissen, daß ich sie durchschaut habe. Christin drückte sich an Leo, sie faselte in einer Kleinkindsprache; Leo hob sie hoch, trug sie im Arm. Fanny sah, wie sich sein Gesicht glättete, wenn er das Kind ansah. Hast du neue Bilder gemalt, fragte Christin, aber das war heruntergeleiert, als Leo ihr einige Zeichnungen zeigte, sah sie sie nicht an, sie beobachtete nur Fanny, mit einem neugierigen und gleichzeitig ängstlichen Ausdruck. Fanny lächelte sie an, aber es war ein idiotisches Lächeln, das ich da geboten habe, ich kann ebensogut gehen, ich habe hier nichts mehr zu suchen. Ich hatte gerade daran gedacht, zu gehen, sagte sie zu Agate und streckte die Hand zum Abschied hin. Agate ergriff die Hand schnell. Ein kurzer knochiger Druck, der sofort wieder locker ließ. Agate wußte jetzt, sie ist lange hier oben gewesen, sie haben auf dem Sofa miteinander geschlafen, das Kissen ist in einer Ecke zusammengedrückt, sie haben hier den ganzen Nachmittag gelegen, sie sind nackt gewesen, da sind Flecken auf dem Überwurf, ihr Mantel ist nicht zugeknöpft, nur eng vom Gürtel zusammengehalten, allzu eng; ihr Haar ist struppig unter der Mütze. Aber sie geht, sie ist es, die gehen muß, und ich bleibe, ich und Christin und Leo. Warum bist du nicht zum Abendessen heimgekommen, fragte Christin mit Babystimme. Ich habe gearbeitet, sagte er und strich über ihr Haar. Hast du zusammen mit der Tante gearbeitet? Die Tante war nur hier und hat sich die Bilder angesehen, sagte Agate in nachdrücklichem, triumphierendem Ton. Dann wurde ihre Stimme sofort wieder süß, als sie Fanny fragte, wollen Sie nicht mit uns zu Abend essen? Ich kann sie nicht hassen, dachte Fanny, ich will nur hier herauskommen. Sie lehnte ab; das Ganze ist wie auf einer Cocktailparty, wo sich alle hinter angestrengt freundlichen Minen verstecken. Wo wohnt die Tante, fragte Christin. Sie wohnt in Paris, sagte Leo. Ist das weit weg? Sehr weit, sagte Agate, man muß mehrere Tage mit dem Zug reisen. Ist das so weit – warum wohnt sie so weit weg? Weil sie dort wohnt, und weil wir hier wohnen, sagte Agate. Christins Augen sahen sich im Zimmer um; was ist das da hinten? Ihr Blick war am Bild mit dem Geschlechtsakt hängengeblieben. Das sind ein Mann und eine Frau, sagte Leo. Was machen die? Das ist nur eine Komposition, sagte Leo. Was ist das? Ich muß jetzt gehen, sagte Fanny und ging zu Leo. Ihre Hände trafen sich, seine Hand festgekettet in seinem Griff um das Kind. Willst du schon gehen, sagte er unstet, er fühlte sich wie ein Verbrecher, wie ein Verräter. Willst du nicht mit heimkommen und mit uns zu Abend essen, fragte Christin. Furchtbar, dieses künstliche Nörgeln; wie unsicher sie sich fühlen muß. Nein, sagte sie zärtlich und strich Christin über die Wange, ich muß heimgehen, mein Papa wartet auf mich. Hast du auch einen Papa? Ja, ich habe auch einen Papa. Können wir nicht alle zusammen heim zu ihm gehen? Aber Christin, laß die Tante jetzt gehen, sagte Agate. Und so darf Fanny gehen. Fanny geht. Es fühlt sich noch immer klebrig an auf dem Bauch. Ich muß mich unten auf der Treppe ordentlich anziehen. Leo folgte ihr zur Tür, das Kind im Arm. Fanny darf durch die Tür hinausgehen. Fanny darf die Treppe hinuntergehen. Sie drehte sich um, sah Leo mit dem Kind in der Tür, hinter ihm das weißglühende Atelier, die hohe magere Frauenfigur neben der Staffelei, über ihr die exotische Maske. Jetzt geht Fanny hinunter. Sie geht langsam hinunter und hört, wie die Tür dort oben geschlossen wird.

Ach nein, bist du wieder da, ich dachte, du würdest eine Weile wegbleiben, du kommst sehr ungelegen, ich erwarte Gäste. Na und! Ist das nicht auch mein Heim? Oh, nein! Das hier ist meine Wohnung, ich habe sie beschafft, hast du vielleicht in letzter Zeit irgendeine Miete gezahlt? Sie stand breitbeinig, die Hände in den Seiten. Du versäufst das Geld nur! Halt's Maul, sonst weiß ich nicht, was ich tue! Ja, wage es nur, wage es nur! Und wie siehst du überhaupt aus, bist du in einem

Acker herumgelaufen? Einen ganzen Misthaufen hereinzuschleppen, wenn man die Wohnung endlich von dir gesäubert hat! Nein, komm nicht herein mit deinen schmutzigen Füßen! Nein, sage ich! Raus! Ich will hier keine Säufer haben! Er hatte den Tisch erreicht. Mit Befriedigung sah er seine schwarzen, nassen Spuren hinter sich auf dem Parkettboden. Sonja, ich bin nicht voll. Sie glotzt mich an, verwundert über meine ruhige Stimme. Ich bin ganz nüchtern. Ich will nur deinen schönen Tisch ansehen. Das weiße Tischtuch mit der Bügelfalte. Die Sahnekanne, die Zuckerschale, die Tassen und Teller mit Goldrand. Er hob eine der kunstvoll gefalteten Servietten hoch. Nein, faß sie nicht an! Darf ich sie nicht anfassen? Darf ich nicht beim Kaffeetrinken dabeisein? Geh! Ich will dich hier nicht haben! Er nahm eine Tasse, als wollte er sie betrachten. So eine schöne Tasse. Er hielt sie am Henkel, dann öffnete er nur die Finger und die Tasse fiel hinunter, zerschmetterte auf dem Boden. Sie stand und schrie, während er Tasse für Tasse nahm und sie auf den Boden warf, und die Sahnekanne und die Kuchenplatte; sie stürzte zur Tür und rief um Hilfe. Er lachte. Die Aktentasche hatte er noch immer unter dem Arm. Die Scherben knirschten unter seinen Füßen, mit den Sohlen rieb er in der Sahnelache herum. Ruft die Polizei, schrie sie den Nachbarn zu, die sich erschreckt vor der Tür gesammelt hatten. Ingenieur X. ist wild geworden, Ingenieur X. ist wahnsinnig geworden. Nein, bleibt ganz ruhig, das hier war nur ein kleiner Abschied. Er drängte sich an ihnen vorbei. Niemand wagte, ihn zu berühren. Niemand wagt, mich zu berühren. Er lachte sein Urzeitlachen. Das Lachen hallte in ihm wider. Während er die Treppe hinunterlief und die kaltgrünen Wände vorbeiflogen, sah er vor sich die Küche im Heim seiner Kindheit, Mutter, die sich in eine Ecke beim Herd drückte, Vater, der das Porzellan zu Boden warf. Jetzt ist der Ring geschlossen! Ich bin draußen auf der Straße. Jetzt kann die Reise ernsthaft beginnen. Jetzt habe ich reinen Tisch gemacht. Er ging wiehernd, mit großen Schritten. Jetzt habe ich das meine getan. Das hatte gefehlt. Ein ordentlicher Abschluß. Ich wußte doch, irgend etwas war falsch. Jetzt bin ich frei. Jetzt kann ich mich dem Herumtreiben hingeben. Zur See gehen. In der Fremdenlegion anheuern. Im Wald arbeiten. Ich bin ein Vagabund. Zum Teufel mit allen Ingenieursbüros. Ich werde in einer Waldhütte schlafen. Sagen Sie – Sie haben wohl nicht etwas für eine Tasse Kaffee? Das war leicht. Der Mann gräbt in seiner Tasche nach Kleingeld. So. Das war überhaupt nicht schwer. Das kann ich wieder tun. Ich bin ein Landstreicher. Daß ich vierzig Jahre brauchte, bis es mir klar geworden ist. Entschuldigung, der Herr, der Herr hat wohl nicht etwas für eine Busfahrkarte für mich? Nein, das ging nicht. Frech, einfach wegzugehen, ohne zu antworten. Sollte ihn vermöbeln. Sollte ihm Anstand beibringen. Hör mal, kann ich dich um Kleingeld anbetteln. Der Typ bleibt stehen, langt etwas Geld herüber. Das war ein guter Kerl. An solche soll man sich halten. Jungs vom gleichen Korn wie man selbst. Die sind es, die helfen. Wir verstehen einander. Die Kneipe da drüben. Bewacht. Daß man diesen verdammten Vormunden ausgesetzt ist, wohin man auch kommt. Daß man nicht hineingehen kann, wie es einem gefällt. Möchte dem goldbeknöpften Teufel da aufs Maul geben. Verdammt aber auch – und jetzt bin ich dankbar, daß er mich durchgelassen hat, daß er mich durchgelassen hat mit meinem steifen Gang, mit meiner Aktentaschenwürde. Der tabakbraune, rauchige Raum, Geklirr und Samstagabend-Gemurmel. Durch den Rauch schimmern die matten Ölreflexe der Wandbemalung. Da werden die alten Freiheitskämpfer sichtbar. Der Alte mit dem Schlapphut, der Alte mit dem Holzbein, der Alte mit der Geige, der Sänger unter dem Mittsommerbaum. In Öl gemalt zur ewigen Erinnerung an die Freiheit. Und wir sind hier bewacht, bewacht von Rausschmeißern, dem Wirt in Hemdsärmeln, der Kaltmamsell. Fräulein, ein Pilsener! Das Geld rasselt auf den Tisch. Asche, Zahnstocher, Bierlachen auf der Tischplatte. Ausgespuckte Essensreste, schmierige Fingerabdrücke. Dieser tabakbraune rauchige Raum ist unser Wohnzimmer, das Wohnzimmer der Heimatlosen, gefüllt mit dickem, trägem Gemurmel. Das Gerede ist wie eine Meeresbrandung, steigt und sinkt in Wellen, mit dem Tabakrauch als Schaum. Ein Meer, in Zeitlupe gefilmt. Langsame schwere Bewegungen, verlebte graue Gesichter wie Visionen im Nebel. Ich bin in diesem Meer, in diesem trägen Gerede. Ein Gerede über Gelegenheitsarbeit, über Schnaps, über Schlafstellen unten im Tunnelbau, über Reisen zur See. Diese Seereisen sind ihre Träume. Mit glasigen Augen starren sie durch die Bierwellen und träumen vom Meer. Wir reden miteinander durch den Nebel, wir sitzen alle im gleichen Boot. Ein eingefallenes Gesicht, zahnlos schmatzend. Ein Gesicht fast schwarz vor Schmutz, vor Bartstoppeln, mit leuchtend weißen Augäpfeln. Gefurchte Gesichter mit harten Muskelknoten; betäubte Gesichter mit formlosen Mündern; eifrige prahlerische Gesichter und Gesichter, in denen alles Leben verzehrt ist, wo nur eine trockene sackartige Haut um das Skelett hängt. Aber auch üppige Gesichter, mit glitzernden rotgesprenkelten Augen, witternden Nasenflügeln, silbrigen, jovialen Bartstoppeln. Ich bin hier zu Hause. In einem Clublokal in London räkelt sich Lord X. in einem Ledersessel. Hier schaben die tabakbraunen Stühle auf dem Steinboden. Die Gläser klirren am Tresen. Der Kassenapparat knattert und klingelt. Leute gehen hinter der großen Glasscheibe vorbei. Busse und Straßenbahnen gleiten rumpelnd hin und her. Ich werde jetzt hinausgehen. Ich bin ganz frei und ohne Ziel. Du kannst gehen, du kannst dein Gesicht der Nacht zuwenden, niemand hält dich zurück, du kannst hinauswandern in die elektrische Nacht der Stadt, in Kleidern, die noch dir gehören, Kleidern, die bald von Wind und Wetter gegerbt werden. Ich bin ganz frei, ich bin vollständig losgelöst. Die Straßen in der Steinstadt, die langen geraden Kanäle der Steinstadt, mein Weg durch die Kanäle der Stadt, die vom Wind durchbraust werden. Es wird schneien heute Nacht. Schneeflocken werden in meinen Haaren liegen, auf meinen Augenlidern. Bauchige Schornsteine auf einem Fabrikdach, wie eine Reihe fülliger Frauen. Drei Frauen in einer Reihe, drei Göttinnen vor dem rötlichen Schneehimmel. Ich grüße euch! Der Wanderer grüßt die Göttinnen. Was ist geschehen, was hat mich so frei gemacht? Wo bin ich? Habe diese Straße nie zuvor gesehen. Eine breite leere Straße mit einer kleinen Anlage von Bäumen und Büschen entlang der Balustrade vor den Bahngleisen dort unten. Güterwagen auf den Gleisen, eine Signalpfeife, lange kreisende Schatten und Lichtarme um die Lok. Dampf, der aufströmt, eine Lampe, die geschwungen wird. Fabrikgebäude wie schwarze Blöcke. Ein schimmernder Ring aus Licht um die Straßenlaternen. Das hier ist meine Straße. Niemand sieht mich hier. Auf die Knie, hinunter in den Dreck. Flirrender Regenstaub in der Luft. Feuchte, schwer duftende Erde. Die Hände mit Erde füllen. Die Finger um schmierige, kiesige Erde bewegen. Den Schwanz herausholen, ihn in die Erde einbetten. Kühle, feuchte, rauhe Erde. Ihn in die Erde hineinbohren. Niemand kann mich sehen. Ich schlafe mit der Erde. Mein Samen spritzt in die Erde. Ich befruchte die Erde. Jetzt ist die Erde mein. Die Nacht mein.

Das Ganze ging so schnell, ich hatte nicht einmal Zeit, nachzudenken, plötzlich war alles einfach zu Ende und ich stand da draußen im Treppenhaus. Ich hatte es nicht geschafft, mich ordentlich anzukleiden, stand dort in der Treppenwindung, öffnete den Mantel und zog meinen Büstenhalter an, dann trocknete ich mir mit dem Taschentuch den Bauch ab, ich war noch immer naß von ihm. Unten im Treppenschacht waren Schritte zu hören, ich mußte den Mantel zusammenhalten und an dem Mann vorbeigehen, der heraufkam, ein Mann mit einem Paket; ich fühlte mich wie eine alte abgenutzte Hure. Dann fuhr ich mit meiner Toilette fort, das Licht ging aus, ich knöpfte das Kleid zu, so gut es ging, alles wurde schief und schlampig. Ich sehe mich in der Spiegeltür des Schrankes, hier im Pensionszimmer, mit meinem falschgeknöpften Kleid, dem kaputten Reißverschluß, mit ungekämmten Haaren, den Mund mit ein paar groben Strichen bemalt. Das bin ich, abgespannt und mitgenommen. Wir haben es nicht einmal geschafft, miteinander zu reden. Er zeigte mir einige Streiflichter aus seiner Kindheit, während er dasaß und ein großes Messer an seinem Arm wetzte. Er glich einem Schlachter. Und er war wie ein Schlachter, als er sich über mich warf, mich bearbeitete wie ein rohes Stück Fleisch. Auf gewisse Weise mochte ich es. Ich mochte seine brutale Kraft, da waren Augenblicke, in denen ich sie genoß. Aber das ist jetzt vorbei. Es ist wie eine Erleichterung, daß es vorbei ist. Aber so viel anderes ist auch vorbei, das spürte ich, als ich dort im dunklen Treppenhaus stand. Ich weiß noch nicht genau, was es ist, aber es hängt mit meiner Illusion zusammen, Frau werden zu können. Es war wie ein Sog nach unten, wie ein Sog zum Tod hin. Ja, jetzt erinnere ich mich, es war schon da, bevor ich zu ihm hineinkam, als ich auf der Treppe vor seiner Tür stand, ich spürte so eine seltsame Schwäche, eine solche Leere im Blut, als sei das Blut dabei, sich aufzulösen; mir wurde schwarz vor Augen. Ich wußte von Anfang an, daß ich niemals bei ihm bleiben würde, ich wurde nur getrieben, wie zur Konfrontation mit einem Dämon, es war wie in meinen alten Phantasien davon, im Labyrinth des Minotaurus geopfert zu werden. Als ich vierzehn, fünfzehn war, onanierte ich mit der Vorstellung, mich tief in der mythologischen Grotte zu befinden, ich war nackt, ich spürte die kalten Lehmwände an meinem Körper, ich tastete mich in der Dunkelheit voran, hin zu dem Lichtschimmer, wo mich der Gott mit dem Stierkopf erwartete. Das ist jetzt vorbei. Das hier war ein Abschied. Ich habe den Abschied oft wie einen Tod empfunden. Etwas stirbt weg in mir. Eine furchtbare Schwäche durchzieht mich. Was ist es, das ich verliere? Was geschieht da? Bis jetzt habe ich meine Arbeit als Trost gehabt. Vielleicht habe ich mich im Geheimen nach dem Abschied gesehnt, um wieder mit der Arbeit verschmelzen zu können. Nach dem Verlust eines Menschen habe ich diese Wiedervereinigung mit dem wimmelnden Stoff der Arbeit genießen können. Aber dieses Mal – dieses Mal hat der Tod sich auf die Arbeit ausgedehnt, ich sehe diese Anhäufung von Manuskriptseiten und weiß, daß es kein Weitermachen gibt. Ich bin an dem Punkt angekommen, an dem man alles zu zerreißen und zu verbrennen pflegt. Du bist nur müde, sagte Viktor zu mir, du solltest nach Paris zurückfahren, du fühlst dich hier nicht wohl; es war unten am Abendbrottisch, ich kam direkt in den Speisesaal, saß dort an unserem Tisch, zusammen mit diesem jungen Paar, das bei einem Verlag arbeitet, und wurde wie gewöhnlich in eine dieser fruchtlosen Diskussionen über Literatur gezogen. Sie sprachen von einer einheimischen Schriftstellerin, ich habe ihren Namen vergessen, sie sagten, daß es bei ihr einen neuen Griff gäbe, eine neue Erzählfreude, einen kräftigen, saftigen Realismus in der Schilderung des Lebens einfacher Menschen. Sie sprachen von der Frische, der Lebensfreude, die das Buch ausstrahlte, vom Pikaresken, vom Fabuliervermögen. Ich wurde immer bedrückter. Als die Frau von der Größe dieser Menschen in allem Alltagskummer sprach, und als der Mann sagte, wie das Lesen ihn zugleich bereichert, amüsiert und unterhalten hatte, fühlte ich mich völlig vernichtet. Das hier waren also Verlagsleute, Leute, die täglich mit Büchern umgingen, die zur Aufgabe hatten, Manuskripte zu beurteilen, zu bestimmen, was gedruckt werden sollte, Leute, die an der Quelle des allgemeinen Geschmacks saßen; sie waren erfüllt von ihrer Mission, hingebungsvolle Literaturliebhaber, und ihnen fehlte vollkommen der Blick für das Abweichende, sie kannten nicht ein einziges der Werke, die ich als Gegenvorschlag nannte. Sie wußten nur, daß das schwerzugängliche Erzeugnisse waren, Erzeugnisse, die nur eine Handvoll einzelner Menschen interessieren konnte. Einen Moment lang ging ich zum Angriff über; ihr wollt amüsiert und unterhalten werden, sagte ich, weil ihr Angst habt vor einer engagiert aufrüttelnden Literatur, aber da sah ich ihre bestürzten Mienen, nein, überhaupt nicht, gerade jenes Buch, das sie als etwas ganz Neues hervorgehoben hatten, war doch in hohem Grade engagiert geschrieben; die Autorin hatte die Charaktere mit glänzender Einfühlung geschildert, ihre Handlungen und Dialoge erschienen in unverfälschter Authentizität. Ich kam nicht an sie heran, sie hatten immer recht, sie liebten die gute Literatur, die erhebende Literatur, und ich verstand plötzlich den Unterschied zwischen uns. Sie waren Teil der Gesellschaft, sie waren angepaßt, für sie bewegte sich alles innerhalb der menschlichen Normen; ihre Ansichten waren fortschrittlich, und sie konnten über das Pittoreske lächeln; ich selbst stand außerhalb. Ich hatte es nie so kraß bemerkt. Ich entdeckte plötzlich meine Kleidung, merkte, daß das Kleid falsch geknöpft war, daß meine Haare ungekämmt waren, daß ich Schmutz unter den Nägeln hatte. Natürlich hatten sie es längst gesehen, aber sie hatten sich nichts anmerken lassen; wohlwollend hatten sie das Pittoreske an mir akzeptiert. Sie selbst waren so gepflegt, so kultiviert. Sie waren es gewohnt, mit nachlässigen Autoren umzugehen. Was ich da erlebte, war, daß ich für diese Menschen schreibe, sie sind meine potentiellen Leser, vor ihren Augen breite ich mein Leben aus. Ich sehe Manuskriptberge neben mir, ich weiß nicht mehr, worüber ich geschrieben habe; schreiben, das ist eine Hadeswanderung, eine Wanderung, auf der Eindrücke vorbeiziehen und wieder vergessen werden; aber jetzt kann ich nicht mehr weitermachen, ich bin an dem Punkt angelangt, an dem ich mich selbst entdeckte. Das heißt, bisher habe ich in einem somnambulen Zustand geschrieben, habe meine Eingebungen aufgezeichnet; aber jetzt bin ich hellwach, ich bin es, die all dies geschrieben hat, die all diese Blätter mit Worten gefüllt hat. Ich habe schon gestern diese Grenze gestreift, aber gestern hatte ich noch die Illusion, meine Arbeit und mein Leben als Frau zu einem Ganzen verschmelzen zu können. Geliebter Caspari, ich setze meinen Brief von gestern abend fort; ich schreibe dir, obwohl ich selbst nicht viel später als der Brief bei dir eintreffen werde. Ich reise morgen mit dem ersten Zug ab. Aber bevor ich meine Tasche packe, muß ich eine Weile mit dir reden. Wie gewöhnlich über die Schreiberei. Es ist ein dünnes, dünnes Spinnweben, das beim geringsten Windhauch aus der Außenwelt zerfällt. Unerhört zerbrechliche Gewebe, Schicht für Schicht. Auf seltsamen Wegen holt man die Aussagen herauf. Erst gräbt man sich in die Stimme eines anderen, dieser andere erzählt einem von Dingen, die er von jemand anderem gehört hat, und dieser andere hat wiederum seinerseits auf Hörensagen gebaut; so wird alles Material vielfach indirekt und bodenlos. So bin ich in meiner neuen festgefahrenen Arbeit vorgegangen. Ich identifizierte mich mit einem Mann, der in einer Dachstube sitzt; er sitzt da an einem wackligen Tisch unter der gesprungenen rußigen Fensterluke, gegen den Dekkenbalken gelehnt, und schreibt von einigen Menschen, die ihm nahestehen, deren Vorhaben er beobachtet hat. Diese Menschen haben ihm einige ihrer Erfahrungen erzählt, da kommen oft Figuren vor, die er nie getroffen hat, die er sich ausgehend von den fragmentarischen Angaben der anderen vorzustellen versucht. Das, was schon bei diesen abgelegenen Individuen ungreifbar erschien, wird nun zum Stoff für seine eigenen Rekonstruktionen. Aber jetzt höre ich deine Antwort – das spielt keine Rolle, sagst du; du bist dabei, im Mechanismus selbst herumzustochern, im Uhrwerk selbst, wo die kleinen Rädchen ineinandergreifen, und da bleibt das Uhrwerk stehen, es verträgt nicht, daß man es berührt. Du kannst Rädchen für Rädchen hervorholen, und du wirst doch nicht zum Ausschlaggebenden gelangen, zur Kraft, die das Ganze in Bewegung setzt. Laß den Mechanismus in Frieden. Es spielt keine Rolle, wie er funktioniert, die Hauptsache ist, daß er funktioniert. Du fügst zusammen, du kombinierst aus unzähligen kleinen Reminiszenzen und Einfällen, aus Impulsen von innen und außen, ja, du weißt es doch, ich verstehe nicht, warum wir uns an solchen Selbstverständlichkeiten aufhalten sollen.

Ich sitze an meinem wackligen abgenutzten Tisch, der einmal eine Hobelbank gewesen ist, ich sitze gegen den Deckenbalken gelehnt; die gesprungene Scheibe der Fensterluke reflektiert die kleine Lampe und mein verschwommenes Gesicht. Ich habe versucht, die Bewegungen einiger Menschen zu registrieren, habe versucht, ein Bild ihrer Lage zu geben. Ich habe keine Perspektive gefunden, die zu einer Lösung führen kann, ich habe nicht einmal einen Überblick erreicht. Ich habe keine Charakterdeutungen zustandegebracht, ich habe nichts verstehen und deuten können, was nicht seine Entsprechung in mir selbst hat. Im Grunde habe ich nur ein Selbstporträt in chinesischen Schachteln geschaffen. Aber trotzdem sind nun einige Figuren vorhanden mit merkwürdigem Anspruch auf ein eigenes Dasein. Was soll aus ihnen werden? Sie sind da, Gestalten in ihrem jeweiligen Raum, nicht Literatur; lebende Kräfte. Ich sehe Fanny, wie sie dasitzt und an ihrem Stift kaut, mit offenem Kleid, strähnigem Haar; wie sie versucht, ihre verwirrten Überlegungen zu ordnen. Ich studiere ihr Gesicht, ein Gesicht mit großen, breiten Zügen, ein gezeichnetes Gesicht; tiefe Schatten unter den Augen, ihr Blick starrt blind auf das Papier, ihre Zähne nagen an den kräftigen Lippen; sie hat den Brief vergessen, ihre Gedanken schweifen ab; das imaginäre Gespräch mit Caspari hat sie beruhigt. Sie lächelt plötzlich, es ist ein zärtliches, erfahrenes Lächeln, sie denkt an Leo, sieht ihn im hellen Arbeitszimmer mit dem barbarischen Totemschmuck; und nun ist es keine kurze mißglückte Begegnung mehr, ein Ansatz, ein Abbruch, sondern ein tiefes Eintauchen in elementare Gefühle. Ich bin so beschaffen, denkt sie. Ich werde diese gewaltsame, unklare Begegnung mitnehmen in mein Zimmer in der rue de Seine. So erlebe ich, in einem kurzen, hektischen Augenblick, und dann zehre ich lange davon. Leo wird unzählige Male vor meinem Blick verwandelt werden, ebenso wie das Zimmer und die Tage hier in der Stadt. Ich habe mich verändern wollen, ich habe mich binden wollen, mich mit einer Gebundenheit beschweren. Man soll nicht versuchen, jemand anderes zu sein, als man ist. Ihr Blick wendet sich zur Tasche, die neben dem Schrank steht. Sie steht auf und packt die Manuskriptseiten und die Bücher in die Tasche, dann sammelt sie ihre Kleider und Schuhe zusammen, verstaut alles in dem großen Koffer. Mein Leben ist ein ständiger Aufbruch. Das Hotelzimmer, die gepackte Tasche, draußen die fremde Stadt, das ist mein Leben. Alles ist unvollkommen, ich gehe nur umher und sauge auf. Ein Tag, eine Stunde sind genug, um eine lange Zeit darüber zu schreiben. Ich werde nach dieser Reise auf eine neue Weise schreiben. All dies hier waren nur Notizen, Präludien, ich werde darüber schreiben, wie es ist, ZU LEBEN. Wie ist das – zu leben? Für Jean ist es Aktivität, Handlung. Er lebt nur im Augenblick, er wartet nicht auf die Verwandlungen des Nachdenkens. Für ihn existiert nur dieser Augenblick im Jetzt, wo er neben Thel in ihrem weißen Zimmer sitzt. Er nimmt nichts anderes mit sich als das, was geschehen ist. Da ist der Griff seiner Hand um ihren nackten Fuß, das ist spürbar. Die Haut ist warm, die Zehen sind feingemeißelt, mit rotlackierten Nägeln. Ihre Beine sind in halblange Trikothosen gekleidet, die die blendende Nacktheit der Füße hervorheben. Das ist das einzige, was vorhanden ist, diese grazilen Füße, diese schmalen Beine, und ihr Körper in dem weiten Pullover. Er will nicht sprechen, er will nur den Fuß, das Bein spüren; er legt seine Hand auf ihren Rücken und zieht sie an sich. Nur den Körper, die Umarmung, den Kuß will er spüren. Aber sie will mehr. Sie genießt seine Zärtlichkeit, seinen Kuß. Aber das reicht nicht. Das reicht noch nicht. Es gibt so viel anderes. So vieles, über das ich noch keine Klarheit habe. Da ist Paul. Ich muß wissen, wo ich stehe. Ich weiß, daß ich in ein trübes Wasser gezogen werde, wenn ich jetzt nachgebe. Es ist leicht und es ist verlockend. Ich mag Jeans kantiges, zerschlagenes Gesicht. Ich könnte mir vorstellen, mit ihm zu reisen, mit ihm zusammen die Autobahnen hinunterzurasen, mit ihm in einem Hotel in Venedig zu wohnen. Aber ich empfinde keine Zärtlichkeit für ihn. Ich fühle mich vielleicht gierig und hungrig, aber noch nicht genug. Du mußt mich verstehen, ich bin noch nicht frei genug. Und das ist auch eine Wirklichkeit, das ist auch nah und greifbar, daß sie noch nicht bereit ist; und deshalb gibt es nur den Griff um ihren Fuß, einen Kuß, eine Berührung mit ihrem bekleideten Körper. Das ist jetzt vorhanden, nichts anderes. Das wird er mit sich nehmen. Für Paul gibt es in dieser Nacht viele Möglichkeiten. Er durchläuft verschiedene Stadien von Konzentration und Unruhe. Sein Versuch, eine Vorstellung von sich selbst zu bekommen, hat zu keinen umwälzenden Resultaten geführt. Wenn er liest, was er geschrieben hat, findet er, daß es nichts aussagt. Er macht die originelle Entdekkung, daß es schwer ist, über sich selbst zu schreiben. Obwohl es das Einfachste sein sollte (das ganze Material ist ja gegeben) ist es das schwerste von allem. Da ist der ständige Bruch zwischen dem natürlichen Rohmaterial und dem künstlerischen Bewußtsein. Ich will keine Kunst, ich will das Dokumentarische, und doch kann ich nicht davon loskommen, schon bei jedem Anfang daran zu denken, wie es fertig aussehen wird. Schreibe ich, male ich, arbeite ich an einem Film, weiß ich, daß das Resultat einmal eigenständig sein wird, daß das Resultat einmal für sich selbst sprechen muß. Vielleicht ist nur in einzelnen Tagebüchern, in einigen Briefen die formale Anspruchslosigkeit verwirklicht, in Werken, deren Schöpfer der Gedanke an eine Veröffentlichung nie gestreift hat. Ich will das Unmittelbare und Unverfälschte, aber ich bin noch weit entfernt von diesem Vertrauen in meine eigene Stimme, ich lege immer noch zurecht. Wir sind mit der Vorstellung einer geschlossenen Kunst aufgewachsen, unsere ganze Kultur ist auf das Ideal des Geschlossenen und Fertigen aufgebaut, in all unserer Kritik gehen wir von dem Gesetzmäßigen aus. Das Zerfließende, Ungedämmte befriedigt uns nicht, ständig rufen wir nach Form und Struktur. Ist das ein natürliches Bedürfnis oder Irrglaube? Ich habe beide Pole in mir. Der konstruierte Roman sagt mir nichts, ich bin auf der Suche nach dem privatesten aller Tagebücher, auf der Suche nach anspruchslosen Journalen und Protokollen. Aber ich erlebe auch die großen geschlossenen Kunstwerke; gab es je eine erschütterndere Begegnung als jene, als ich vor dem Portal von St. Zeno stand? Das ist eine Kunst, die ganz aus einer großen Gemeinschaft und Hierarchie entsprungen ist, eine Kunst, die ihre Glut aus einem kollekiven Glauben erhielt. Ich kann sie verstehen, ich kann Palestrina und Bach verstehen. Ich kann diese Kunst verstehen, obwohl ich keinen Glauben mehr habe. Die Form der geschlossenen Kunst ist mein selbstverständliches Eigentum geworden. Aber dann kann ich auch plötzlich diese unendliche Ferne angesichts des Vollendeten spüren; eine Suite von Bach kann in ihrer hohen Reinheit unerträglich werden, ich breche zusammen unter dem Schmutz und den Schatten meines eigenen Lebens. Ich lebe im Beschmutzten und Unklaren, meine eigene Sprache ist ungewiß und fragmentarisch. Und dann dieser zähe Brei. Jean sagte einmal über meine Arbeit, daß sie gehemmt fließe, wie in Lehm. Die Bewegungen in meinen Filmen, in meinen Dramen gehen in einer Art Zeitlupe vor sich, sie schlagen niemals in voller Kraft aus, es ist als hätten sie Angst vor ihrer eigenen Stärke. Sie wagen es nicht, wirklich desperat zu sein, sie wagen es nicht, sich aus ihrer Bindung zu sprengen. Und Knuts euphorischer Zustand verblaßt; der Gedanke, Vagabund zu werden, unten im Tunnelbau zu schlafen, hält nicht mehr stand. Es ist auch nicht leicht, zur See zu gehen, in meinem Alter und ohne Seemannsbuch. Und als Fremdenlegionär in Nordafrika niedergemetzelt zu werden ist ebenso wenig erstrebenswert. Was bleibt also? Zurück in ein Zimmer, wo Sonja ihren Gästen siebenundzwanzig Mal von seiner Schandtat erzählt hat, und zurück ins Ingenieursbüro am Montagmorgen. Ich fühle eine ungeheure Sympathie für Knut. Von allen meinen Figuren ist es vielleicht er, der mir am nächsten steht. Es ist eine unverbesserliche Hilflosigkeit an ihm, wie er dort in den schneematschigen Straßen umherstiefelt, ein Wanderer auf dem falschen Planeten. Aber auch er lebt doch hier! Wohin soll er gehen? Das Schlimme ist, daß auch ich ungeduldig mit ihm werden würde, ich würde ihn ungern bei mir einquartieren, seine halbvolle, mahlende Stimme irritiert mich. Wenn ich ihm jetzt auf einer der Winterstraßen der Stadt begegnen würde, würde ich ihm ausweichen und mich verstecken, und mit Mitgefühl würde ich ihn im Schneedunst verschwinden sehen, ein langer, schwankender Schatten. Viktor ist derjenige, der sich am besten zurechtgefunden hat. Seltsam – gerade er, der Emigrant, ruht in sich selbst. Es ist vielleicht sein Alter, sein Akzeptieren der Einsamkeit. Er ist wie ein moosbewachsener narbiger Stein, von den Naturkräften zu einem buckligen, zusammengekauerten Geschöpf geformt; er ist wie ein brummender, den Schatten entsprungener Zauberer; er ist Diogenes in der Tonne, heruntergekommen, mit Läusen im Pelz, aber mit Augen, die vor Weisheit glitzern; er ist wie eine Zeichnung von Ernst Josephson. Er kratzt seine Pfeife sauber; seine Füße in verschlissenen braunen Filzpantoffeln ruhen auf dem abgenutzten Pensionsteppich; der abgewetzte Bademantel in rostigen gelben und roten Tönen wird von einem Seil um den Körper zusammengehalten. Er blickt auf den Tag zurück. Ein Tag wie viele andere. Ein Tag spät im November. Ein Tag, an dem die Autoreifen und die Füße ein ewig plätscherndes Brausen auf der Straße formen. Ein Tag, an dem eroberte Länder von Panzern und Maschinenpistolen in Schach gehalten werden, an dem Ausgebombte in Ruinen nach den letzten Resten ihrer verkohlten Kochgefäße graben. Ein Tag, an dem die Telegrafenleitungen wie gewöhnlich von politischen Spekulationen surren. Ein Tag mit nur einer geringen Zahl Schußwechsel zwischen Vorposten, ein Tag, erfüllt von einem drückenden Warten. Die Erde rotiert ruhig, mit ihren Bergen und Flüssen und Meeren, Viktor rotiert mit dem Pensionszimmer, und in einem Dorf bei Lugano rotiert der Jugendfreund Sinclair, halb blind, schwer von der Gicht befallen. Ein Tag, an dem er in seinem langsam steigenden und sinkenden Zimmer gesessen hat, an seiner Erforschung von Stendhals Werk arbeitend, ein Tag wie ein Meer von Gedanken, und um die Dämmerung herum eine Weile an einem Brief an Emil. Bevor er das Briefpapier (das von Emils knotigen Händen aufgefaltet und dicht vor seine dikken Brillengläser im Stahlgestell geführt werden wird, weit weg in einem Zimmer, dessen Fenster auf das Tal, die weißen Dörfer und den See weisen) zusammengefaltet, liest er durch, was er geschrieben hat. Lieber Freund; Monologe, Tagebücher, Briefe, das ist es, was bleibt; man verschließt sich mehr und mehr, selbst das erschütterndste Weltgeschehen tritt zurück. Ein ganzes Leben hat man im Unwetter gestanden und jetzt hat man sein stilles Zentrum erreicht. Der Sturm geht weiter, ein pfeifender Sturm, voller Asche, aber man verharrt ruhig in seinem Zimmer. Ich werde dieses Zimmer nie mehr verlassen. Selbst bei Luftalarm würde ich sitzen bleiben. Vor einem Monat, als die Kriegsbedrohung ernst wurde, wurden die Ereignisse vom letzten Mal aktualisiert. Oslo, neunter April. Diese gespenstische Stimmung in der Stadt unter dem Dröhnen der Fluggeschwader. Die Menschen standen erstarrt auf den Straßen, nur ein Hund jaulte; die Scheibe eines geöffneten Fensters zerbrach durch die Vibrationen der Motoren, die Scherben spritzten über den Asphalt. Ich erinnere mich, wie krampfhaft ich die Hand um die Zahnbürste hielt, als wir flohen. Die Zahnbürste war das einzige, das ich in der Eile mitnehmen konnte. Auf der Flucht eine Reihe eigentümlicher Eindrücke; es war, als sei man in eine ganz neue Welt versetzt, man sah plötzlich ein Stück Erde unter den Füßen, eine Erde, wie man sie nie zuvor gesehen hatte; eine getrocknete Erdfläche mit Rissen und seltsamen Vertiefungen; wir fragten uns, wie diese Vertiefungen zustande gekommen waren, Irmgard und ich, und wir konnten keine Erklärung finden. Das war kurz bevor sie von einer Kugel getroffen wurde. Wir gingen durch ein Wäldchen, es waren drei oder vier andere Flüchtlinge bei uns, ein alter Mann ging an der Spitze, in der ausgestreckten Hand hielt er einen Kompaß. Niedrige kahle Bäume, Schneereste an einer Böschung. Die Sonne ging gerade auf und die Baumkronen glitzerten. Alles war still und friedlich, wir glauben, daß wir bereits in Sicherheit seien. Da knallte der Schuß und Irmgard sank zusammen. Die anderen liefen fort, sie verschwanden im knackenden Gehölz. Die Frau, die mir durch zwanzig Jahre meines Lebens gefolgt war, lag dort im Moos mit einem wachsenden dunklen Fleck auf dem Rücken. Bevor ich sie aufhob, steckte ich die Zahnbürste in die Tasche. Ich hob sie hoch und sah mich nach dem Feind um. Aber niemand war zu sehen. Der Schuß war aus einer großen Leere gekommen; aus einiger Entfernung sah ich einen Hasen, der aufrecht saß und mit den Ohren winkte. Das hier ist der Krieg, dachte ich. Der Krieg, in dem man nichts sieht, aber in dem das Schicksal plötzlich blind zuschlägt. Seine tote Frau durch einen Wald zu schleppen. Ich weiß nicht, wie lange ich mit ihr auf dem Rücken ging. Ich fühlte mich wie ein Steinzeitmensch. Ich ging durch Jahrtausende. Ich verstand nichts, als ich dann auf einmal die Zivilisation erreichte. Ich bekam Essen aus einem Topf und die tote Frau lag neben mir. Sie wurde dort oben begraben und ich verstand nichts. Ich frage mich, ob ich jetzt mehr verstehe; ich glaube es nicht. Man kann sich nur abwenden. Einen Stein betrachten, einen Vogel, eine Wolke. Das, was man Weltgeschehen nennt, wird unbegreiflich. Ist es für dich auch so? Ich habe dein letztes Buch gelesen, in dem du kleine unscheinbare Begebenheiten beschreibst. Du beschreibst einen Baum, einen Garten, einen Blick aus einem Fenster, ein Kindheitserlebnis; die Worte sind von deiner Einsamkeit vergoldet. Die Einsamkeit ist das einzige, was geblieben ist. Aber für Paul ist das anders. Er versucht, aus der Isolation auszubrechen. Jetzt, in der Nacht, ist das Zimmer voller Gespenster. Viele Frauen sind in diesem Zimmer gewesen, haben in diesem Bett gelegen. Sie sind verschwunden und haben Einsamkeit zurückgelassen. Er erinnert sich an Elisabeth, die sich vor den Schatten der Äste auf der Fensterscheibe fürchtete; eine Laterne warf ihr Bild wie ein Röntgenfoto auf die Glasscheibe; ihr großes weißes Gesicht war von Entsetzen entstellt. Er erinnerte sich an ihren Schrei während des Beischlafs, ihr magerer fieberfeuchter Körper, ihr scharfer, abstoßender Geruch. Er erinnerte sich an die platinblonde Frau mit den großen Händen, er erinnerte sich an das rothaarige sommersprossige Mädchen und das weißhäutige Kalb mit dem nassen Mund. Er erinnerte sich an den kurzen Augenblick mit Hanna, eine Nacht nach einem Fest. Ich habe nie etwas von mir selbst gegeben, und deshalb ist nichts geblieben. Und bin ich nicht auf dem Wege, auch Thel in derselben Nichtigkeit zu verlieren? Thel, eine Welle von Wärme und Zärtlichkeit. Alles ist mir aus den Händen geglitten. Dieselbe Vagheit in meinen menschlichen Beziehungen wie in meiner Arbeit. Ich habe mich in die Romantik gerettet, chaotisch zu leben. Meinen Mangel an Konzentration habe ich Magie genannt. Meinen Mangel an tragfähigen Gedanken habe ich Beschwörungen genannt. Alles ist Ausflucht gewesen. Ich muß mich neu erschaffen. Die Schwachheit und Feigheit wegarbeiten. Ich muß es wagen, mich Thel nackt zu zeigen. Die Maske fallenlassen, alle Schutzmaßnahmen fallenlassen. Muß es wagen, mit ihr über mein verwirrendes Leben zu sprechen. Ihr sagen, daß es gerade jetzt schwer ist, dazu stehen, daß es schwer ist, anstatt eine heuchelnde Maske zu zeigen. Und die Verwirrung im Theater muß eliminiert werden. Wir müssen mit all diesen Resten von Theaterromantik, von Gläubigkeit aufräumen, uns selbst überwinden, unsere Trägheit, unsere Mutlosigkeit. Jetzt will ich bei Thel sein, will ihre Stimme hören, ihren Körper fühlen. Während Knut durch das Gerümpel auf der Baustelle unterhalb der Eisenbahnbrücke geht. Er tastet sich eine Treppe hinunter zur Ausschachtung. Eine sickernde Kühle herrscht in der Betontiefe. Irgendwo in der Dunkelheit ist ein Pumpwerk in Bewegung, der Motor pfeift eintönig wie ein Insektenflügel. Er leuchtet sich mit Streichhölzern voran. Hinter einem Haufen Zementsäcke schimmern einige undeutliche Bündel unter Flickenteppichen und Zeitungspapier. Ein Fuß, ein Kopf stechen hervor. Es geht, hier zu schlafen, auf einer Anhäufung von Brettern mitten im Grundwasser. Hier kann man seinen endgültigen Verfall erwarten. Seinen natürlichen Verfall. Seine Rückverwandlung zu Erde. Streck dich zur Probe aus. Wickle dich in die kiesigen Säcke. Lausche dem Wiegenlied des Motors, Wickelkind, lausche auf das Grollen des Zuges hoch oben auf der Brücke der Welt. Nein, du bist noch nicht abgestumpft genug, du kannst noch aufstehen und zurückstapfen, die Treppe hinauf. Du kannst noch einen Versuch machen, du kannst noch viele Versuche machen, obgleich du angefüllt bist mit Grundschlamm. Du bist durch einen falschen Freiheitsrausch gegangen; Freiheit ist nicht, zu fliehen; Freiheit ist, umkehren zu können. Freiheit ist, seinen Zusammenbruch zeigen zu können. Du hast nie mit Sonja geredet. Du bist nie vor ihr auf die Knie gefallen und hast geweint. Sie ist ein Mensch wie du. Aber Leo kann nicht umkehren. Christin und Agate schlafen. Der Hund schläft schnaufend in der Küche. Die Nacht braust in den Ohren. Leo muß das Zimmer mit den mastodontischen schwarzen Möbeln verlassen. Wenn er an Christin denkt, mahlt ein Schmerz in ihm, aber Christin bleibt ja da, sie lebt, er kann sie sehen; wenn sie größer wird, kann sie ihn im Atelier besuchen.

Agate hat begonnen, wieder im Café zu arbeiten, Agate hat ihren Hund, ihre Möbel, ihre Zeitungen. Ich werde alt. Ich werde im Atelier bleiben, allein mit meiner Arbeit. Ossian kommt aus der Werkstatt hoch, sein Blick ist noch erfüllt von Drähten, Kontakten, Bildelementen. Die Frau mit dem Katzengesicht wartet auf dem Bett auf ihn. Sie hat ihre verspielte Stunde, wippt auf der Bettfederung, zieht ihn über sich, kratzt und beißt ihn. Ossians Leben ist unveränderlich. Es wird ganz von seinem manischem Werk beherrscht. Der wollüstige Ringkampf geht als Experiment in sein Bemühen um Ausdauer ein. Die Wollust soll schmerzen, sie soll sich in einen hineinschneiden; die nackte Haut soll von den scharfen Kanten des Drahtgestells gequält werden. Paul beneidet Ossian um seine Grenzenlosigkeit. Ossian geht bis ans Äußerste, er gibt sich selbst auf, zerstört sich selbst, macht sich zum Versuchsobjekt für alles, was die Geschlossenheit der Persönlichkeit zerbrechen kann. Er saugt alle Gifte in sich hinein, derer er habhaft werden kann, er ist ständig auf dem Weg zur vollständigen Erschöpfung, und ebensowenig, wie er auf sich selbst Rücksicht nimmt, schont er seine zeitweilige Frau; er foltert sie, bis sie flieht oder zusammenbricht, und er wünscht sich, von ihr mit allen zur Verfügung stehenden Mitteln gefoltert zu werden. Er reizt sie, stachelt sie auf, bis sie das Stadium der Verrücktheit erreicht hat, das für ihn die höchste Intensität des Daseins enthält. Aber Knut steht vor Sonja und murmelt, daß er ihr am Montag neue Tassen kaufen wird. Da ist etwas Unheimliches in mir, sagt er, etwas Altes, das wegfaulen muß. Aber zieh die schmutzigen Schuhe aus! Sie spürt ein seltsames Mitleid mit dem elenden Wanderer. Er bohrt seinen Kopf in ihren Schoß und seine Schultern zittern vom Weinen. Zieh deine Kleider aus, die stinken. Die Körper werden in der Nacht aus ihren Kleidern geschält, alle Thesen und Antithesen sammeln sich in der Nacht, streben zur Synthese des Traums. Thel sitzt aufrecht in ihrer Reinheit, Paul ist auf dem Weg zu ihr, Jean ist auf dem Weg fort von ihr. Fanny trinkt ihren nächtlichen Tee mit Viktor, ihren Abschiedstee; früh am Morgen wird der Zug sie fortführen. Und der Wagen führt Jean durch die Nacht; der starke Motor singt sich durch die Nacht, wie ein weißer Fluß liegt die Landstraße unter dem Scheinwerfer. Agate erwacht und spürt, daß Leo sie verläßt; wirst du jetzt zu der anderen Frau gehen? Es gibt keine andere Frau mehr, es gibt nur noch die Arbeit, ich werde heute Nacht arbeiten. Die Nacht ist wie ein Meer der Verlassenheit. Die Nacht ist wie ein Meer der Stille. Immer tiefer und tiefer sinken wir durch die stillen Bilder in die Anonymität des Traums. Alles, was wir während des Tages gesehen haben, alles, was während des Tages gesagt worden ist, sinkt tiefer und tiefer in uns. Wir sind zu keinen Resultaten vorgedrungen, wir haben uns nur durch Bilder und Worte bewegt, und morgen wird derselbe Prozeß wiederholt, morgen – der Morgen unendlich abgelegen im Weltraum –, morgen haben manche Worte, manche Bilder eine größere Dichte in uns gewonnen, vielleicht, vielleicht nicht, vielleicht gilt es nur, alles noch einmal durchzugehen, noch viele Male; der Morgen ist abgelegen, jetzt werden wir immer schwerer, immer schwerer an unserer eigenen Substanz. Schwer liegt Knuts Körper auf Sonja, gewaltsam wälzt sich Ossians nackter Körper mit dem festgebissenen wimmernden Frauentier auf dem Eisenbett und registriert die weiteren Möglichkeiten der Steigerung des Wollustschmerzes; Worte, Worte stehen aufgereiht auf Tausenden von Seiten in den Mappen ringsum, Worte, die versuchen, die Ganzheit des Lebens abzudecken, und die doch nur ein kaum sichtbares mikroskopisches Gebiet berühren. Na und! Nach der Nacht kommt der Morgen, das Abenteuer geht weiter. Jean dringt tiefer und tiefer ein in die Abenteuer des Lebens, die Hände ums Lenkrad, träumend von den Städten der Welt. Paul hält Thels lebendigen Körper in seinen Armen, ein Körper, dessen Haut sich elektrisch anfühlt unter dem dünnen Nachthemd. Im Augenblick der Verschmelzung versinken alle anderen Gedanken. Einsame Irrwege, labyrinthische Versuche, nach dem Unerreichbaren zu greifen, versinken, zusammen mit der düstren und unwichtigen Geschichte der Jahre des Aufwachsens. In einer Hellsichtigkeit der Gefühle finden die Körper, was sie suchen; und noch haben wir ein Dach über dem Kopf, noch sind wir am Leben, was wollen wir mehr? Eine weiche warme Wachheit, manchmal durcheilt von den dunklen Stößen des Schlafs, neben mir ein lebendiger Körper, eine Stimme, die Nähe flüstert. Die Taschen gepackt, und ich in einem Pensionszimmer in einer fremden Stadt. Ankunft und Aufbruch, Ankunft und Aufbruch. Umgeben von Bildern, im blauweißen Licht. Male mich durch den Schmerz. Die vollkommene Stille der Nacht. Male mich fort von Elena, Agate, Christin, Fanny. Male mich in mich selbst hinein. Male mich fort von allem Außenwerk, bis nur noch die Essenz bleibt. Stopfe meine letzte Pfeife und verweile bei dem Gedanken an Fabrices Verurteilung, an die arkadische Landschaft um den Gefängnisturm, verweile bei der unendlichen Luftigkeit um den Tod, nehme diese perlmuttschimmernde Offenheit mit in den Schlaf. Nein, weine jetzt nicht, Fanny, weine nicht. Warum soll ich nicht weinen, laß mich weinen.

Nachwort

Situationen – Die Situation entsteht im Herbst und Winter 1956 in Stockholm, wo Peter Weiss zu diesem Zeitpunkt bereits seit fünfzehn Jahren lebt. Der Kalte Krieg prägt das Weltgeschehen: Ägypten kämpft um die Nationalisierung des Suezkanals, der Aufstand der Bevölkerung in Budapest wird von der UdSSR niedergeschlagen, und über allem schwebt die Drohung eines dritten Weltkrieges.
Schweden ist in den fünfziger Jahren ein fortschrittliches, friedliches und zufriedenes Land am Rande Europas. Vom Krieg verschont und außenpolitisch neutral, ist man ganz auf die Entwicklung des Wohlfahrtsstaates konzentriert – er soll der Bevölkerung in einem der seinerzeit wohlhabendsten Länder soziale Sicherheit bieten. Schließlich dringen jedoch die Probleme der Weltpolitik auch in das Bewußtsein der Schweden: Die Gewalthandlungen in Ungarn lassen im Herbst 1956 zehntausend Stockholmer in einer Protestdemonstration auf die Straße gehen. Und sie lassen nach Jahren der Stagnation auch die Debatte um Passivität und gesellschaftliche Verantwortung des Schriftstellers wiederaufleben: »Angesichts des Massakers in Ungarn und des Angriffs in Ägypten kann eine jungliterarische Zeitschrift sich nur sehr überflüssig fühlen – und gleichzeitig spüren, daß eine erweiterte Diskussion, eine nach außen gerichtete Verantwortung eine wichtige, fast lähmend wichtige Angelegenheit ist.«[1]

Knapp zehn Jahre zuvor – 1947 – hat der damals 31jährige Peter Weiss mit dem Prosagedichtband *Från ö till*

1 Chefredakteur Göran Palm in der Zeitschrift *upptakt* 5/6 1956, S. 1

ö – Von Insel zu Insel als Schriftsteller im Umfeld der jungen schwedischen Literatur-Avantgarde der vierziger Jahre debütiert. Die *Fyrtiotalister*[2], eine Gruppe ambitionierter junger Schriftsteller um die Zeitschrift *40-TAL*[3], schufen mit ihrer intensiven, kritischen Rezeption verschiedener Strömungen der europäischen Moderne – besonders Psychoanalyse, Surrealismus und Existentialismus – ein außerordentlich fruchtbares, experimentier- und diskussionsfreudiges literarisches Klima. Die existentielle Erfahrung einer chaotischen und destruktiven Realität, in der alle Werte und Ideologien ihre Gültigkeit verloren hatten, prägte das Bewußtsein dieser Intellektuellen um die Leitfiguren Karl Vennberg und Erik Lindegren.

Diese existentielle Entfremdung, ideelle Heimatlosigkeit und intellektuelle Offenheit ermöglichten es auch dem Emigranten Weiss, sich hier zugehörig zu fühlen, die Debatten zu verfolgen und schließlich selbst schwedischsprachige Werke beizusteuern – dies war seine Generation, mit der er neben dem Alter auch das nur indirekte Erleben des Krieges in einer »erzwungenen Neutralität« (Lindegren) teilte. Als bei Kriegsende das Ausmaß der nationalsozialistischen Greuel ins öffentliche Bewußtsein drang, erschien diese Neutralität als ein Nicht-wissen-Wollen, als mangelndes Engagement zugunsten der Opfer. Das löste bei den jungen Schweden wie auch bei Weiss tiefe Schuldgefühle aus, die sich sehr nachdrücklich in den Werken niederschlugen und die Forderung nach kritischer Auseinandersetzung mit dem Zeitgeschehen stärkten.

So war der schriftstellerische Neuanfang von Peter Weiss, der die romantisch inspirierten Schreibversuche

2 *Die Generation der vierziger Jahre*

3 Die Zeitschrift erscheint von 1944-1947; diese Jahre bilden den Kern des sogenannten *Fyrtiotal*

der dreißiger Jahre hinter sich ließ, stark von seinem kulturellen Umfeld in Stockholm geprägt: *Von Insel zu Insel* war dort ein durchaus zeittypisches Debüt. In stark symbolhaft verdichtender – und in zahlreichen Kritiken als unverständlich angegriffener – Kurzprosa ging es den *Fyrtiotalistern* um das Erfassen der existentiellen Situation des Menschen, ihr direktes politisches Engagement dagegen verlegten sie auf Artikel in Tageszeitungen. *Von Insel zu Insel* wurde von der Kritik als sehr vielversprechend begrüßt, und auch die im Jahr darauf veröffentlichte lyrische Prosa über die Situation im Nachkriegsdeutschland, *De besegrade – Die Besiegten*, wurde positiv rezensiert. Als schwedischer Avantgardist wurde Weiss in den vierziger Jahren rezipiert und umgehend in das zeitgenössische bibliographische Autorenlexikon der schwedischen Moderne[4] aufgenommen.

Mit dem Abklingen der fruchtbaren, weltoffenen Atmosphäre der vierziger Jahre hat Peter Weiss im folgenden, von Restauration und Provinzialismus geprägten Jahrzehnt für seine weiteren Romane keinen Verleger finden und nur kürzere Erzählungen und verschiedene Artikel in schwedischen Zeitschriften unterbringen können: »Man machte«, so Weiss rückblikkend, angesichts der Wirkungslosigkeit der Künste, »wieder auf Idylle und Weltflucht«, während er selbst seine Person und seine Arbeit als »Splitter einer unangenehmen Vergangenheit«[5] begreift, die der allgemeinen Verdrängung entgegenwirken. So gilt er, wie an-

4 *Svenskt författarlexikon 1941-1950. Bibliografisk handbok till Sveriges moderna litteratur*. Stockholm 1953, S. 637, und *Svenskt författarlexikon 1951-1955*. Stockholm 1959, S. 401

5 Peter Weiss 1981 im Gespräch mit Jacques Outin. In: Rainer Gerlach/Matthias Richter (Hg.): *Peter Weiss im Gespräch*. Frankfurt/Main 1986, S. 315

dere engagierte Schriftsteller, als »Querulant« und Störenfried. Dem vielseitigen Künstler stehen jedoch andere Wege zum Publikum offen: Die Malerei, die seine ersten Jahre in Schweden dominiert hat, ist zwar seit etwa 1947 immer mehr in den Hintergrund getreten. Doch ist 1949 sein Stück *Rotundan – Der Turm* auf der *Studiescenen* (Studiobühne) in Stockholm aufgeführt worden, und seit 1952 hat er mit dem schwedischen Filmkollektiv *Arbetsgruppen för film* (Arbeitsgruppe für Film) sechs experimentelle Filme gedreht, die seine literarische Produktion fruchtbar beeinflußt haben. Peter Weiss hat in den fünfziger Jahren nicht, wie allgemein angenommen, das Schreiben zugunsten der Filmarbeit ganz aufgegeben, und die Entscheidung für das Arbeiten in der Muttersprache Deutsch, die Weiss selbst rückblickend im Jahr 1952 ansiedelt – als *Der Schatten des Körpers des Kutschers* und *Die Versicherung* auf deutsch entstehen –, ist durchaus nicht so endgültig, wie es ihm lieb gewesen wäre. Die ablehnende Haltung der Verlage in Deutschland läßt ihn dann doch wieder nach dem Schwedischen als Ausdrucksmittel greifen, der Alltagssprache, der Sprache seiner Artikel, Vorträge, Rezensionen und der Abhandlung *Avantgarde Film* von 1955.

Als dann Mitte der fünfziger Jahre schließlich die Abgehobenheit der schwedischen Literatur von der gesellschaftlichen Realität fragwürdig erscheint und eine ethische und ästhetische Selbstbesinnung der Künstler fordert, nimmt man die Diskussion um gesellschaftliche Verantwortung zögernd wieder auf. Erst in den sechziger Jahren wird sich in Schweden eine engagierte Literatur durchsetzen.

Peter Weiss beginnt 1956 eine intensivere künstlerische Auseinandersetzung mit seiner sozialen Umgebung buchstäblich vor der eigenen Haustür und dreht seinen ersten Dokumentarfilm *Ansikten i skugga – Gesichter im Schatten*, der Obdachlose in Stockholm beobachtet –, eine gesellschaftliche Schattenseite, die auch der schwedische Wohlfahrtsstaat aufweist und gern verdrängt. Ende 1956 schreibt er dann *Die Situation*, die kritisch die Lage spiegelt, in der sie geschrieben wird. Waren *Von Insel zu Insel* und *Die Besiegten* noch von *fyrtiotalistisch*-unbestimmtem, existentiellem Charakter, so ist *Die Situation* seine erste Prosarbeit, in der die zeitgenössische Realität klar erkennbar in das Erzählte eingebunden und reflektiert wird. Die Protagonisten sind – wie im Film *Gesichter im Schatten* – gesellschaftliche Außenseiter, und der Text bildet eine Bestandsaufnahme der historisch-gesellschaftlichen Situation: Der Titel verweist auf die seit Ende der vierziger Jahre in Schweden vieldiskutierte existentialistische Forderung nach Situationsanalyse, bewußtem Lebensentwurf und Verantwortung des Einzelnen.

Die Situation vermittelt ein Bild der gesellschaftlichen Desorientierung der fünfziger Jahre, indem verschiedene zeittypische Figuren ihrer Lebensanschauung unmittelbar Ausdruck geben – hier sind in der Konzeption deutliche Parallelen zum fast gleichzeitig entstehenden Film *Gesichter im Schatten* zu beobachten: Der Dokumentarfilm ist ohne erklärenden Kommentar – die Bilder und die Beobachteten selbst sprechen für sich. Die Nähe zwischen Text und Film dokumentiert ein unveröffentlichtes handschriftliches Notizbuch von Peter Weiss aus dem Jahre 1956, in dem Aufzeichungen zum Film und zum Buch ineinander übergehen: »... der unsichtbare Sprecher muß fortfallen – anstelle die direkten Stimmen«[6] oder »völ-

6 Handschriftliches Notizbuch von 1956, Peter-Weiss-Archiv der Akademie der Künste zu Berlin, Sign.: 76/86/57, S. 107

lig triviale Sachen im Buch beschreiben – und im Film«[7].

Die Situation ist wohl der »schwedischste« aller Texte von Peter Weiss: Geschrieben auf schwedisch für ein schwedisches Publikum, reagiert er in Form und Sujet auf zeitgenössische schwedische Debatten um Engagement und Parteinahme – lange vor seiner »Politisierung« in den sechziger Jahren.

Zugleich zeigt die Erzählung auch das Schwanken des Autors zwischen unterschiedlichen Polen in biographischer und künstlerischer Hinsicht. Seine Figur Paul etwa ist – wie seinerzeit Weiss – in erster Linie schwedischer Regisseur, dem Theater verbunden, wo er sich engagieren will, während Fanny als wurzellose Schriftstellerin mit deutschem Hintergrund nur im lebhaften Paris existieren kann, der innovativen Metropole, in die es auch Weiss in jenen Jahren immer wieder zieht. Der autobiographische Schreibimpuls, das macht der Text ganz deutlich, ist bereits lange Zeit vor dem Tod der Eltern zu verzeichnen und setzt nicht erst mit dem so offensichtlich autobiographischen *Abschied von den Eltern* ein: *Die Situation* ist ein facettenreiches Zeugnis von Weiss' Welt- und Selbstsicht in den fünfziger Jahren und nimmt in den ausgedehnten Figurengesprächen über Kunst und Lebensanschauungen sowie in zahlreichen autobiographischen Details Teile des später auf deutsch geschriebenen Romans *Fluchtpunkt* vorweg. Die Exilproblematik, die in *Fluchtpunkt* rückblickend eine tragende Rolle spielt, ist in *Die Situation* allerdings kaum relevant – ein Hinweis auf die spätere Selbststilisierung des Autors zum Außenseiter als Exilant in den Jahren nach dem Krieg.

7 Ebd., S.108

Angesichts seiner tatsächlich vielfältigen Kontakte zu Stockholmer Intellektuellenkreisen läßt sich diese Sichtweise nicht bestätigen: Peter Weiss war Außenseiter vor allem als kritischer Avantgardist, und dieses Schicksal teilte er mit anderen schwedischen Künstlern.

Weiss bietet *Die Situation* seinerzeit verschiedenen renommierten schwedischen Verlagen an, die allesamt eine Publikation ablehnen: *Tidens Förlag* etwa, der der Arbeiterbewegung nahesteht, antwortet schon Mitte Januar 1957. Man sieht in dem Text »eher ein Rohmaterial als ein endgültig bearbeitetes Buch«[8] und empfiehlt eine Überarbeitung. Auch *Wahlström & Widstrand*, der im Jahr zuvor *Avantgardefilm* von Weiss veröffentlicht hatte, lehnt ab: »... das ist ein Roman von der Sorte, für die leider unmöglich ein kaufendes Publikum zu finden ist.«[9] Der Verlag *Albert Bonnier*, der rund zehn Jahre zuvor Weiss' Debut *Von Insel zu Insel* und im Anschluß *Die Besiegten* herausgegeben hatte, lehnt im Februar 1957 mit der Begründung ab, die Erzählung grenze »sogar manchmal an das Geschmacklose«.[10] Schließlich schickt auch *Norstedt & Söners Förlag* im Februar 1958 eine abschlägige Antwort, trotz der »exklusiven Prägung«[11] des Textes. Die Antworten der Verlage spiegeln das zeitgenössische literarische Klima in Schweden wider: Die »exklusive«, nämlich avantgardistisch-kritische Prägung des Textes paßt nicht in die restaurative Tendenz. *Die Situation* findet also keinen schwedischen Verleger und bleibt unveröffentlicht liegen; das Typoskript ist als Teil des

8 Brief an Weiss vom 17. 01. 1957
9 Brief an Weiss vom 04. 02. 1957
10 Brief an Weiss vom 28. 02. 1957
11 Brief an Weiss vom 28. 02. 1958

Weiss-Nachlasses im Archiv der Akademie der Künste zu Berlin aufbewahrt.
Daß Weiss, anders als bei *Dokument I – Der Fremde* und *Duellen – Das Duell*, sich nicht für eine spätere deutsche Ausgabe eingesetzt hat, mag daran liegen, daß er den Roman mit seinem sehr konkreten zeitlichen und lokalen Bezug später – verglichen mit den beiden anderen Texten – für zu wenig allgemeingültig hielt. Daneben kann die Tatsache eine Rolle spielen, daß sämtliche Figuren in *Die Situation* deutliche Züge von ihm seinerzeit im wirklichen Leben nahestehenden und teilweise noch heute lebenden Personen tragen: Da ist die Lebensgefährtin, da sind Freunde und Bekannte, die leicht in den einzelnen Figuren zu erkennen sind.

Die Situation ist der letzte schwedische Text von Peter Weiss: Er bildet den Höhepunkt seiner schwedischsprachigen Prosa und zugleich ihren Abschluß. Bereits drei Jahre später beginnt Weiss – mit der Annahme des Manuskriptes von *Der Schatten des Körpers des Kutschers* durch den Suhrkamp Verlag – seine Karriere als deutschsprachiger Schriftsteller. Fast 45 Jahre nach der Entstehung von *Die Situation* ermöglicht ihre Übersetzung ins Deutsche einen neuen Zugang zu diesem Autor in den Jahren vor seinem Bekanntwerden in Deutschland.

Wiebke Ankersen